KB113979

전생부터
홍성은 장편소설 다시
FUSION FANTASTIC STORY
Re Pre Life

전생부터 다시 10

홍성은 장편소설

초판 1쇄 찍은 날 § 2018년 1월 17일
초판 1쇄 펴낸 날 § 2018년 1월 24일

지은이 § 홍성은
펴낸이 § 서경석

편집책임 § 이지연

펴낸곳 § 도서출판 청어람
등록번호 § 제387-1999-000006호
등록일자 § 1999. 5. 31
어람번호 § 제1-2832호

주소 § 경기도 부천시 부일로 483번길 40 서경B/D 3F (우) 14640
전화 § 032-656-4452 팩스 § 032-656-4453
http://www.chungeoram.com
E-mail § chungeorambook@daum.net

ISBN 979-11-04-91609-0 04810
ISBN 979-11-04-91240-5 (세트)

10

[완결]

전생부터 다시

홍성은 장편소설

FUSION FANTASTIC STORY

Re Pre Life

도서출판 청어람

전생부터 다시

Re Pre Life

목차

76장
제국과 제국 II

"그리 오래 걸릴 일은 아니지."

루크를 상대하면서 마법은 거의 사용하지 않았기 때문에, 애초에 과열조차 된 적 없는 마력 서킷은 만전의 상태로 돌아와 있었다. 즉, 폭발 주문 연사는 물론이고 성광 폭발도 얼마든지 쏘아댈 수 있었다.

"오래 끌 생각도 없고."

하지만 로렌은 폭발 주문은 물론 성광 폭발도 쓸 생각이 없었다.

가장 적은 피해로 손쉽게 적의 항복을 받아내는 방법은 압도적인 화력을 투사하여 적의 전의를 완전히 꺾어버리는 것이다.

로렌의 다섯 개의 마력 서킷에 마력이 가득 차올랐다.

그렇다. 다섯 개다. 네 개가 아니라.

아무리 로렌이 아직 17세라 한들, 그가 쌓아온 경험과 훈련은 이미 대마법사 로렌 하트의 그것을 아득히 뛰어넘은 후였다.

그런 그가 로렌 하트조차 열었던 다섯 번째의 서킷을 열지 못할 리가 없지 않은가?

'아니, 이것도 쉬운 일은 아니었지.'

원래대로라면 서른 살쯤 먹었을 때 자연스럽게 열릴 다섯 번째 서킷이었지만, 13년이라는 세월을 단축하기 위해서는 보통 방법으론 어림도 없었다.

이번에 다섯 번째 서킷을 연 것은 라푼젤이 엘리시온의 고치에서 빠져나오기 직전의 일이었다. 그 전에 26번에 걸쳐 얻은 각종 배움으로부터 마력을 가득 추출해 내고, 마심의 경지에까지 올라서야 겨우 가능해진 위업이었다.

추출해 낸 마력을 별의 몸에 집중시키고, 마심의 공력으로 별의 몸을 강화한다. 거대해진 마력의 총량은 더 많은 마력을 끌어들이는 중력을 발생시키고, 별의 몸을 강화시켜 그 압력을 버텨낸다. 그렇게 해야 간신히 다섯 번째 서킷을 벼려낼 수 있다.

지금에 이르러선 익숙해진 일이지만, 실로 대단한 업적이었다. 처음 다섯 번째 서킷을 얻을 당시만 해도 로렌은 이 힘으로 멸망을 막아낼 수 있을 것이라 생각했다.

그리고 27번째 이 3년을 반복하고 있는 것에서 알 수 있듯, 다섯 번째 서킷으로도 멸망은 막아내지 못했다.

그러나 이 다섯 번째 서킷은 비록 세상은 구할 수 없을지언정 제국을 무릎 꿇리는 데는 조금도 부족함이 없다.

"나는 재앙이요, 절망이니."

로렌은 나지막하게 중얼거렸다.

"느껴보도록 하라."

3년 후에 찾아올 절망의 일부나마.

로렌의 머리 위에 태양이 떠올랐다.

정말로 태양인 것은 아니다. 마법으로 만들어낸 불꽃의 공이 너무 커서 지상에 떠오른 작은 태양처럼 보이는 것이다.

삼중 융합 주문인 폭발이나 사중 융합 주문인 성광 폭발에 비해 투사체를 느린 불꽃 공으로 선택한 이유는 여러 가지가 있었다. 물론 마력 효율을 조금이라도 높이고 폭발의 위력을 증대시키기 위한 것도 중요한 이유였지만, 그보다도 더 큰 이유는 바로 시위(Demonstration)였다.

적의 전의를 꺾고 항복을 받아내기 위해서는 확실하게 힘을 보여줄 필요가 있다. 그리고 지금이 바로 그런 경우였다. 이 태양의 폭발을 한번 경험해 본 적은 다시는 로렌을 무시하지 못할 테니까.

로렌은 충분히 마력을 채워 넣은 태양을 던졌다. 워낙 거대하다 보니, 화염 폭발보다도 빠른 속도로 날아가는 투사체가 마치 천천히 떨어지는 것처럼 보였다.

그 모습을 따, 로렌은 주문의 이름을 이렇게 지었다.

"파멸의 낙일(Downfall Sun)."

곧 태양이 폭발할 것이다.

*　　　　*　　　　*

땅에 떨어졌던 페르샨 제국군의 사기는 다시 치솟아 오르는 중이었다. 자국의 영웅인 루크 페이슬란이 단독으로 출진한 직후, 적 골드 드래곤이 전장에서 이탈해 버렸기 때문이다.

"루크 페이슬란이 드래곤을 무찔렀다!"

"우리의 영웅, 루크 페이슬란!!"

제국의 병사들이 용기백배해 고함을 질러대었다. 병사들의 그런 모습을 제국의 지휘관들은 벌레 씹은 표정으로 바라보고 있었다.

'정말로 해내다니, 루크 페이슬란.'

'폐하께선 설령 이번 전쟁에서 패배하더라도 그자만은 죽길 바라셨는데.'

노예병 출신으로 요 몇 년간 치러진 제국의 모든 전쟁 선봉에 서서 믿어지지 않는 영웅담을 쌓아 온 루크 페이슬란은 페르샨 제국에서 지나치게 인기를 모았다.

일선의 지휘관은 물론이고 페르샨의 황제마저도 그 인기를 위협시할 정도로.

병사들만이 루크 페이슬란을 추앙하는 것이 아니었다. 음유시인은 그를 주인공으로 한 노래를 지어 불렀으며 도시의 아이들이 그 노래를 따라 불렀다.

페르샨 황제는 상급 지휘관들에게 은밀하게 그를 전쟁에서 죽게 만들라고 명령을 내렸다. 황제는 이미 루크 페이슬란과 독대했고 그의 제국에 대한 충성심을 잘 알았으나, 그렇다고 이미 내린 명령을 철회하지는 않았다.

만약 루크 페이슬란이 마음만 먹는다면 언제든 쿠데타를 일으키고 성공시킬 수 있으리라.

황제는 제국 권력의 정점에 서 있기에 오히려 자신의 비루함을 잘 알았고, 권좌를 유지하기 위해 튀어나온 못은 반드시 쳐내야 한다는 것 또한 깨닫고 있었다.

그래서 제국의 지휘관들은 임무를 빙자해 루크 페이슬란을 죽음에 밀어 넣었는데, 그 모든 시련을 극복하고 이번엔 드래곤마저 쫓아내 버렸다.

이래서야 루크 페이슬란에게 그럴 마음이 없다 하더라도 시민들이 먼저 그를 황제로 추대해 버릴지도 모른다.

그렇다고 그 지휘관들이 자신들의 본분마저 잊은 건 아니었다.

"황제 폐하께서 보우하사 승기는 우리에게 돌아왔다!"

"전열을 갖춰라! 승리를 폐하께 바쳐라!!"

루크 페이슬란을 죽이는 데는 실패했지만, 최소한 전쟁에서 승리는 해야 했다. 병사들은 전열을 짜고 공격 준비를 했다. 비록 지난 전투에서 많은 피해를 입긴 했지만, 이렇게 사기충천한 병사들은 패배한 전쟁마저 승리하게 만들어줄 터였다.

"돌격병! 돌격하라!"

"전진! 전진하라!!"

적의 화살을 받아내고 소진시키기 위해, 노예들로 편성된 돌격병들이 가장 선두에 서서 달리기 시작했다. 전장에서 죽으라고 편제한 노예병들마저 함성을 내지르며 앞서 나간다. 어이없는 일이 아닐 수 없었으나 나쁜 일은 아니었다.

그러나 그들의 돌격은 오래 지속되지는 않았다.

"…태양이……."

"해가 서쪽에서 떠오르다니……."

살아생전에 두 번 보지 못한 기괴한 현상은 함성을 지르던 노예병들의 입에서 소리를 앗아가기에 충분했다.

"태양이 두 개라니!"

"세상에 이런 일이 있을 수 있나!!"

기이한 일은 거기서 끝나지 않았다. 태양은 노예병들을 향해 다가오고 있었다.

"뜨, 뜨거워!"

"진짜 태양인 건가?!"

다가오던 태양은 노예병들의 머리 위를 지나쳐, 페르샨 제국군의 본대 쪽으로 향했다.

그리고.

태양이 떨어졌다.

*　　　　*　　　　*

이 세상의 것이라고는 믿을 수 없는 빛과 폭음, 그리고 열기가 세상을 지배하는 것 같았다. 가장 먼저 빛이 휩쓸었고, 폭음이 그 뒤를 따랐으며, 열 폭풍이 공간을 가득 메웠다.

폭발에서는 꽤 멀리 떨어져 있었지만, 그 빛과 폭음, 열 폭풍은 로렌조차도 위협적으로 느낄 정도였다. 주술적 방어막과 망토에 새겨 넣은 각인들, 그리고 염동력 방어막으로 미리 방어 대책을 세우지 않았다면 실제로 목숨이 위험했으리라.

폭심지에서는 버섯 모양의 구름이 피어오르고 있었다.

로렌도 김진우로서 지구에 있을 때는 버섯 모양의 구름은 핵폭발로만 생기는 줄 알았다. 그렇지 않다는 것은 로렌이 되어서야 알았다. 마법으로 인한 강력한 폭발로도 버섯구름은 만들 수 있다.

[…뭘 한 거야?]

텔레포테이션을 사용해 1㎞ 바깥으로 도망갔을 터인 오하라에게서 텔레파시가 날아왔다. 하긴 지금의 폭발과 그 여파는 그녀가 있는 곳에서도 보였을 터였다.

[왜 내가 했다고 생각하지?]

[너 말고 누가 또 저런… 걸 하겠어.]

맞는 말이었다. 로렌과 동급의 마법사가 또 존재한다면 얼마나 좋았을까. 그는 틀림없이 대단한 힘이 되어줄 터였다. 그러나 안타깝게도 로렌 정도의 마법사는 이 세계에 오직 로렌 하나뿐이며, 그래서 그는 이제까지 실패해 왔다.

[…괜찮아?]

[왜?]

[텔레파시에 다 묻어나는 거 알잖아?]

텔레파시로는 거짓말을 못 한다. 사실 할 수는 있지만 금방 들킨다. 왜냐하면 텔레파시는 그저 문자나 언어로 된 의미만 전달되는 것이 아니라, 사소한 뉘앙스나 감정까지 모조리 묻어나기 때문이다. 마치 얼굴을 마주 보며 이야기하듯, 아니, 그보다 더하다.

멸세의 괴물들을 상대로 한 전략을 방어에서 공세로 전환한 지는 꽤 되었지만, 이렇게 인류를 대상으로 대량 살상을 저지른 건 오랜만이었다. 아무래도 오하라에게는 로렌이 느끼고 있는 그 미묘한 찝찝함마저 텔레파시로 전달된 모양이었다.

[뭐, 필요한 일이었으니까.]

하기야 이제까지도 필요한 때는 필요한 만큼 살상을 저질러 오긴 했으니 지금 와서 느낄 감정은 아니긴 했다. 로렌은 그렇게 생각하기로 했다.

[대량 살상! 적 다수의 전의를 꺾었습니다! 상당한 위업입니다! 멘르바께서 당신의 압도적 승리에 기뻐하실 겁니다!!]

아직 항복 선언을 받아내지도 않았는데도 이 세계에 남은 멘르바신의 숨결은 벌써부터 로렌에게 대량의 선물을 가져다주었다. 아마 제국이 정식으로 항복하고 나면 또 상당한 보상을 기대할 수 있으리라.

폭발의 후폭풍이 아직 전장에 몰아치고 있었다. 방사능 같은 건 없으니 보고 있어도 상관은 없었겠지만, 로렌은 몸을 돌렸다.

적당한 언덕 너머에 방치해 둔 루크에게 돌아가자, 그는 넋을 잃은 표정으로 방금 전까지 전우들이 있었던 곳을 바라보고 있었다.

아니, 그의 눈은 멀어 있었으니 정확히는 바라보고 있는 것이라 할 수 없었다.

"폭발을 정면으로 바라본 건가. 그러지 말라고 언덕 밑에 두고 간 건데."

아무래도 폭발의 여파로 눈이 멀어버린 모양이었다. 눈뿐만 아니라 전신이 화상으로 엉망진창이었고, 노출된 얼굴은 벌겋게 익어 있었다. 로렌은 혀를 차며 루크에게 회복 주문을 걸어주었다.

"하긴, 그러지 말라고 말은 안 해줬었지."

그제야 루크는 천천히 고개를 돌려 로렌 쪽을 바라보았다. 그 눈동자는 회복되었을 텐데도 여전히 눈 먼 이의 그것처럼 초점이

제대로 맞지 않았다.

"…너는… 당신은 파괴의 신인가?"

"아니. 신은 모두 죽었어."

멘르바교의 교황이면서도 로렌은 그렇게 말했다. 그리고 그건 사실이었다.

"…아아……."

루크는 로렌 쪽을 더 이상 보지 못하고, 지면에 머리를 박았다.

"아아아……."

로렌은 울부짖기 시작한 루크를 그냥 놔두었다.

[오하라, 끝났다. 돌아와.]

대신 오하라를 귀환시켜, 그녀를 타고 살아남은 페르샨 제국병들 머리 위를 한 바퀴 돌아주기로 했다. 다시 돌아온 골드 드래곤의 모습은 파멸의 낙일로 인해 이미 꺾인 페르샨군의 사기를 완전히 무너뜨리기에 충분할 테니까.

페르샨 제국은 곧 항복할 것이다.

로렌이 생각하기에 그러기까지 하루도 채 걸리지 않을 터였다.

＊　　　　＊　　　　＊

"무시무시하군, 로렌. 정말로 하루 만에 전쟁을 끝내 버리다니."

토르코니아 1세는 페르샨 제국 측으로부터 발송된 항복문서를 들어 보이며 고개를 절레절레 저었다. 물론 로렌은 그 항복문서를 보기 전에 이미 전쟁의 결과에 대해 알고 있었다.

[당신은 혼자 힘으로 제국을 제압하였습니다! 굉장한 위업입니

다! 멘르바께서 당신의 위대한 승리에 크게 기뻐하실 겁니다!!]

멘르바로부터 전에 없을 정도로 큰 선물이 내려왔다. '혼자 힘으로'라는 문구가 반짝반짝 빛나는 것으로 보아, 오하라는 계산에 들어 있지 않은 모양이었다. 오하라도 적들의 전의를 꺾는 데는 꽤 큰 도움을 주었는데도 말이다.

'아무리 한 게 그냥 드래곤의 모습을 보이기만 한 거라고 해도.'

하긴 더 큰 보상을 받았는데 투덜거리는 것도 별로 좋은 태도는 아니다. 로렌은 그냥 좋아하기로 했다.

"우리 제국민들도 골드 드래곤의 가호라며 기뻐하고 있어. 내 황제로서의 정통성도 한층 더 강화된 셈이지. 너와 오하라에게 감사해야겠군."

"별말씀을."

오하라가 먼저 나서서 말했다. 그녀는 토르코니아 제국에 와서 줄곧 의기양양한 상태였다. 실제로 한 건 드래곤으로서의 모습을 보인 것과 루크에게 졸아들어서 1km 바깥으로 도망친 것뿐이지만, 그걸 지적할 만한 사람은 로렌 외엔 없었다.

"그래서? 내게 바랄 포상이란 건 뭐지?"

애초에 로렌이 그와 직접적인 관련이 없는 이 전쟁에서 나서기로 한 건 포상을 바라서였다. 로렌은 그 포상 내용에 대해 말했다.

"내가 바라는 포상은 바로 너야, 마리."

로렌이 그렇게 말하자, 마리는 불쾌한 듯 미간을 찌푸렸다.

"프러포즈는 좀 더 분위기를 갖춰서 해줬으면 좋겠는데."

뭔가 오해가 있는 듯했다.

"아니, 그게 아니라."

로렌이 고개를 젓자, 마리는 이번엔 약간 놀란 듯 눈을 휘둥그레 뜨며 이렇게 말했다.

"그럼 나와의 하룻밤? 그건 너무 가벼운 포상 아닌가? 그걸로 되겠어?"

"……."

할 말을 잃은 로렌에게 오하라가 속삭였다.

"로렌, 나도 포상을 원해. 그건 바로 너야!"

"좀 닥쳐……."

동료랍시고 데려왔더니 영 도움이 안 된다. 로렌은 오하라를 입 막음하고 다시 진지한 분위기를 조성해 보려고 애썼다.

"아니, 농담이야. 네가 여기까지 왔다는 건 날 동료로서 영입하길 원한다는 거겠지?"

마리는 껄껄 웃으며 말했다.

"아직 제대로 이야기를 안 한 것 같은데, 제대로 알아들었군."

"전략을 바꿨다는 말에서 알아챘지."

마리는 존재하지 않는 수염을 만지려다 말고 책상다리를 한 무릎 위에 손을 올렸다.

"이 정도 공적을 세워 버리면 나로선 제안을 받아들이지 않을 도리가 없군. 좋아, 알았어. 널 따라가도록 하지. 네 일행에 합류하겠어, 로렌."

"고맙군."

결과를 알고 있었다곤 해도, 이번 시기에는 변수가 많았기에 로렌은 안도의 한숨을 내쉬게 되었다.

"그런데 토르코니아는 어쩌고?"

로렌이 할 걱정은 아니었지만 일단은 물어보기로 했다. 그러자 마리는 크크크 웃으며 말했다.

"뱀이 개구리 생각하는 건가? 뭐, 그런 걱정은 하지 마. 적당한 놈을 선별해서 제위에 올려놓을 셈이야."

"그래도 되는 건가?"

"가장 큰 라이벌인 페르샨 제국을 꺾어놨고, 골드 드래곤의 가호를 받는다는 게 진짜라고 드러났지. 이런 상황에선 주변국들도, 귀족 놈들도 당분간은 조용할 거야."

마리는 한쪽 무릎을 세워 앉으며 손바닥으로 바닥을 두들겼다.

"이렇게 된 이상 꼭 내가 직접 토르코니아를 다스릴 필요는 없어졌어. 이럴 때 중요한 건 능력이 아니라 정통성이야. 내부 분열만 안 하면 돼."

마리의 말이 다 맞았다. 로렌은 납득하고 고개를 끄덕였지만, 오하라는 그렇지 않은 듯했다.

"골드 드래곤의 가호를 받는다는 건 뻥이었잖아."

오하라가 입술을 삐죽 내밀며 그렇게 지적했다. 그러자 마리가 정색했다.

"내가 골드 드래곤에게서 태어났으니 거짓말은 아니지!"

"그, 그런가?"

예상했던 것보다 격렬한 반응이 나오자 오하라는 위축되어 말을 더듬었다. 드래곤인 주제에 말이다. 로렌은 그 광경이 웃겨 잠깐 크크 웃었다.

"아, 하나 더 있어. 루크도 데려가고 싶은데."

"루크 페이슬란 말인가? 그놈은 네가 사로잡았으니 당연히 네게

생사여탈권이 있지. 하지만 괜찮겠어? 너한테 원한이 꽤나 깊을 것
같은데."

"뭐, 정 안 되면 저주라도 걸면 되겠지."

로렌은 아무렇지도 않게 끔찍한 소릴 했다. 그런 로렌의 말에 마
리는 고개를 한 번 끄덕이곤 무덤덤하게 넘기며 자리에서 일어났
다.

"그럼 난 잠깐 사후 정리를 하고 오지. 며칠 정도 시간을 줘."

마리는 그 자리에서 자신의 모습을 토르코니아 1세의 그것으로
바꾸고, 그렇게 말했다. 로렌은 고개를 끄덕였다. 당연히 해야 하
는 일이었다. 더군다나 어차피 그도 여기서 할 일이 조금 있었다.

*   *   *

로렌은 루크를 찾아갔다.

루크는 토르코니아 제국군의 포로수용소에 있었다. 다른 포로
들과는 완전히 격리된 독방에, 전신에 쇠사슬을 휘감은 그 모습은
그가 토르코니아군을 얼마나 괴롭혔는지 역설적으로 강조하고 있
었다.

그나마 고문을 당한 흔적 같은 건 없지만, 매우 피폐해져 보였
다. 루크 페이슬란씩이나 되는 사내가 하루 갇힌 걸로 저렇게까지
될 리 없으니, 아마도 피폐해진 원인은 정신 쪽이리라.

"여어, 하루 만이로군."

"…당신인가."

루크 페이슬란은 괴로움을 곱씹으며 로렌을 맞아들였다. 물론

로렌은 그 대답을 듣기 전에 루크에게 채워진 재갈을 풀 필요가 있었다.

"페르샨이 항복했다더군."

독방 안에서도 소식을 듣는 경로 정도는 있는지, 루크 페이슬란은 그 말부터 했다.

"그걸 맞고도 항복 안 했으면 나로서도 곤란할 뻔했으니, 다행한 일이지."

만약 그렇게 됐다면 아마 몇만 명쯤 더 죽여야 했을 테니 말이다. 몇 시간 지나지 않았지만 파멸의 낙일을 쏜 마력 서킷은 이미 충분히 식어 있었다. 능력으로만 따지자면 수십만을 죽이는 건 일도 아니었다. 오히려 정신적인 피로감 쪽에 비중이 더 갈 정도였다.

"…하."

로렌의 말에 루크 페이슬란은 짧은 헛웃음만을 삼킬 뿐이었다. 그 또한 로렌의 말이 거짓말도 아니라는 걸 잘 알고 있는 듯했다.

"네게도 다행한 일이다, 루크 페이슬란. 네가 사랑하는 페르샨의 시민들이 황제의 항복 덕에 살아남은 거나 마찬가지니까 말이야."

"…그렇군."

모래를 씹기라도 한 것 같은 표정으로, 루크 페이슬란은 마지못해 고개를 끄덕였다.

"그리고 그 거래 덕에 난 당신의 동료가 된 건가?"

"그렇다. 넌 이제 내 동료다."

로렌은 그의 구속을 풀어주며 말했다.

"뭐, 앞으로 잘해보자고."

"잘해보자니. 당신이 나한테 한 짓이 있는데? 당신이란 사람의 속내를 모르겠군."

생각 외로 괜찮은 반응이었다.

로렌은 루크가 좀 더 자신을 증오하거나, 더욱 복잡하고 강렬한 감정을 품을 줄 알았다. 그런데 이런 담백한 반응이라니.

'진심을 숨긴 건가?'

알아볼 필요가 있었다. 그래서 로렌은 조금 더 그와 함께 잡담을 나눠보기로 했다.

"동료가 되었으니 말인데, 네 정체에 대해 들어봐도 될까?"

"내 정체?"

루크 페이슬란은 로렌의 질문이 매우 의외인 듯 반응했다.

"난 당신의 정체가 궁금한데……."

그건 그럴 만도 했다. 인류 역사상 불세출의 대마법사다. 정체를 궁금해하지 않는 쪽이 이상했다. 그러나 로렌은 단호히 대꾸했다.

"질문은 내가 하고, 넌 대답한다. 뭐, 승자의 권한이라고 생각해 두라고."

"할 말 없군."

루크 페이슬란은 양손을 들어 올려 항복의 의사를 표시했다.

"나는 루크, 루크 페이슬란. 페르샨 제국의 노예병 출신이다. …뭐, 이런 걸 듣고 싶어서 질문한 건 아니겠지."

코로 한숨을 내쉰 후, 루크 페이슬란은 혀로 입술을 한 번 핥아 내었다.

"페이슬란 가문은 페르샨의 유서 깊은 전사 가문이었다. 우리 가문에서는 대대로 매우 뛰어난 전사를 배출해 왔는데, 나는 그 말예(末裔)라 할 수 있지."

대륙 중부 지방에서 전사라는 단어의 의미는 북부에서의 기사와 유사했다. 영주에게 충성 맹세를 하고 주군으로서 섬기는 기사와 달리, 중부의 전사들은 국가에 충성을 바치는 등 차이점은 좀 있지만 말이다.

"그러나 페이슬란 가문의 영광은 끊어져 버렸다. 우리 아버지 대에서 반역죄의 혐의가 걸려, 가문이 풍비박산 나고 말았지. 아버지는 참수당하고 나는 노예병으로 배치되었다."

로렌은 루크의 인생 역정에는 별 관심이 없었다. 그러나 혹시 그 이야기 속에 루크 본인조차 인지하지 못한 힌트가 들어 있을까 봐, 로렌은 인내심을 갖고 루크의 이야기를 계속해서 들었다.

"아버지는 무고했다."

루크는 단호히 말했다.

"아버지와 우리 가문에 반역죄를 뒤집어씌운 악적들이 말하더군. '이 나라에 충성과 헌신과 숭앙의 대상이 될 이는 오로지 황제 폐하뿐이십니다. 그러나 페이슬란 가문의 전사들은 황제 폐하 외의 존재를 섬기고 있습니다!' …그런 말도 안 되는 소릴 말이야."

로렌은 점점 열기를 더해가는 루크의 이야기를 들으며 생각했다. 그는 바로 어제 루크와 칼을 맞대고 싸웠다. 그때, 루크는 분명 축복으로 추정되는 능력을 사용했다.

그래서 로렌은 한마디 던져 반응을 보기로 했다.

"인류 의회 말인가?"

"인류 의회?"

보아하니 루크는 인류 의회라는 단어를 아예 모르는 눈치였다.

'이상하군. 이 녀석이 나와의 전투 중에 쓴 능력은 분명 [점멸일

텐데.'

아니라면 [점멸]이나 [블링크] 비슷한 능력을 익힐 수 있는 다른 방법이 또 있다는 소리다.

"그럼 너, 나하고 싸우는 동안에 갑자기 사라졌던 건 뭐야?"

"사라져? 아아, [점멸]을 말하는 건가?"

로렌의 다소 갑작스러운 질문에 루크는 뒤늦게 질문의 의도를 알아챈 듯 되물었다. 그런 루크의 대답은 로렌을 한층 더 혼란에 빠뜨렸다.

'[점멸]이 맞다고?'

잠깐 턱에 손을 가져다 대려던 로렌은 자신이 뭔가를 놓치고 있음을 그제야 깨달았다.

그러고 보니 인류 의회에 대해 아는 이들은 극소수다. '자각자'라 불리는 이들도 그 명칭은 알지 못했다. 예를 들어 루시아 대공이라든가. 로렌이야 아예 예카테리나와 직접 대면을 해서 알게 된 단어지만, 일반적으로는 알 방법이 없는 단어이기도 했다.

그래서 로렌은 부연 설명을 해줄 필요를 느꼈다.

"그들은 자신들의 신자들에게 '그분들'이라 일컫게 하길 좋아하던데."

"아, 그분들."

그 부연 설명을 듣고서야 루크는 짚이는 구석이 있는 듯 고개를 끄덕였다.

"아니야."

그 반응은 묘했다. '아니다'라니. 그렇다면 인류 의회라는 단어는 모를지언정 그들의 존재 자체는 알고 있다는 의미 아닌가?

로렌의 그 의문은 곧 밝혀졌다.

"그들과의 관계는 끊어진 지 오래야. 그러나 그들과의 계약으로 얻은 힘은 우리 가문의 혈족들에게 전승되어 내려오고 있어."

"…축복이 핏줄로 전승된다고?"

처음 듣는 이야기였지만, 불가능한 이야기는 아닐 것 같았다.

로렌 본인도 로렌 하트로서 얻은 축복의 힘을 환생 후에도 전승받아 로렌인 지금에까지 유용하게 쓰고 있으니까 말이다. 로렌과 케이스는 다르지만, 만약 축복받은 자가 그렇게 원한다면 혈족에게 전승시키는 것도 가능은 하리라.

"당신은 그 힘을 축복이라 부르나? 흠, 그렇게 여길 수도 있겠군. 우리는 좀 다르게 부른다. 우리의 조상이 용을 물리쳐 얻은 힘이라, 용력(龍力)이라 부르지."

루크의 말이 전부 사실이라면, 페이슬란 가문의 역사는 아주 오래되었다는 말이 된다. 용의 연대 때부터 건재했던 가문이라면 그 역사는 수천 년이나 지속되었단 소리였으니.

그리고 그때 내려진 신탁, 루크의 표현을 빌리자면 계약은 드래곤을 처치함으로써 대가로 능력을 얻었다는 것 같았다.

"그렇다면 오하라, 그러니까 내가 데리고 온 골드 드래곤을 노린 것도?"

루크는 전장에서 로렌을 무시하고 오하라부터 노렸다. 그 이유가 가문과 그 능력의 연원에서 온 건지 로렌은 궁금해했지만, 루크는 고개를 저었다.

"그건 황제 폐하로부터 용을 처치하라는 명을 받았기 때문이다. 아까도 말했지만 그들과 우리 가문의 관계는 끊어진 지 오래다. 그들과 맺은 계약은 없고, 그러니 받을 대가도 없다."

"그렇군."

납득한 로렌이 고개를 끄덕이자, 루크는 다시 하던 이야기로 돌아왔다.

"아버지를 모함한 악적들은 우리 가문이 신을 섬긴다고 믿는 것 같았다."

"신?"

의외의 단어가 튀어나왔다.

"아니, 그렇게 모함했지."

"신이라니 무슨 소리야, 그게?"

로렌에게 중요한 건 그들 가문이 정말 신을 섬겼는지, 아닌지의 여부가 아니라 신이라는 단어 그 자체였기에 그렇게 되물었다. 이제 와서 다시 짚을 것도 없이, 신들은 모두 죽었고 종교와 신앙도 사라졌다. 인간을 섬기는 신흥 종교가 나일로 신성국에 생기긴 했지만 그런 사이비 종교는 굳이 염두에 둘 필요도 없었다.

"신들은 모두 죽었잖아?"

그래서 로렌은 일부러 자극적인 어휘를 사용했다. 만약 루크가 진짜 신을 섬긴다면 이 질문에 분명 격앙할 터였다.

"그렇다. 당신 말대로 신들은 모두 죽었다. 그러니 그들의 트집은 말도 안 되는 것이지. 죽은 신을 어떻게 섬기겠는가?"

하지만 루크가 보인 반응은 신에게 신앙을 바친 신도의 그것과는 동떨어져 있었다. 그는 신이 죽었다는 걸 담백하게 받아들이고 있었다. 신의 죽음을 모르는 것과 인정하는 것은 당연히 차원이 다르다. 로렌은 루크의 반응에 흥미로워하면서도 본래 던지려고 했던 질문을 그대로 던졌다.

"그런데도 네 아버지를 모함한 이들이 그런 소릴 한 이유는?"

"죽은 신, 아무르다드의 힘을 얻기 위한 행위를 숭배 의식이라 표현하더군."

생소한 단어가 나왔다. 로렌에게 있어 생소한 단어란 건 정말 찾기 힘든 것이었기에, 로렌은 자기도 모르게 루크에게 고개를 내밀어 물었다.

"아무르다드?"

"아까부터 중요하지 않은 걸 궁금해하는군. 이미 죽은 신의 이름이다."

루크는 귀찮은 듯 대답했지만, 로렌은 계속해서 캐물었다.

"뭐 하는 신이지?"

"아무르다드는 불멸과 유지, 힘과 건강의 신이다. 페이슬란의 전사들은 아무르다드가 남긴 신의 숨결을 취하여 힘을 얻는다."

신의 숨결을 취하여 힘을 얻는다. 로렌은 손바닥으로 무릎을 내려쳤다. 그것은 로렌이 멘르바를 통해 신력과 선물을 얻을 때 쓰는 표현과 같았다.

신은 죽었지만 이 세계에 종교라는 시스템은 남았고, 인류는 그 시스템에 따라 혜택을 얻을 수 있다. 페이슬란의 전사들은 그 방법을 알고, 이용했던 모양이었다.

로렌이 멘르바의 신력을 다루기 위해 승리를 하려는 것처럼, 페이슬란의 전사들도 비슷한 걸 했을 터였다. 그게 뭔지는 로렌도 모르지만, 불멸과 유지를 먼저 말했으니 오래된 유물이라도 갈고닦아 유지시킨 게 아닐까 그는 추측했다.

그 이야기야 아무래도 좋은 듯, 루크 페이슬란은 자기 할 말을 계속했다.

"황제 폐하께서는 그들의 망언을 믿으셨다. 그렇게 페이슬란 가문은 파멸했지."

루크는 다시금 고개를 떨어뜨리고 중얼거리듯 말했다.

"나는 아버지의 명예를 회복시키고 페이슬란 가문을 재건하기 위해 열심히 싸웠지. 하지만 그것도 오늘로 끝이군. 전쟁은 끝났고, 내가 공을 세울 기회도 사라졌다."

마지막에 로렌을 흘깃 노려보는 루크의 시선을 받으며, 로렌은 생각했다.

'애국심이 아니었군?'

증오 어린 시선을 받으면서 할 생각은 아니었지만, 로렌은 속으로 이렇게 생각했다.

'그렇다면 회유의 여지는 남아 있다고 봐도 되겠군.'

힘으로 굴종시키고 계약 같은 걸로 얽어매도 되지만, 더 좋은 건 역시 루크가 스스로의 의지로 로렌에게 충성을 바치는 것이다.

"허, 그럼 페르샨의 사람들을 덜 죽이려고 나와 거래한 건 어떻게 된 거지?"

"…동향인들이다. 덜 죽는 게 낫지."

나라에 대한 충성심은 이미 남아 있지 않지만, 애향심은 남아 있었던 모양이다. 그리고 그것이 루크로 하여금 로렌을 증오토록 할 수 있었다. 반대로 말하면 페르샨의 시민들은 아직까지 인질로서의 가치가 남아 있다고도 할 수 있었지만 말이다.

최선의 방법도 차선의 방법도 사용할 수 없다면, 차악의 방법이라도 써야 하는 법이다. 로렌은 그 사실을 염두에 두고, 방금 전에 생각해 낸 회유 방법을 시도해 보기로 했다.

"대단히 무의미한 일에 인생을 낭비하고 있었군."

로렌은 일단 가볍게 도발해 보았다.

"뭐라고?!"

효과는 극적이었다. 로렌은 속으로 회심의 미소를 지은 채, 계속해서 말했다.

"대단히 무의미한 일에 인생을 낭비하고 있었군, 이라고 말했다."

"당신이 뭘 안다고!"

루크의 목소리는 히스테릭해져 있었다. 로렌은 짐짓 진지한 표정으로 그를 일별했다.

"네가 계속해서 사선(死線)에 서왔음을 안다."

"……!"

격렬했던 흥분은 가라앉았다. 얼굴의 핏기가 가셨다.

사선에 서온 건 루크 본인이다. 본인이 모를 리가 없었다. 그것도 모르는 천치라면 필요도 없다. 로렌은 그렇게 생각했다.

"페르샨 황제는 네가 죽길 바랐을 거다."

"…나도 알아."

루크 페이슬란의 목소리는 가라앉았다. 착잡한 심정이 그대로 드러났다.

"황제도 아무르다드에 대해서 알고 있었어."

루크가 페르샨의 황제를 더 이상 높여 부르지 않게 된 건 그리 신경 쓰이지 않았다.

"아무르다드는 불멸의 신이다. 그리고 황제는 불멸을 원했지."

불로불사. 모든 필멸자가 마지막으로 원하게 되는 것.

페르샨의 황제가 원한 것은 바로 그것이었다.

적어도 페이슬란 가문의 마지막 전사는 그렇게 증언했다.

"멍청하군."

로렌은 혀를 찼다.

"그런 게 가능하다면 페이슬란의 가문에서 페르샨의 황제가 나왔겠지."

죽음을 두려워하지 않는 전사는 강하다. 설령 같은 실력이라도 당장 싸움에 임하면 죽음을 두려워하지 않는 전사가 승리한다. 그 대가로 생명을 지불하게 되더라도 말이다.

야만의 시대. 아직 용에게서 세계를 되찾은 지 얼마 되지 않아, 법도 도덕도, 왕도 귀족도 없던 그 시대에 불멸의 전사가 있었다면 그 전사가 자연히 패권을 차지했으리라.

"그리고 그 황제가 초대 황제이자 현 황제가 되었을 것이고."

그러나 페이슬란 가문은 페르샨의 황제에게 대대로 충성을 바쳐왔다. 대대로. 그 단어가 페이슬란의 가문에서 불멸자가 나오지 않았다는 또 다른 증거이기도 하다.

"황제는 우리 가문 대대로 전해 내려오는 보물을 원했다. 아무르다드의 신상이 그것이었지. 일만 년 이상 된 그 신상을 잘 간수하는 것만으로도 페이슬란의 전사들은 신력의 혜택을 얻을 수 있으니까."

"아하……."

아무르다드의 신상. 그런 보물이 존재했다는 건 로렌도 지금 알았다.

신의 연대와 용의 연대를 버텨내어 수만 년 이상 묵은 그 보물은 고고학적 가치만 따져도 어마어마할 것이다. 그런데 아무르다드교에 입교하고 그 신상을 잘 유지시키기만 해도 신력까지 얻을 수 있다니. 그야말로 대단한 보물이라 할 수 있었다.

몇 세대에 걸쳐 제국에 공헌해 온 유서 깊은 전사 가문의 보물이다. 아무리 황제라 하더라도 쉬이 탐할 수는 없었으리라. 그러나 현 황제는 반역죄라는 극단적인 수를 써서 그 신상을 손에 넣었다.

일단 손에 넣은 건 좋지만, 페이슬란 가문의 적장자가 아직 살아 있는 게 황제로선 눈에 거슬렸을 것이다. 그래서 루크를 사지에 몰아넣어 적의 손을 빌려 죽이려 한 걸 거고.

"그렇군."

로렌은 고개를 끄덕였다.

"그럼 내가 지금 가서 그 신상을 가져오도록 하겠다."

그러고는 마치 집 앞의 편의점에 가서 아이스크림을 사 오겠다는 것 같은 말투로 그렇게 이어 말했다.

"…뭐?"

루크는 무슨 황당한 소릴 하냐는 듯 되물었지만, 로렌은 친절하게 그 되물음에 답해주었다.

"네가 아무르다드의 신력을 마음껏 쓰기 위해서는 그 신상이 필요하겠지? 난 네 힘이 필요하다. 그러니 그 신상도 필요하다."

루크는 뭔가 말하고 싶은지 입술을 달싹거리다가, 이렇게 말했다.

"…황제는 신상을 쉽게 내어주지 않을 것이다."

"훔쳐 오면 되지, 뭐. 그 신상이 있을 법한 위치나 좀 알려줘."

로렌은 자신만만하게 웃어 보였다.

＊　　　＊　　　＊

로렌이라고 페르샨 제국의 심장부에 아무런 부담 없이 드나들 수 있는 건 아니었다. 텔레포테이션과 리콜의 유효 거리를 생각하면, 여기서 더 다르키아 왕국에서 멀어지는 건 위험 부담이 있었다.

만약 로렌이 페르샨 제국에 잠깐 다녀오는 동안 라푼젤에게 무슨 일이 생기면?

'곤란하지.'

하지만 아무르다드 신상에는 그 정도 가치가 있었다. 그저 잘 간수하는 것만으로도 막대한 신력을 얻을 수 있는 강력한 기물! 이 보물의 가치에 비하자면 루크 페이슬란을 아군으로 끌어들이는 건 이미 덤이었다.

'이번에 구해서 써먹는 방법을 터득해 두면 다음 기회에 더 강력하게 써먹을 수도 있지.'

벌써 다음 기회를 생각하는 건 좀 이르지만, 이미 26번이나 회귀 주문을 사용해 요 3년간을 반복하고 있는 로렌 입장에선 자연스러운 사고방식이기도 했다.

아마 이번 기회에는 다시 대륙 동부로 찾아올 일이 없을 터였다. 그러니 지금 바로 움직이는 게 나았다.

'별로 어려운 일도 아니고. 빨리 끝내고 오자.'

다행히 페르샨 제국의 제도인 파르샤는 지금 로렌이 머물고 있는 곳에서 그리 멀지 않았다. 텔레포테이션으로 이동할 수 있는 거리였지만, 로렌은 그냥 오하라를 타고 가기로 했다.

한 번도 못 가본 곳을 텔레포테이션으로 이동하는 것에는 다소 위험 부담이 따랐기 때문에 내린 결정이었다.

물론 클레어보이언스로 이동할 지점을 샅샅이 훑어서 안전을 확보하는 방법도 있었지만, 로렌은 그 방법을 선택지에서 제외했다.

혹시 무슨 일이 생기면 바로 브뤼델로 돌아가야 하는 입장이다. 그렇기에 정신력을 지나치게 낭비하는 선택지는 피해야 했다.

"파르샤에 오는 것은 처음이로군."

"그래?"

오하라가 의외인 듯 물었다.

"올 일이 없었어."

26번이나 요 3년간을 반복했음에도 로렌이 파르샤에 오는 것이 처음인 데는 이유가 있었다.

방어전에 주력할 때는 토르코니아 제국이 페르샨 제국을 집어 삼키는 바람에 로렌이 다시 찾아올 때쯤엔 파르샤도 폐허가 되어 있었다. 전략을 공격으로 전환했을 때는 당연히 중요도가 낮은 파르샤에 올 일이 없었고.

"파르샤의 지하 미궁이라."

루크 페이슬란은 페르샨 황제의 보물들이 파르샤의 지하 미궁에 있다고 했다. 지하 미궁은 나라가 어지러울 때 황제가 은밀히 도망치기 위해 건설되었다고 하고, 과거 한 번 실제로 내전기에 황제가 미궁을 통해 파르샤 바깥으로 도망침으로써 사실로 드러났다.

지하 미궁의 입구는 황제의 옥좌 바로 뒤에 있고, 그 미궁에는 황제의 비자금을 쌓아두기 위한 보물 창고와 연결되어 있다고도 말했다.

파르샤 바깥으로 연결되어 있다는 미궁의 출구는 루크도 모른다고 했다. 하기야 그런 걸 일개 노예병, 그것도 황제에게 원한이 있는 페이슬란의 장자가 알고 있으면 그것도 그것대로 말이 안 된다.

그러니 로렌은 페르샨 황제의 옥좌를 찾아가 그 뒤의 비밀 통로를 이용해 지하 미궁에 들어가야 했다.

그냥 들어도 보통 난이도가 아니었다. 만약 로렌이 아니었다면 이야기를 들은 시점에서 포기할 터였다.

"함정 아니야?"

오하라조차도 이렇게 말할 정도였으니 말 다 했다.

"아직 이 세계에 날 함정으로 가둘 만한 인재가 남아 있다면 영입해야지."

오하라의 말에 로렌은 코웃음과 함께 그렇게 대꾸했다.

"그보다 명률법으로 모습을 숨긴 건 맞지?"

"어, 응."

페르샨 제국은 이미 토르코니아 제국에 항복했다. 그런데 토르코니아를 수호한다는 골드 드래곤이 페르샨 제국의 심장부인 파르샤에 모습을 드러낸다면 여러 가지 문제가 생길 수 있었다.

그렇다고 로렌은 물론 승전국인 토르코니아 제국에 있어서도 그리 큰 문제가 되지는 않을 테지만, 시간 낭비로 이어질 가능성이 높았으니 피하는 게 맞았다.

명률법으로 모습을 숨긴 오하라와 로렌은 바로 파르샤의 궁전으로 날아, 삼엄한 경비를 아무렇지도 않게 뚫고 황제의 옥좌 앞까지 나아갔다.

페르샨 황제는 어딜 갔는지 보이지 않았다. 하기야 황제라도 항상 옥좌에만 앉아 있지 않을 터였다. 황제를 암살하러 온 것도 아니었으므로 자리를 비우든 말든 로렌이 신경 쓸 일은 아니었다.

승화의 경지에 올라 모든 오감 또한 인간의 영역을 초월한 로렌은 옥좌 뒤에 숨겨져 있다는 비밀 통로를 쉽게 찾아냈다.

"와, 어떻게 찾은 거야?"

"완전히 밀봉되지 않는 한, 기압 차 때문에 바람 소리가 나게 마련이니까……."

로렌은 비밀 통로의 문을 열었다.

"자, 가자."

모험의 시작이다!

*　　　　　*　　　　　*

"그런데 미궁이잖아? 미궁이란 건 이 아래가 완전히 미로란 소리지?"

비밀 통로 안으로 들어오자마자, 오하라가 갑자기 걱정이 된 듯 그런 물음을 던져왔다.

"그래."

로렌의 입장에선 이제 와서 무슨 그런 당연한 소릴 하냐는 것 같은 반응밖에 보일 수가 없었다.

"길은 어떻게 찾을 거야?"

"이렇게."

로렌은 소지품에서 분필 하나를 꺼내 바닥에 주술 문자를 그렸다. 그러자 그 주술 문자가 스스슥 움직이기 시작하더니 멋대로 앞으로 나아가기 시작했다.

"뭐, 뭐야?"

"길을 찾는 주술이야. 저 문자가 우리를 가치 있는 것들 앞으로 인도해 줄 거야. 적어도 전에 이 통로를 사용했던 자가 가치 있다고 생각하는 것 앞으로 말이야."

로렌이 설명하고 있는 사이, 주술 문자는 빠른 속도로 나아가 이미 사라진 지 오래였다. 오하라가 당황하며 외쳤다.

"어, 어, 따라가야 되는 거 아니야?"

"따라가야지. 뭐, 주술의 기운이 남아 있으니 그걸 따라가면 돼."

주술에 조예가 없는 오하라는 알아차리지 못했으나, 로렌은 주술 문자가 나아간 궤적을 볼 수 있었다. 그런 로렌의 말에 오하라는 새삼 감탄했다.

"허… 주술이란 건 정말 오묘하네."

"나도 그렇게 생각해."

로렌과 오하라는 비밀 통로를 나아가기 시작했다.

"음, 함정이 있군."

"응?!"

"떨어지지 않게 조심해."

로렌은 잘 위장된 구덩이 함정을 가볍게 뛰어넘으며 말했다. 오하라는 믿지 못하겠는 듯 함정 위를 발로 툭툭 건드렸다. 그러자 위장이 후드득 무너져 내리며 함정이 드러났다.

"…어떻게 알았어?"

"흠… 감?"

"감으로 알 수 있는 거야?"

흙의 색이 약간 달랐고, 부자연스럽게 튀어나온 부분이 있었다. 물론 로렌이 평범한 인간이었다면 알아채지 못했을 것이다.

"엘프는 꽤 감각이 좋은 편이라고 생각했는데, 승화의 경지에 오른 기사만 못하군."

"난 드래곤이야."

"나도 알아."

로렌은 통로를 나아가며 함정을 몇 개 더 돌파해야 했다.

함정은 별로 치명적인 것은 아니고, 침입자의 발을 묶고 이동을 지연시키는 종류의 것이 많았다. 보물 창고로도 연결되어 있다고는 하지만 기본적으로는 위기 시에 탈출로로 쓰이는 통로니 당연하다고 할 수 있었다.

"아욱! 이게 뭐야!"

잘 보이지 않게 가려진 끈에 걸려 넘어진 오하라가 투덜거렸다.

"아, 미안. 미리 알려줄걸 그랬네."

"이, 일부러 그런 거지!"

오하라는 얼굴을 새빨갛게 물들이며 로렌에게 항의했다. 로렌은 고개를 저었다.

"아니야. 그냥 목적지에 도착해서 긴장이 풀렸어."

"목적지? …보물 창고!"

오하라도 놀라 고개를 들었다. 그리고는 이렇게 말했다.

"여기 맞아?"

그렇게 말할 만도 했다. 로렌이 서 있는 곳은 그냥 흙벽이었기에.

"맞을걸."

로렌은 손바닥으로 벽면을 만지다가, 문득 힘을 주었다. 그러자 주변의 흙이 무너지며 문이 드러났다.

"와, 이런 걸 어떻게 알았어?"

"이번엔 주술."

먼저 나아간 주술 문자의 이동이 부자연스럽게 끊겨 있었다. 사라진 주술 문자가 통로의 벽 너머 공간으로 움직였다는 건, 이전에 이 길을 통과한 자가 통로를 뚫고 벽 안으로 나아갔다는 의미였다. 비밀 문의 존재를 떠올리는 데 그 이상의 힌트가 필요하지는 않았다.

로렌은 진관의 격으로 비밀 문에 함정이나 기관 장치가 장치되어 있는지 살폈다. 특별한 함정 같은 건 없었으나 문은 단단히 잠겨 있었고, 올바른 방법으로 열지 않으면 문이 열리지 않도록 기계 장치가 되어 있었다.

"함정 없으면 됐지, 뭐."

끼이이익, 쿠구구구궁!

그렇게 중얼거린 로렌은 공력을 돌려 힘으로 잠금장치를 부숴 버리고 문을 열어젖혔다.

"뭐야, 잡동사니밖에 없는데?"

기대에 찬 눈으로 보물 창고 안을 들여다 본 오하라가 실망에 가득 차 볼멘소릴 내었다. 그녀 말대로 문 안에는 잡동사니와 찌꺼 기밖에 없었다. 마치 이미 한 번 도둑이 들어 가치 있는 것들을 싹 다 쓸어간 것같이 잘 꾸며져 있었다.

"혹시나 모를 침입자로 하여금 너처럼 생각하게 만들기 위해서 겠지."

로렌은 방 안으로 휘적휘적 들어갔다. 로렌의 행동에 오하라가 다시금 기대를 되찾으며 그를 따라 들어왔다. 그런 그녀에게 로렌 은 이렇게 말했다.

"아, 함정 있으니까 조심해."

"히익!"

천장에서 강철 창이 튀어나와 오하라의 어깨를 가격했다. 비록 그녀의 피부를 뚫지 못하고 구부러져 버리긴 했지만 말이다.

"위험하잖아!"

"위험하라고 설치한 거니까……. 그래도 이번엔 제대로 반응했 네."

아무리 드래곤인 오하라라도 공력을 돌려 신체를 강화하지 않 았더라면 위험할 뻔했다. 로렌이 쓸데없이 회복 주문에 마력을 낭 비할 위험 말이다.

로렌은 잡동사니 사이를 뒤져 또 하나의 비밀 문을 찾아냈다. 그 비밀 문은 아주 교묘하게 감춰져 있어, 로렌도 고개를 절레절레 흔들게 만들었다.

"이건 나라도 몰랐겠다."

만약 주술의 힘을 빌리지 않았더라면 로렌도 속을 정도였으니 말 다 했다.

"이렇게까지 꽁꽁 숨겨놨으니, 이젠 정말 보물이 나와야겠지."

로렌은 비밀 문을 열어젖혔다.

＊　　　　＊　　　　＊

"…우와……."

로렌 뒤를 따라 진짜 보물 창고 안에 들어온 오하라가 탄성을 터뜨렸다.

황금, 황금, 황금! 온갖 황금이 빛을 발하고 있었다.

"왜 이렇게 인간들은 황금을 좋아하지?"

"드래곤이 할 소리냐."

그것도 골드 드래곤이. 로렌이 그렇게 쏘아붙이기도 전에, 오하라는 그보다도 빨리 손바닥을 휘릭 뒤집어 이렇게 말했다.

"로렌, 나 이거 다 들고 가도 돼?"

보물 창고 안에는 금으로 된 장식품이 정말 가득했다. 산처럼 쌓인 건 아니지만, 한곳에 잔뜩 쌓아두면 작은 언덕 정도는 만들 수 있을 것 같았다.

그렇기에 로렌은 꿈과 희망으로 반짝이는 오하라의 눈동자를 마주 바라보며 이렇게 쏘아붙여 줄 수 있었다.

"이거 다 들고 통로를 통과할 자신 있으면."

로렌의 대꾸에 오하라는 아쉬운 듯 고개를 떨어뜨렸다.

"에이… 어, 아니. 너 각인인가 뭔가로 물건 부피 줄여줄 수 있잖아!"

생각보다 멍청하진 않았군. 로렌은 속으로 큭큭 웃으며 겉으론

냉담한 척 말했다.

"금 좀 들고 가겠다고 각인의 힘을 낭비하고 싶지 않은데?"

"뭐? 황금이야, 황금!"

오하라는 믿을 수 없다는 듯 외쳤다. 로렌은 그녀의 바뀐 태도에 어이가 없어 되물었다.

"너 방금 전에 인간들은 왜 이렇게 황금 좋아하냐고 비웃지 않았냐?"

"난 괜찮아! 골드 드래곤이니까!!"

이상한 논리였다. 그런데 묘하게 말이 되는 것 같기도 해서 더 이상했다.

"뭐, 어쨌든 진짜 가치가 있는 걸 들고 가자."

로렌이 지하 미궁 초입에 써넣은 주술 문자는 다른 곳에 있었다. 그 주술 문자는 로렌 일행 이전에 여길 지난 대상이 여기에서 가장 가치 있다고 여기는 것 앞에 머물러 있을 터였다.

입구는 좁았지만 안은 넓었다. 도중에 몇 번 확장 공사를 한 듯 점점 넓어졌다. 로렌은 점점 더 안으로 들어갔다. 주술 문자가 그를 인도하고 있었다.

안으로 들어갈수록 더욱 귀한 물건들이 놓여 있었다. 창고 초입 부분에는 그저 금으로만 된 물건들이 놓여 있었다면, 안으로 갈수록 보석과 희귀 금속으로 만들어진 예술품들이 즐비했다.

"우와, 이건……."

그 예술품들을 감상하던 오하라가 문득 몸을 떨며 질색했다.

오하라의 갑작스러운 반응에 로렌은 그녀를 향해 고개를 돌려 보았다.

"뭔데?"

"드래곤의 이빨로 만든 공예품이야. 아, 저것도. 저건 드래곤의 뿔로 만든 거네. 참, 솜씨도 좋지."

오하라가 불쾌한 듯 혀를 찼다.

페르샨 제국은 인류 연대 초반에 세워진, 인류 기준으로도 고대 제국에 속한다. 드래곤의 사체에서 나온 부산물로 만든 보물들이 있어도 이상할 건 없었다.

"가져갈래?"

로렌이 놀리듯 말하자, 오하라가 미간을 팍 찌푸렸다.

"아니. 입장 바꿔놓고 생각해 봐. 넌 사람 해골로 만든 장식품 있으면 갖고 싶다는 생각이 들어?"

"잘 만들었으면?"

"말이 안 통하네."

로렌의 감성이야 일반인과 동떨어져 있을 수밖에 없었다. 그는 마법사고, 환생자이며, 회귀자다. 그러니 오하라가 아무리 역지사지로 로렌을 이해시키려 해봤자 헛수고에 불과했다.

"그래서 넌? 가져갈 거야? 아, 별로인 모양이네."

말하던 오하라가 심드렁한 로렌의 표정을 보곤 헛웃음을 터뜨렸다.

"애초에 저건 드래곤과의 전쟁에서 승리했던 걸 기념하기 위해 만들어진 물건일 거야. 그다지 실용적으로는 안 보이잖아?"

드래곤의 사체로 만들어진 물건들은 하나같이 지나치게 장식적이었다. 엘리시온의 경이처럼 뭔가 특별한 기능이 붙어 있다면 모를까, 그런 것처럼도 보이지 않았다. 그런 걸 굳이 갖고 싶은 생각이 들지는 않았다.

로렌 일행은 주술 문자의 인도에 따라 보물 창고의 더욱 안쪽으로 향했다.

아무르다드 신상은 보물 창고의 중간쯤 되는 곳에 놓여 있었다. 그것이 흩뿌리는 신성 덕에 로렌은 그것을 쉽게 알아볼 수 있었다.

"이거야?"

"응."

스칼렛의 질문에 건성으로 대답한 로렌은 귓불을 만지작거리며 신상을 바라보았다.

"이상하군."

"…응."

스칼렛도 같은 것을 느꼈는지, 로렌의 혼잣말에 동조했다.

아무르다드 여신상은 대단히 더럽혀져 있었고 손상되어 있었다.

귀나 코, 손가락 등의 손상되기 쉬운 부분이 떨어져 나갔고, 그 외에도 일부러 지면에 끌고 다닌 것 같은 긁힌 홈이 나 있었다. 게다가 사타구니 부분에는 파낸 지 얼마 안 된 것처럼 보이는 구멍이 보였고, 그 부분은 철저히 더럽혀져 있었다.

그뿐만이 아니라 여신의 머리와 얼굴, 그리고 가슴 부위에는 말라붙은 배설물과 정액 따위가 악취를 내뿜고 있었다.

"루크 페이슬란이 말한 것과는 다르군."

이 정도면 의도적으로 신성 모독을 저지른 것과 다름이 없었다.

'페르샨 황제는 아무르다드의 선물을 받아 불멸을 얻을 생각이라고 들었는데.'

일이 어긋나 선물을 받지 못하게 되자 화풀이라도 한 것일까? 확실한 이유를 알 수는 없으나, 그 결과물은 그리 보기 좋은 것도 아닐뿐더러 황제의 행태라 생각하기 어려울 정도로 저속하기까지 했다.

"이 상태로 가져가면 루크 페이슬란의 마음을 얻기는 힘들겠지."

로렌이 여기까지 온 건 물론 페르샨 황제의 보물고와 아무르다드 신상에 대한 호기심인 것도 있지만, 일단 가장 큰 목적은 루크의 충성을 사들이기 위해서였다. 혀를 한 번 쯧, 하고 찬 그는 조금 귀찮더라도 신상을 깨끗하게 고쳐주기로 했다.

그리 어려운 일은 아니었다. 적당한 온도로 불을 내뿜어 신상에 말라붙은 이물질을 태워 없앤 뒤, 각인기예 상격인 재생의 격을 불러낸 후 각인을 새겨 신상이 원상태로 되돌아오도록 하기만 하면 된다.

각인의 힘에 의해 신상의 사타구니의 구멍이 천천히 메워졌고, 전신의 긁힌 자국과 잘려 나간 손가락, 코, 귀 따위도 제 모습을 찾기 시작했다.

원래의 모습을 완전히 되찾은 신상을 바라보며 로렌은 턱을 만졌다.

"…진짜 신기하단 말이지."

아무르다드의 신상이 표현해 낸 아무르다드의 모습은 인간 그 자체였다. 팔 두 개에 다리 두 개, 눈 둘에 코 하나, 날개도 없고 뿔도 없는.

물론 인간이 상상할 수 있는 가장 아름다운 인간의 모습으로 조형되어 있기는 했다. 그런 의미에서는 다소 비현실적인 아름다움이긴 했으나, 어디까지나 인간의 범주에서 벗어나지는 않았다.

용의 연대의 드래곤왕들도 신에 대한 경배를 금지했고 인류 연대에 들어와서도 인류 의회는 당연히 같은 기조를 유지했다. 그렇다 보니 신상이란 게 만들어질 수 있는 시대는 오로지 신의 연대뿐이었다.

그리고 신의 연대는 신이라는 존재가 이 세계에 살아 숨 쉬던 시대였다.

그 말인즉슨, 이 아무르다드의 신상은 아무르다드 신의 모습을 직접 보고 그걸 묘사한 결과물이란 의미였다.

"신이 자신의 모습을 본 따 만든 게 인간이라는 소리도 있긴 하지만 말이지……."

로렌은 김진우 시절에 읽었던 지구 기독교 경전의 내용을 떠올리며 혼잣말을 했다. 흔히 성경이라 불리는 그 책은 오컬트에 막대한 영향을 끼쳤기에, 오컬트 마니아였던 김진우도 읽어볼 수밖에 없었다.

"그런 소린 들어본 적 없는데."

오하라가 곧장 부정했다. 그녀야 지구 출신이 아니니 당연히 들어봤을 리가 없었다. 그렇다. 로렌이 방금 읊조린 건 지구 종교의 경전에나 나오는 소리다.

"나는 들어봤어."

"그래?"

지금 건 그냥 시비를 걸어서 관심을 끌어보려는 요량이었는지, 오하라는 쉽게 납득했다.

'멘르바도 인간의 모습이었지.'

로렌은 이번엔 속으로 생각했다.

여신의 신상을 보는 건 이번이 처음은 아니었다. 릴리트 릴림과 어느 정도 친분이 생겼을 때, 그녀가 맹렬히 로렌을 전도하려 하면서 멘르바 여신의 신상을 보여준 적이 있었다.

아무르다드와는 다소 방향성이 다르지만, 멘르바 여신의 모습도 매우 아름다운 여인을 묘사하고 있었다.

그 신상은 릴리트 릴림이 자신의 신체 일부를 떼어내 그녀가 직접 조형한 것이었다.

'그때는 날 꼬드기려고 일부러 그렇게 만든 줄 알았지.'

로렌을 꼬드길 필요가 있었던 릴리트 릴림과 달리, 아무르다드 신상의 제작자에게는 그런 의도가 없었을 가능성이 높았다. 그 신도들은 모조리 아무르다드의 피조물이었을 테고, 달리 다른 종족에게 전도라는 행위를 할 필요도 이유도 없었을 테니 말이다.

'하기야 뭐, 그게 무슨 생각이람.'

뭔가 머릿속이 간질거렸지만, 로렌은 이쯤해서 상념에서 벗어나기로 마음먹었다.

"…뭐, 지금 생각할 필요 없는 건 나중으로나 미루지."

로렌은 곧장 쓸데없는 상념을 뇌리에서 쫓아내고, 아무르다드의 신상에 손을 뻗었다. 그의 손이 신상과 접촉한 바로 그 순간, 어떤 메시지가 로렌의 정신을 통해 직접적으로 날아들어 왔다.

[먼 길을 찾아온 순례자여, 감사합니다. 그대는 파손된 신상을 보수하고 정화하기까지 했으니, 아무르다드께서는 매우 기뻐하시고 계십니다.]

로렌에게는 익숙한 메시지였다. 바로 죽은 신이 남기고 간 유산,

종교 시스템의 메시지였으니 말이다. 물론 그에게 익숙한 건 멘르바교의 시스템 음성이었으나, 아마도 아무르다드교의 시스템 음성일 지금의 이 음성도 그리 다르게 느껴지지는 않았다.

[그대가 지금은 비록 아무르다드교의 교인은 아니더라도, 이미 아무르다드교의 교리를 충실히 따랐으니, 그대의 노고는 보답받을 만하기에 충분합니다. 지금이라면 아무 조건 없이 아무르다드교에 입교하실 수 있습니다. 아무르다드교에 입교하시겠습니까?]

그 메시지를 들은 로렌은 헛웃음을 금치 못했다. 왜냐하면 그가 멘르바교에 입교할 때 했던 푸닥거리가 생각났기 때문이었다. 그리고 그 푸닥거리는 라푼젤을 입교시키려고 할 때 또 한 번 반복해야 했다.

한 번은 당했고 또 한 번은 주관한 차이가 있지만, 어쨌든 멘르바교에 입교하거나 다른 누군가를 입교시키기 위해서는 손이 많이 가는 것만은 분명했다.

그런데 그에 비해 아무르다드교는 어떤가? 그냥 아무 조건 없이 신상을 보수해 준 것만으로 입교할 수 있다니? 아무래도 아무르다드 신은 멘르바에 비해 성격이 털털한 것 같았다.

그냥 교단의 세력이 너무 작고 약해서 멘르바처럼 강짜를 부리지 못하고 오는 신도는 고맙게 받아들이는 것이리라는 추측이 더 설득력 있겠지만, 로렌은 어차피 가설인 거 그렇게까지 생각은 하지 않기로 마음먹었다.

"흠……."

로렌은 귓불을 어루만졌다.

신의 연대에 이 대륙에는 아주 많은 신이 존재했다. 릴리트 릴림은 진정한 신은 오로지 멘르바 님 한 분뿐이라며 헛소리를 했지만, 헛소리는 헛소리일 뿐이다. 다비드 페이슬란의 말에 따르면 당시 신의 수는 천을 넘겼으며, 만에 달할지도 모른다고 했다.

그렇게 신의 숫자가 많았으나, 실제로 인간이 섬길 수 있는 신의 숫자는 한정되어 있었다. 오로지 단 하나! 신이 그렇게 많지만 인간이 믿을 수 있는 신은 단 하나뿐이었다.

그야 그렇다. 당시의 인간에게 신앙의 자유란 게 있을 리가 없다.

인류는 신의 창조물이었고, 자신의 창조주를 섬기는 건 당시의 인간에게 당연한 것이었으리라. 설령 신의 손에 의해 직접 만들어진 것이 아니라, 부모에게서 태어난 인간이라도 부모의 신앙을 물려받는 게 자연스러웠을 것이고.

인간이 신을 고르는 것이 아니라 신이 인간을 고르는 것이다. 르네상스와 인본주의를 거쳤던 지구인의 관점에서 보기에는 다소 이상하게 보일 수 있겠으나, 신이 세상을 직접 걸으며 함께 숨 쉬었던 그 시대의 인간들에게는 그것이 더욱 당연하고 자연스러웠으리라.

그런 의미에서는 이미 멘르바교의 교황인 로렌이 아무르다드교에 입교하는 건 사실 말이 안 되는 일이었다. 다신교 신앙이라는 단어에서 받을 수 있는 이미지와 달리, 두 신을 동시에 섬기는 일은 있을 수 없다.

그러나 로렌은 씨익 웃으며 이렇게 대답했다.

"입교하겠다."

정말 멘르바 신이 존재한다면 격노하고 당장 신벌을 내렸을 일이나, 멘르바 신은 죽었고 이제 존재하지 않는다. 그러니 로렌이 다른 신의 교단에 입교하더라도 그 어떤 조치도 취할 수 없는 것이 현실이었다.

[아무르다드교에 입교하신 것을 환영합니다!]

실제로 로렌이 아무르다드교에 입교했음에도, 멘르바는 로렌의 멘르바교 교황직조차 박탈하지 못한다. 로렌은 자신의 가설이 맞아들었음을 기꺼이 여겨 씨익 웃었다.

'릴리는 좀 화를 낼지도 모르겠군.'

그러나 로렌에게 교황직을 빼앗기고 일개 전도사로 전락한 릴리트 릴림이 로렌을 견제할 수단은 없는 거나 다름없었다.

라핀젤을 위해 멘르바 신의 선물을 좀 많이 소모하긴 했지만, 이번에 페르샨 제국에게서 항복을 받아냄으로써 소모한 것 이상의 선물을 받아내기도 했으니 릴리트 릴림이 로렌을 상회하는 신앙을 벌어들일 가능성도 거의 없었다.

결국 아무 문제 없었다.

[아무르다드께서 신앙의 증명을 원하십니다! 소유물을 오랜 기간 동안 흠 없이 관리하십시오. 그렇게 관리한 소유물을 공물로 바친다면 아무르다드께서 기뻐하실 겁니다!]

아무르다드는 이미 죽어 이 세계에서 추방되었음에도, 신상에서는 미리 입력해 둔 것 같은 메시지가 출력되었다. 하긴 이건 멘르바도 마찬가지다.

'뭐, 저택에 골동품들이 많이 남아 있으니 그걸 바치면 되겠지.'

할 일을 모두 마쳤으므로, 로렌은 신상에 축소 각인을 새겨 작게 만들고는 품에 넣었다. 이제 이 신상을 루크 페이슬란에게 가져다주면 그의 충의를 살 수 있으리라.

"자, 이제 가자."

로렌은 그대로 보물 창고를 빠져나가려고 했다. 그때, 오하라가 그를 잡았다.

"잠깐, 저 안까지 안 보고 갈 거야?"

보물 창고의 구조상, 안쪽으로 갈수록 귀한 것이 보관되어 있었다. 그리고 로렌이 창고 초입에서 날린 주술 문자도 안쪽으로 향했고.

"흠, 그래."

로렌 혼자였다면 그냥 돌아갔겠지만, 오하라의 말에 로렌도 호기심이 생겼다. 하긴 아무리 토르코니아 1세에 의해 멸망해 버릴 페르샨 제국이라지만, 어쩌면 로렌의 목적에 도움이 될 만한 물건이 이 보물 창고에 남아 있을지도 모른다.

"가보자."

로렌이 자신의 의견을 받아들이자, 오하라의 입이 함지박처럼 벌어졌다.

"그래그래!"

좋아하면서 앞장을 서는 오하라의 모습이 다소 귀여워 보이는 것 같기도 했다.

'기분 탓이겠지.'

로렌은 다시금 주술 문자의 흔적을 따라 보물 창고의 안쪽을 향해 걷기 시작했다.

*   *   *

"와, 여기 정말 굉장한데?"

오하라가 감탄했다.

"…그러게,"

로렌도 이번만큼은 감탄의 기색을 숨기지 못했다. 이제까지도 실컷 감탄했지만, 새삼 다시 감탄하게 되는 이유가 있었다.

보석은 더 이상 나오지 않는다. 귀금속도 마찬가지다. 용의 시체로 만든 물건들도 똑같았다. 그러나 눈앞에 펼쳐진 보물들은 보석과 귀금속을 뛰어넘는 가치를 지니고 있는 것들이었다.

"세상에… 이런 것들이 일개 인간의 손에 다 들어가 있었다니."

오하라가 어이없다는 듯 말했다. 로렌은 그녀의 말에 공감했다.

옛이야기에 따르면, 그랑 드워프는 물건을 만들어내는 것을 즐겼다고 한다. 현대의 드워프들도 그런 기질이 있지만, 고대의 그랑 드워프들은 차원이 달랐다. 유전자에 새겨진 원초적 본능이라고 해도 믿을 정도로 그들은 쉼 없이 제작에 임했다고 전해져 내려온다.

그랑 드워프들이 살았던 시대는 드래곤의 시대. 세상 모든 귀중한 것들이 드래곤의 소유물이 되던 때였다. 그러나 그랑 드워프들은 자신들의 제작물이 결국 드래곤에 의해 약탈될 것을 알면서도, 인간이나 엘프와 달리 창조를 멈추지 않았다.

그리고 아니나 다를까, 무엇을 만들어내든 그것은 드래곤의 소유물이 되었다.

후대의 란츠 드워프들도 그렇듯, 그랑 드워프들도 대단히 욕심이 많았다. 아무리 드래곤이 강력한 존재라 한들, 그들은 자신들의 물건을 약탈해 가는 드래곤들에게 대단한 분노의 감정을 품었다.

그래서 종족의 총력을 기울여 드래곤 멸절 전쟁에 임했고, 그 결과물이 대륙 북부에서 로렌과 탈란델에 의해 출토된 병기들이다.

그렇다면 애초에 그랑 드워프들을 분노시킨 격철이 된 보물들은 어디로 사라졌을까?

그 답 중 하나가 바로 이 페르샨 황제의 보물 창고였다.

"그랑 드워프의 유산."

실로 막대한 양의 유물이 보물 창고 가장 안쪽에 자리 잡은 채 잠들어 있었다. 그중에는 로렌이 알아볼 수 있는 것도 있었다.

"기록으로만 남겨졌던 열두 드워프 왕의 도끼가 여기 다 있었군."

로렌이 찾은 그랑 드워프의 유적의 문은 모두 잘 숨겨져 단단히 봉인되어 있었고, 각인기예의 상격을 얻어야만 열 수 있었다.

그것은 혹시나 드래곤이 명률법을 사용해 드워프의 모습으로 찾아올 가능성을 염두에 두었기 때문이다.

그렇게 고도의 보안 설비를 갖춰놓을 만큼 북부의 그랑 드워프들은 드래곤들을 두려워했다. 그 두려움의 연원은 이미 한번 경험한 패퇴에서 나오는 것이었다.

본래 드워프들의 고향은 대륙 중부였다. 북부에 남아 있던 그랑 드워프 유적은 패잔병들과 레지스탕스들의 근거지였다. 그들은 고향을 그리워했고, 고향에 두고 온 본래 그들 소유의 보물들에 대해 자세한 기록을 남겼다.

그중에서도 손꼽히게 귀중한 보물들이 바로 열두 드워프 왕의 도끼였다.

도끼는 왕의 증명이자 고귀한 무기였다. 그런 상징적 성격을 제하고서도 그랑 드워프들은 보다 실용적인 이유로 검보다 양날 도끼를 애용했다. 그 넓적한 면에 칼보다 더 많은 각인을 새길 수 있기 때문이었다.

일족의 도끼들 중 가장 크고 화려한 왕의 도끼에는 그만큼 많은 각인이 새겨졌으며, 각인을 하나라도 더 새기고자 하는 욕심에 지나치리만큼 섬세하고 정밀하게 새길 수밖에 없었다.

그렇게 새겨진 각인들이 멀리서 보자면 물결무늬처럼 보일 정도였다고 하더니, 과연 그 말 그대로였다.

"내가 너무 페르샨 제국을 얕봤군."

그랑 드워프 일족이 파멸의 길을 걸은 후, 후대의 란츠 드워프들이 열두 드워프 왕의 도끼를 비롯한 선대의 유산을 얼마나 찾아 헤맸는지 모른다.

그러나 열두 드워프 왕의 도끼는 각기 다른 드래곤들이 약탈해 갔고, 용의 연대가 끝난 후에도 그 행방은 어지러이 바뀌었다. 그 유산은 결국 발견되지 않았다.

그런데 그 아무리 찾아도 없던 유물들이 페르샨 제국 황제의 보물 창고에 가득 쟁여져 있었을 줄 누가 알았겠는가?

"안 보고 갔으면 큰일 날 뻔했어."

저 보물들의 가치를 아는지 모르는지, 오하라도 고개를 주억거리며 그렇게 말했다.

"그러고 보니 이 보물 창고는 페르샨 황제의 사재라고 했었지."

이 정도의 수집품이다. 페르샨 제국의 국력을 기울여 모아들인 것이 틀림없었다. 아무리 황제라 한들 그 개인이 지닌 힘만으로 이런 보물들을 집어삼킬 수 있을 리 없었다.

오랜 역사 동안 축적된 페르샨 제국의 국력이 현대에 들어 토르코니아 제국보다 못한 것에는 이유가 있었다.

누군가가 국력을 빼먹고 있었기 때문에.

그리고 그 누군가는 바로 페르샨 황제 본인이었다.

페르샨 황제는 제국의 힘을 자신의 사리사욕을 채우는 데 썼다.

이 보물 창고의 보물들이 다른 무엇보다 큰 증거였다.

"흠."

지난 26번에 걸친 3년 동안, 열두 드워프 왕의 도끼를 비롯한 그랑 드워프의 유물들이 동부 전선에서 모습을 드러낸 일은 없었다. 그 말인즉슨, 페르샨 황제는 단 한 번도 이 수집품들을 인류를 위해 사용한 적이 없었다는 소리다.

더불어 이 귀중한 보물들, 유물들이 페르샨 제국을 점령한 토르코니아 제국에 의해 약탈당한 적도 없거니와 멸망 후에도 로렌에 의해 발견된 적도 없는 것으로 보아, 페르샨 황제가 어떤 방법을 동원해 모조리 폐기했음을 유추할 수도 있었다.

흔적도 남기지 않고!

'다른 사람 주느니 없애 버리겠다는 심보였겠지.'

열두 드워프 왕의 도끼에 새겨진 조밀한 각인은 모두 다 유효한 각인들이다. 그 각인의 의미를 알고 있는 자가 각인의 힘을 불어넣기만 하면 막대한 힘을 거머쥘 수 있다고도 일컬어지고 있었다. 이런 보물들을 그저 빼앗기기 싫다는 이유만으로 세상에서 없애 버리다니.

'그렇다면 이야기가 달라지지.'

로렌은 마음을 바꿔먹었다.

이 보물 창고에서 필요한 것만 딱딱 집어 가려고 했던 게 원래 계획이었지만, 이걸 본 이상 그렇게는 할 수 없었다.

"오하라."

"응? 왜?"

"나는 오늘부터 직업을 바꾸기로 했어."

로렌은 돌연 선언했다.

"갑자기 무슨 소리야? 로렌."

"지금 이 순간부터 내 직업은 대마법사가 아니라… 괴도 로렌이다!"

로렌의 말이 어떤 의미인지 뒤늦게 깨달은 오하라가 환호성을 질렀다.

약탈의 때가 찾아왔다!

*   *   *

로렌은 슬레인으로부터 주술과 영능을 배웠다. 그리고 3년을 되풀이하는 과정에서 그 기술과 능력들을 더욱 갈고닦았다. 그중에는 주술과 영능을 결합해 독특한 효과를 내는 능력도 있었는데, 그것이 바로 이것이었다.

"영혼 창고."

주술로 영계의 문을 열고 지정된 영적 공간에 물건을 집어넣을 수 있는 능력. 영적 공간에 집어넣은 물건은 등록된 좌표와 지정된 영혼 열쇠만 있으면 어디서든 언제든지 다시 꺼낼 수 있다.

'쉽게 말해 인벤토리지.'

이 세계에서는 알아들을 사람이 극히 한정된 단어를 로렌은 속으로만 되뇌었다. 아니, 사실상 로렌뿐일 터였다.

문제는 살아 있는 것과 영혼을 가진 것을 집어넣을 수 없고, 집어넣을 수 있는 부피와 질량에 한계가 있다는 점이다.

그런데 여기에서 로렌의 또 다른 능력이 부각된다.

"각인기예."

각인의 힘을 통해 물질의 질량과 부피를 마음대로 늘리거나 줄일 수 있다. 물론 사용에는 각인의 힘이 필요하니 무한정이라 할 수는 없지만, 로렌에게는 또 다른 능력이 있다.

"공력."

로렌은 공력을 각인의 힘으로 전환시킬 수 있고, 그 반대도 가능하다. 비록 각인기예의 상격을 활용할 때에는 순수한 각인의 힘이 필요하다지만, 소형화와 경량화에 드는 각인에는 그 정도까지 순도 높은 각인의 힘이 필요하지는 않다.

문제는 이것으로 끝나지 않는다. 각인을 새기는 데는 시간이 필요하다. 집중력도 다소 필요할 거고. 여기에 필요한 게 이것이다.

"천수의 격."

각인기예의 상격을 이용해 뻗어낸 여덟 쌍으로 이뤄진 각인의 팔. 신속 정확하게 각인을 새기는 데 이보다 더 좋은 수단은 없다.

간혹 지나치게 단단한 물질로 이뤄져 천수의 격으로 뽑아낸 팔로는 각인을 새길 수 없을 경우도 없지는 않았다. 이럴 때 사용할 수 있는 능력이 바로 이것이다.

"금강의 격."

팔 자체에 임의의 각인을 부여해 강도와 경도, 날카로움과 위력을 자유자재로 조절할 수 있는 각인기예의 상격이라면, 다이아몬드에라도 충분히 각인을 새겨 넣을 수 있다.

마지막으로 정신 능력의 염동력까지 더해지면, 제아무리 페르샨 제국의 황제들이 대대로 보물들을 모아온 보물 창고라 하더라도 텅텅 비어버리는 데에는 채 한 시간도 필요로 하지 않았다.

"와아아아……!"

희대의 보물들이 각인이 새겨져 작아지고 쪼그라들어 하늘을 날아 로렌의 영혼 창고에 수납되는 광경은 실로 볼 만해서, 작업이 이뤄지는 한 시간 동안 오하라의 탄성이 멈추는 일이 없을 정도였다.

"나중에 이것들 분류하는 데만도 시간 꽤 쓰겠네."

호화스럽다는 것 외에는 별다른 가치가 없는 귀금속과 보석들을 제외하고도, 그랑 드워프의 유물만 쳐도 그 양과 수가 워낙 어마어마했다.

"퉷!"

결국 영혼 창고가 가득 차는 바람에, 일단 별 가치 없는 황금들을 영혼 창고에서 토해내었다. 아무리 소형화에 경량화를 했더라도 그 양이 만만치 않았다. 황금들이 비처럼 쏟아졌다. 뜻하지 않게 황금의 비를 맞은 오하라가 행복한 비명을 내질렀다.

"이건 내가 챙길게!"

"그렇게 해."

로렌은 킥킥 웃었다.

"이제 가장 안쪽을 볼까?"

주술 문자가 가리키는, 이 보물 창고에서 가장 귀한 보물. 로렌 바로 전에 여길 찾아온 존재가 가장 귀히 여기는 것. 로렌은 그 모습을 확인하러 갔다.

"…흐음."

그 보물을 직접 목격한 후, 로렌은 그 보물만은 손대지 않기로 결정했다.

그것은 금가루와 은가루, 그리고 보석 가루를 뿌려 접착제로 고정시킨 그림이었다. 더할 나위 없이 호화로운 그 그림에는 어떤 여성의 모습이 그려져 있었다.

아무리 귀금속과 보석들을 사용했다 한들, 저 그림이 드워프 왕의 도끼보다 더 가치 있을 수는 없었다. 그러나 주술 문자의 대상이 된, 아마도 황제일 그 남자 개인에게는 저 그림이 세상의 다른 어떤 그 무엇보다 가치 있는 것이리라.

"연인의 그림인 걸까? 로맨틱하네."

황금을 다 챙긴 것인지, 어느새 로렌의 옆에 다가와 선 오하라가 홀린 듯 속삭였다.

로렌은 그렇게 생각하지 않았다. 색을 표현하는 데는 더 좋은 물감을 외면하고 굳이 사치스러운 재료로 그림을 그린 건 그저 다른 이들에게 부와 권력을 과시하기 위해서였을 뿐일 테니까.

그럼에도 이 그림을 훔쳐가지 않은 건, 아마도 황제일 그가 가장 소중히 여기는 것인 이 그림만 남겨둠으로써 메시지를 던지기 위해서였다.

괴도인 나도 네가 가장 중히 여기는 것만은 건드리지 않았다. 그런데 너는 어땠느냐.

페르샨 황제에게 이 의도가 제대로 전달될 가능성은 그리 많지 않았으나, 로렌은 크게 신경 쓰지 않았다.

"네가 그렇다면 그런 거겠지."

속내를 숨긴 채 오하라의 말에 대충 대꾸한 로렌은 보물 창고를 뒤로했다.

77장
음모의 그림자

페르샤 황제, 샤한샤는 제도 파르샤의 화려한 궁전 구석에 마련된 작은 방 안에 있었다.

사실 전쟁에서 막 패배한 제국의 군주가 옥좌에서 벗어나 홀로 발걸음을 옮긴 것 자체가 있을 수 없는 일이었다. 전후 처리로 눈코 뜰 새 없이 바빠야 정상이다.

그러나 샤한샤는 모든 업무를 신하들과 관료들에게 떠넘긴 채 무언가에 열중하고 있었다.

평범한 제국 신민이 10년을 일해도 마련할 엄두조차 못 낼, 오로지 붓을 만들기 위해 길러진 소의 귀 털을 모아 만들어진 붓을 든 황제는 같은 무게의 황금보다도 비싼 푸른 물감을 가득 찍어 특별한 방법으로 표백시킨 최상등품 비단에 그림을 그리고 있었다.

한참 동안이나 열정적으로 그림을 그리던 샤한샤는 문득 비단을 구겨 버리고 붓을 꺾어 물감이 든 병을 내동댕이쳤다. 어깨로 숨을 몰아 내쉬던 그는 새로운 비단과 붓, 물감을 꺼내어 다시 자리에 앉았다.

몇 번을 그랬을까. 겨우 마음에 드는 결과물을 그려냈는지, 샤한샤는 이마의 땀을 닦으며 한동안 취한 듯 자신의 그림을 바라보았다.

샤한샤의 그림에는 여인의 모습이 그려져 있었다. 그 여인은 인간이 아니었다.

오른팔이 붙어 있어야 할 곳에는 기괴한 생물 두 마리가 뒤틀린 채 도사리고 있었고, 목과 머리는 따로 떨어져 있었으며, 가슴에는 구멍이 뻥 뚫려 있었고, 그 구멍을 통해 심연의 눈이 이 세상을 꿰뚫어 보고 있었다.

그 그림 앞에 페르샨의 모든 제국 신민과 고귀한 혈통의 귀족들, 그리고 지방 영주와 속국 왕들의 군주인 샤한샤가 절을 하기 시작했다.

한 번.

두 번.

세 번.

[오, 오오오…….]

그러자 그림에서 기괴한 음성이 흘러나오기 시작했다. 그 음성을 들은 샤한샤는 깜짝 놀라 다시 한 번 이마를 바닥에 박았다.

[작은 자여, 하찮은 자여. 내 그대의 공물을 잘 받았다.]

마치 고장 난 라디오에서 흘러나오듯, 치지직거리던 음성은 시간이 지남에 따라 명료해졌다. 그 음성에 샤한샤는 감히 고개를 들지 못하고 감격스러운 듯 외쳤다.

"황공하나이다!"

그런 샤한샤의 반응에 음성은 나지막한 웃음소리를 흘렸다.

[가짜 신의 신상을 더럽히고, 자국의 신민을 전쟁의 희생물로 삼고, 속국의 고혈을 짜내어 아름다운 예술품을 진상하다니. 그대야말로 만민의 위에 설 진정한 군주로 손색이 없으리라. 그분께서는 매우 기뻐하실 것이다.]

"앗, 아아……! 황공무지한 일이나이다!!"

샤한샤의 얼굴이 황홀경에 잠겼고, 그 눈동자가 몽롱해져 이지를 잃었다.

[그러나 아직 부족하다. 그분께서 이 세계에 강림하시기 위해서는 더 많은 공양물이 필요하다. 그 분의 강림으로 말미암아 영원 불멸의 영광을 얻으려면 어떻게 해야 하는지, 그대는 잘 알고 있으리라 믿는다.]

"명심하겠나이다."

그런 음성의 말에, 샤한샤가 어느 정도 정신을 잡고 결연한 표정으로 대답했다.

[그래, 더 할 말이 있는가?]

"황공하오나……."

샤한샤는 조심스레 입을 열었다.

"위대하신 분께서 예언하신 대로, 서쪽에서 태양이 떴나이다."

음성은 잠시 침묵했다. 샤한샤는 불안한 마음에도 감히 고개를 들지 않고, 바닥에 이마를 짓이긴 채 기다렸다.

[때가 왔구나. 그대는 당분간 경거망동을 금하고 있으라.]

"하오면……."

[오래 걸리지 않으리라. 모든 것이 예언대로 이뤄지리니. 그대는 경건한 마음으로 징조를 기다리라.]

"그리하겠나이다!"

다시 지지직거리며, 음성이 꺼져갔다. 인내심 강하게 음성이 완전히 꺼지길 기다린 후, 샤한샤는 다시 한 번 이마를 바닥에 쿵 찧으며 외쳤다.

"언약의 그날을 고대하겠나이다, 위대하신 조물주 멘르바시여!!"

*   *   *

페르샨 황제의 보물고를 실컷 약탈한 로렌과 오하라는 아무 일도 없었다는 듯 토르코니아 제국군의 군영으로 돌아왔다. 불과 반나절 걸린 나들이였다.

"흐흐흐, 지금 내 품속에 제국이라도 사들일 만한 황금이 있다는 걸 알면 다들 깜짝 놀라겠지?"

"그 황금, 다 제국에서 가져온 거 잊었어?"

어차피 세상이 멸망해 버리면 황금 따위 빵가루 한 톨만큼도 못한 물건이 되건만, 오하라는 3년 후의 심상을 이미 보았음에도 황금에 집착했다.

"골드 드래곤이라 그런가?"

"맞아! 게다가 세상은 멸망하지 않을 테니까."

태도를 보아하니, 오하라는 이번에 얻은 황금의 가치를 유지시

키기 위해서라도 열심히 싸워줄 것 같았다. 최악이었던 첫 인상과
는 정반대의 태도라, 그때를 기억하는 로렌의 입장에서 보기엔 절
로 헛웃음이 터져 나왔다.

"뭐, 왜?"

"아니, 아무것도 아니야. 네가 기분 나빠할 생각 했어."

"꼭 그렇게 말해야 돼?"

오하라는 툴툴거렸지만, 로렌은 쿡쿡 웃을 뿐이었다.

저녁 식사를 한 후, 로렌은 다시 루크 페이슬란을 찾았다.

"신상을 가져왔다."

"뭐?"

루크는 로렌을 귀신이라도 보듯 봤다.

"그게 가능할 리가……. 한나절도 채 지나지 않았는데!"

"그렇지. 원래라면 불가능한 일일 수도 있었지."

그러나 로렌에겐 가능한 일이었다. 로렌은 영혼 창고에서 페이슬
란 가문의 가보인 아무르다드의 신상을 루크에게 내어주었다. 물
론 돌려주기 전에 축소 각인을 지워 원래 크기로 복원해 두는 걸
잊지 않았다.

"저, 정말로……!"

루크 페이슬란은 아연한 표정으로 신상과 로렌을 번갈아 보았
다. 그러나 신상을 본 순간부터 진품임을 깨달은 그는 천천히 고개
를 조아려 그 자리에 절했다.

신상이 아닌 로렌에게.

"지금 이 순간부터 마음으로 모시겠습니다, 주군!"

"그래, 그래야지."

로렌은 푸근하게 웃었다. 고생한 보람이 있었다. 그리 고생이라 할 정도도 아닌, 반나절의 탐사에 불과하긴 했지만 말이다.

"아, 그런데 날 주군으로 부를 필요는 없을 것 같아."

마치 뒤늦게 생각난 듯, 로렌은 장난스러운 어투로 루크에게 말했다.

"교황님이라 불러라."

"예?!"

루크는 놀라서 숙였던 고개를 들어 로렌을 바라보았다. 그 눈동자가 커다랗게 팽창된 게, 그가 얼마나 놀랐는지 알 만도 했다.

"저, 정말로……!"

아무르다드교의 교도인 루크는 곧 로렌이 정말로 교황임을 알아보았다. 그런 루크의 반응에 로렌은 쿡쿡 웃었다.

"너 '정말로'라는 말 좋아하는구나."

로렌이 토르코니아 제국군의 군영으로 돌아오자마자 루크를 찾지 않은 데는 이유가 있었다.

그는 자신의 몫으로 배정된 막사에서 아무르다드의 신상을 꺼내놓고 페르샨 황제의 보물 창고에서 훔쳐 온 유물들을 모조리 공물로 바쳤다.

공물로 바쳤다고는 해도 유물들이 사라지지는 않는다. 원래대로라면 공물을 회수해야 할 아무르다드는 죽었고, 차순위인 교단도 지금은 존재하지 않았다. 그러니 바쳐진 공물은 다시 로렌의 손에 돌아왔다.

같은 공물을 두 번 바칠 수 없는 점만 제외하면, 로렌이 손해 볼 게 없었다. 어차피 하나하나 꺼내놓고 목록을 작성하기도 해야 했으니, 일석이조의 작업이라 할 수 있었다.

[막대한 양의 공물에 아무르다드께서 기뻐하십니다! 아무르다드
께서는 충분한 보상을 지급하실 겁니다!!]

시간이 꽤 걸리는 작업이었지만, 그럴 만한 가치는 있었다. 대량
의 선물을 벌어들임과 동시에, 아무르다드의 신력이 그 몸에 깃들
었다.

그 결과, 로렌은 지금 아무르다드교의 교황이 되었다.

꼭 이럴 필요가 있느냐고 물으면, 그럴 필요가 있었다. 만약 로
렌이 아무 조치 없이 그냥 신상을 루크에게 돌려줬더라면, 루크가
로렌을 주군으로 섬길지언정 교단에서의 위치는 루크가 더 높은
역전 현상이 일어난다.

상호간에 불편할 일은 만들지 않는 게 더 좋지 않은가? 물론 하
는 김에 너무 많은 교단 기여도를 쌓아 교황에까지 이른 건 로렌
도 미리 계산한 바라고는 할 수 없었으나, 되어버린 거야 어쩔 수
없는 일이다.

'2개 종교의 교황을 겸임하다니, 완전 말도 안 되지만.'

그 말도 안 되는 일을 본인이 달성해 버렸으니, 할 말이 없었다.
만약 멘르바와 아무르다드, 두 여신이 이 세계에 살아 있었더라면
두 여신 모두에게 신성 모독의 천벌을 받을 일이었으나 당연하게
도 그런 걱정을 할 필요는 없었다.

뭐, 어쨌든 이로써 로렌은 루크의 충성을 샀을 뿐 아니라 교황
으로서의 명령권까지 얻었다. 루크는 완전히 로렌의 추종자가 되었
다.

"루크 페이슬란, 이쯤 됐으니 너도 이제 진실에 대해 알아야 할

때가 되었군."

그렇게 말함과 동시에 로렌은 루크에게 텔레파시를 쐬붙였다.

3년 후의 미래, 인류 멸망의 비전을 담은 심상이 루크의 뇌에 다이렉트로 꽂혔다.

"으아아악! …이건, 이건 뭐지?!"

"3년 후에 찾아올 미래다……. 아니, 굳이 설명할 필요도 없나."

로렌은 쓴웃음을 지었다.

"인류가 모조리 멸망하면 페이슬란 가문이든 네 아버지의 명예든 아무 상관 없지. 그래서 말한 거다. 대단히 무의미한 일에 인생을 낭비하고 있다고… 말이다."

"당신은… 대체……."

"말했잖아."

로렌은 별로 자랑스러운 기색도 없이, 방금 전에 지은 쓴웃음을 지우지도 않은 채 말했다.

"인류의 수호자라고."

그 인류의 수호에 지금까지 수십 번을 실패해 온.

그런 수식어는 생략했다.

*　　　　　*　　　　　*

아무리 로렌이 아무르다드교의 교황으로서 신도에 대한 명령권을 가지고 있다고 해도, 상대가 릴리트 릴림 같은 변태가 아닌 이상 기본적인 설득과 회유는 거쳐야 한다.

릴리트 릴림이야 교황의 명령을 받으면서 기뻐하는 이상 성욕자지만, 루크 페이슬란은 그렇지 않기 때문이다.

명령에야 따르겠지만 속으로 반발심을 품는 것과 본인이 나서서 명령에 따르는 것에는 하늘과 땅만큼의 큰 차이가 있다.

그래서 로렌은 루크 페이슬란을 회유했고, 성공했다.

사실 성공할 수밖에 없었다. 페르샨 제국 내에서의 명예와 이젠 자신밖에 남지 않은 가문을 위해서 싸우던 남자가 루크 페이슬란이었다. 그러나 3년 후에 모든 것이 멸망한다면, 그가 소중히 여겨 왔던 건 모두 아무 의미도 없는 것임을 그는 납득할 수밖에 없었다.

더욱이 만약 3년 후의 멸망을 막아 구세의 영웅이 된다면? 페이슬란 가문과 그의 아버지도 자연히 복권될 것이다. 그렇게만 된다면 일개 제국의 황제 따위가 감히 어찌할 수 없을 테니까.

그렇게 루크 페이슬란은 로렌의 공격군에 합류했다.

"그럼 현실적인 이야기를 하도록 하지, 루크 페이슬란."

꿈에 부푼 루크에게 로렌은 냉엄히 말했다.

"넌 너무 약해."

루크가 로렌의 테스트에 통과했다 한들, 그건 현재 시점의 그를 기준으로 한 게 아니었다.

"넌 더 강해질 필요가 있어."

로렌은 루크의 가능성을 산 것에 불과하다. 만약 2년 후에 루크가 합격선에 이르지 못한다면, 로렌은 그를 방주에 태우지 않을 것이다. 그리고 앞으로도, 그러니까 다시 한 번 회귀 주문을 사용하게 되는 상황이 오더라도 다시는 그를 회유하지 않을 것이다.

"그러니 열심히 수련하도록 해."

루크 페이슬란은 뛰어난 전사이나, 조상으로부터 물려받은 능력인 용력과 아무르다드의 신력에 지나치게 의지하는 면이 있었다. 그러니 그에게 힘을 붙여줘야 했다. 다행히 로렌은 쉬운 방법을 알고 있었다.

팡! 팡! 팡!

루크 페이슬란에게 10년 치 공력을 세 번 때려 넣었다.

"크헉! 끄아아아악!!"

공력을 억지로 받은 모든 이가 그러했듯, 루크 또한 고통의 비명을 참지 못했다.

"버텨."

아무르다드교 교황으로서의 명령과 함께 빛의 힘을 흘려 넣어주자, 루크의 표정이 곧 편해졌다. 그러나 로렌은 그를 편하게 둘 생각이 없었다.

팡! 팡!

보통 사람이라면 그대로 몸이 펑 터져 죽어도 이상하지 않을 정도의 공력을 단번에 주입했건만, 루크 페이슬란은 용력과 아무르다드의 신력 덕택인지 훨씬 잘 버텼다.

"끄아아아아악!!"

고통에 바닥을 나뒹굴긴 했지만 말이다.

"고통 끝에 성취가 오는 법이라네, 젊은 친구."

"저보다, 어리신 거 아닙, 아아아악!!"

"아니, 동갑이야."

어차피 고아라 자세한 나이 따윈 모르지만 말이다. 어쨌든 로렌은 스스로를 17세라 생각했고, 루크도 그 외모에 자신을 17세라 소개했다. 그럼 동갑이지 않은가!

물론 로렌은 로렌 하트로서 수백 년을 보냈고 김진우로서도 멸망 후의 지구 위에서 수십 년을 기어 다닌 데다, 26번에 걸친 회귀 주문으로 인해 백 년 가까이 세월을 보냈지만 그런 진실을 루크 페이슬란에게 밝힐 생각은 추호도 없었다.

"넌 네가 얼마나 큰 우대를 받는지 모를 거야."

로렌에게 이 정도 대우를 받는 건 공격군으로 선발된 영웅들뿐이었다. 아무리 로렌이 이심만 세 개나 품고 있을 정도로 기사로서의 경지가 높다고 해도 영웅 하나를 강제로 탈각시키기 위해서는 상당한 공력을 소비해야 했다.

아무리 공력 소모가 격렬해도 숨 쉬다 보면 다시 채워지긴 하지만, 공력을 다시 채우기 위해 시간을 보내야 한다는 것 자체가 로렌에게는 기회비용이었다.

뿌드득, 뿌드드득.

이 소리는 비단 루크 페이슬란이 바닥을 나뒹굴며 먼지를 씹는 소리만은 아니었다.

"끄아, 크아아아악!"

마침내 루크 페이슬란의 피부가 찢어지며 속살이 드러나기 시작했다.

"아아아아아아아!!"

"좋아, 그래."

그런 루크의 모습을 내려다보며, 로렌은 흡족한 듯 고개를 끄덕였다.

다행히 루크에게는 재능이 있었다. 몇 년 치의 공력을 받아야 탈각의 경지에 이를 수 있는지, 그것이 재능을 재는 척도가 된다. 완벽하지는 않지만 그럭저럭 들어맞는 테스트였다. 그리고 루크 페이슬란은 그 테스트를 통과했다.

"이제야 좀 17세 소년처럼 보이는군, 루크 페이슬란."

거친 숨을 내쉬며 죽은 것처럼 바닥에 나뒹군 루크의 얼굴을 들여다보며 로렌은 흐뭇해했다. 잘못하면 30대 후반처럼도 보였던 중년의 얼굴은 간곳없고, 세월이 비껴간 듯 매끈하고 팽팽한 피부가 그의 얼굴에 자리 잡아 있었다.

성공적으로 탈각의 경지에 이르렀다는 증거 중 하나였다.

"…감사, 감사합니다, 교황 성하……."

몸에 어느 정도 힘이 돌아오자마자, 루크 페이슬란은 일어나는 대신 그대로 무릎을 꿇고 로렌을 향해 머리를 숙였다.

방금 전까지 느끼고 있던 고통에 대한 건 이미 뇌리에서 사라진 것 같은 반응이었다. 그야 그럴 터다. 공력이 지금 그의 몸 안에 휘몰아치고 있을 테니까.

"네가 지금 이른 경지는 탈각의 경지라 불린다. 서부의 기사들이 기사도를 수련하며 도달하게 되는 두 번째 경지야. 효과는 말할 필요도 없겠지."

기사도에 적절한 육체로의 탈바꿈.

페이슬란 가문이 용력이라 부르는, 핏줄로 이어받은 축복은 육체의 노화를 가속화시키는 반작용이 있다고 루크 본인의 입으로 밝힌 바 있다. 그런데 그 페널티가 탈각의 경지에 이름으로써 육체 나이가 회복되어 깨끗이 사라졌다.

그런 까닭에 루크는 다른 이들보다도 탈각의 효과를 확실하게 느꼈을 것이다. 이제야 루크는 로렌이 말한 '우대'가 무엇인지 실감하고 있을 터였다.

"네가 속성으로 탈각의 경지에 오른 건 좋은 일이지만, 네가 직접 도달해야 하는 경지가 따로 있어. 그게 이심의 경지다."

로렌은 리히텐베르크류 기사도의 초급 검술을 텔레파시로 전달해 주며 루크에게 적당한 검을 한 자루 던져주었다.

"네가 지닌 아무르다드의 신력과 내가 지금 네게 부여해 준 공력을 함께 활용하면 도움이 될 거다. 하지만 그것만으로는 안 돼. 넌 스스로 열심히 수련해서 이심의 경지에 올라야 한다. 이것만큼은 내가 어떻게 해줄 수 없으니, 네가 노력할 필요가 있어."

루크에게 기사로서 재능이 있다는 건 알게 되었지만, 그렇다고 그가 반드시 이심의 경지에 오를 수 있으리란 보장은 또 없었다. 여기서부턴 개인의 영역이었다.

만약 로렌 외의 다른 이들도 로렌류 용기술을 수행할 수 있다면 일이 쉬워질 테지만, 로렌 본인이 생각하는 것보다 로렌류 용기술은 어려운 기술인 모양이었다. 잘못하면 리바운드 한 방에 전신의 공력이 뒤엉켜서 폐인이 되어버리니, 쉽게 시도할 수도 없었다.

지금까지 로렌류 용기술을 제대로 수행할 수 있는 인원은 드래곤들 정도였다. 어쩌면 인류에겐 배우는 것 자체가 힘든 기술일지도 몰랐다.

결국 루크는 정공법으로 나아갈 수밖에 없었다. 기사도를 수행하며 공력을 쌓아 이심을 만드는 것. 그것도 2년 안에. 어렵지만 불가능하지는 않은 일이다. 적어도 슬레인은 해냈다.

만약 성공적으로 이심의 경지에 오른다면 또 승화의 경지까지는 금방이다. 그때부터는 로렌이 도와줄 수 있으니까.

"기대하겠다, 루크."

"명심하겠습니다, 교황 성하."

루크는 로렌이 내린 검을 공손히 받아 들고 다시 한 번 허리를 숙였다.

*   *   *

"준비 다 됐어! 이제 가면 돼!!"

마리가 상큼하게도 말했다.

마리의 뒤를 이어 즉위한 토르코니아 제국의 새로운 황제는 이제 겨우 만으로 3살인 여자애가 되었다. 골드 드래곤의 간택이 그 아이를 향했다는 말은 바로 며칠 전에 골드 드래곤의 모습을 목격한 백성 만민들에게 아주 잘 통할 것이다.

아기나 다름없는 나이의 새로운 황제가 국정을 제대로 운영할 수 있을 리 없으므로, 마리는 그녀가 신뢰하는 신하들을 섭정으로 삼았다. 모든 일이 다 끝나면 마리가 돌아와 다시 섭정 자리를 꿰차면 된다. 그런 계산이 깔린 선택이었다.

백성 만민에게는 골드 드래곤이라는 단어가 먹힐 것이고, 조정의 관리들과 귀족들에게는 마리가 언젠가 돌아오리라는 말이 먹힐 터였다.

적어도 3년간은 토르코니아 제국도 잘 돌아가리라.

"3년이면 충분하지."

로렌도 마리의 선택에 납득하며 고개를 끄덕였다. 그 이후의 일을 생각할 필요는 없었다.

"3년 후면 승리해서 돌아올 테니까."

"그렇지!"

마리는 꽃이 핀 듯 웃었다. 절망적인 전투에 나간다는 의식 따위는 없는 것 같았다. 몇 번이고 마리를 동료로 맞아들인 로렌은 그녀가 지금 무슨 생각을 하는지 안다.

황제가 아닌 일반인 신분으로 여행을 가는 것 자체가 이번이 처음인 그녀는 처음 소풍 가는 초등학생같이 들떠 있었다.

"한창 들떠 있는데 미안하지만, 마리."

"응?"

"나한테 몇 대 맞아야겠어."

펑!

"악!"

10년 분량의 공력이 담긴 손바닥을 맞은 마리가 그 자리에서 쓰러졌다. 그런 그녀에게 빛의 힘을 쐬어 치유시켜 주며, 로렌은 안타깝다는 듯 말했다.

"어린 여자애한테 이런 짓을 하는 건 매우 가슴 아프지만, 다 필요한 일이야, 마리. 날 이해해 주겠어?"

"무, 무슨……!"

"다 끝나면 내게 고마워하게 될 거야."

로렌은 바로 몇 시간 전 루크에게 한 것을 마리에게 반복했다. 안타깝게도 그녀의 기사도 재능은 루크에 못 미치나, 그리 큰 상관은 없는 일이다.

펑! 펑!

그저 그 재능의 부족함 때문에 루크보다 더 오래 바닥을 나뒹굴어야 한다는 점만큼은 마리 본인에겐 조금쯤 유감일지도 몰랐다.

*   *   *

마리가 고통에 입술과 혀를 짓씹으며 바닥을 몇 시간 동안이나 나뒹군 결과, 그녀는 어른이 되었다.

말 그대로의 의미였다. 탈각의 경지에 올라 육체가 최적의 상태가 된 덕이다. 당연히 어린 상태는 '최적의 상태'가 아니니, 그녀의 피부는 갈라지고 근육은 부풀어 오르고 뼈는 굵어졌다.

그렇게 변한 마리는 딱 보기에도 어른처럼 보였다.

승화의 경지에 오른다면 더 완벽한 육체가 되겠지만, 아마 멸망의 때까지 그런 일은 일어나지 않을 것이다. 그야 그냥 공력을 때려 넣는 것만으로 누구나 승화의 경지에 오를 수 있다면 그게 더 이상한 일 아니겠는가?

마리의 변화는 그것으로 끝나지 않았다. 그녀의 가슴은 도드라지고, 엉덩이도 튀어나왔다. 겉보기에 차라리 소년에 가까웠던 마리의 옛 인상은 간곳없었다. 이건 탈각의 경지보다는 그 경지에 오르기 위해 꾸준히 쬔 빛의 힘이 가져다 준 변화였다.

빛의 힘이 가져다 준 변화는 그것뿐만이 아니었다. 태생적으로 안고 있던 선천적 유전병으로 인해 자손을 가지지 못할 운명의 마리였지만, 지금은 사정이 달라졌다.

강제로 탈각의 경지에 오르게 하기 위해 로렌은 그녀에게 완전하게 하는 힘인 빛의 힘을 몇 번씩이나 퍼부었고, 그 덕에 그녀는 평생 안고 가야 했을 터인 장애로부터 완전해졌다.

그럼에도 불구하고 마리는 로렌에게 항의했다.

"난 '겉모습은 어리지만 실제로는 어른'인 내가 마음에 들었어! 그런데 내게 동의도 없이 이런… 짓을 하다니!!"

참 말도 안 되는 항의였지만, 로렌은 심드렁하니 대꾸했다.

"지금도 둔갑술을 사용하면 어린 모습으로 돌아갈 수 있잖아."

"둔갑술을 사용할 수 있으니 더욱 본래 모습에 집착하는 거야!"

"그럴 듯하네."

표현이야 이렇게 하지만, 사실 이 모든 반응이 쑥스러움을 감추기 위함을 로렌은 안다.

마리는 줄곧 어른이 되고 싶어 했고, 아이를 낳고 싶어 했다.

토르코니아 1세 이후 황제의 혈통은 토르코니아 선왕의 혈통일지언정, 토르코니아 1세인 마리와는 아무런 혈연관계가 없다.

그럼에도 마리가 토르코니아의 후손들을 자손이라 여기며 아끼는 이유가 그것이었다. 만약 그녀가 자손을 낳을 수 있었다면 혈연과 비혈연을 대하는 태도가 많이 달랐으리라.

이런 상황에서 로렌은 마리의 두 가지 소원을 모두 들어주었으니, 그녀는 고마워서 미칠 지경이라 도리어 이런 반응을 보이고 마는 것이다.

"하지만 마리, 넌 너무 약해."

"윽……! 그, 그야, 너에 비하면 누군들……."

마리는 로렌이 페르샨 제국군을 상대로 무슨 짓을 했는지 너무나도 잘 안다. 그렇기에 감히 로렌 앞에서 허세는 부리지 못했다.

"너도 내게서 비전(Vision)을 받아봐서 알 거 아냐."

다소 변명 섞인 마리의 말을 가차 없이 끊어내고, 로렌은 말했다. 비전. 당연히 3년 후의 이야기를 가리킨다. 알아들은 마리는 입을 다물었다.

"넌 더 강해져야 해. 그래야 3년 이후를 볼 수 있어. 너도, 나도."

이 세계의 인류 전체가.

"…그래."

기껏 공력의 힘으로 어른도 되고 아이도 낳을 수 있게 되었는데, 고작 3년으로 끝내 버리긴 싫을 것이다. 마리의 눈빛에도 결연한 의지가 서렸다.

"로렌, 우리가 이기면……."

"응."

로렌의 이름을 부르는 마리의 표정과 목소리는 진지했으나, 그녀가 이어서 무슨 말을 할지 뻔히 아는 탓에 그로선 영 진지해지기가 힘들었다.

"내가 네 아이를 낳을 수 있게 해줘."

고맙다는 말은 부끄러워서 못하면서 어째서 이런 말은 태연하게 하는 걸까. 로렌은 이상해서 견딜 수가 없었다.

"내가 먼저야, 마리."

그때, 오하라가 끼어들었다.

"순번이 밀려 있어. 황제든 뭐든 상관없어. 네 순서가 돌아오길 얌전히 기다리라고."

오하라의 위협 섞인 으르렁거림을 들은 마리는 입맛을 다시며 태연하게도 이렇게 대꾸했다.

"순번을 기다려야 하나. 그래, 그게 맞지. 어쩔 수 없군. 기다리지."

"…그런 걸 너희들 마음대로 정하지 마."

여자들의 대화에 로렌은 살짝 두통을 느꼈다. 이미 몇 번이고 들은 대화이긴 하나, 이 대화만큼은 몇 번을 경험해도 도저히 익숙해질 것 같지가 않았다.

＊　　　　＊　　　　＊

마리와 루크, 그리고 로렌과 오하라는 다른 사람들 몰래 토르코니아 제국을 떴다.

오하라는 제국 만민의 배웅을 받으며 가고 싶어 했지만, 마리가 그런 오하라를 설득했다.

"제국을 보우하는 골드 드래곤이 떠나는 모습을 보여주는 것보다는 그냥 갑자기 사라져서 언제 다시 나타날지 모른다는 인상을 주는 게 더 나으니까."

"그러니까 명률법 쓰는 거 잊지 말라고."

로렌이 한마디를 더 하자, 오하라는 툴툴거리면서도 납득한 듯 고개를 끄덕였다.

그래서 완전히 존재감을 감춘 드래곤 오하라의 등 위에 로렌, 마리, 루크가 올라탔다.

"우와, 어어억!"

로렌과 마리는 하늘을 날아오른 오하라의 등 위에서도 아무렇지도 않았지만, 루크는 사정이 달랐는지 숨넘어가는 비명 소릴 내

질렀다.

"저, 저, 저 내릴래요! 내리게 해주세요!!"

꽤나 무서웠는지, 말투마저 어린애처럼 바뀌어 있었다. 아니, 사실 루크 페이슬란은 아직 17세고 미성년자 맞았다.

"하하하하하, 안 돼."

로렌은 웃으면서 루크를 안장에 묶어놓았다.

"너, 설마 고소공포증 있는 건 아니겠지?"

"그게 뭔데요? 끼아아악!"

하긴 이 시대의 인간에게는 고소공포증이라는 단어 자체가 생소할 게 빤했다.

"진짜 고소공포증이면 곤란한데."

로렌은 중얼거리며 루크의 등을 어루만져 주었다. 빛의 힘을 살짝 머금은 그의 손길에 루크는 빠르게 안정을 되찾기 시작했다. 그런 루크의 반응에 로렌은 안도하며 고개를 끄덕였다.

"다행이군. 고소공포증은 아닌 것 같아. 그럼 익숙해지는 일만 남았지."

"네?"

"오하라, 곡예비행."

"와하하하하하!"

로렌의 지시에 오하라는 신난 듯 그 자리에서 720도 회전을 선보였다. 안장에 매달린 루크는 찢어져라 비명을 내질렀다.

"저기, 로렌. 나도 좀 무서워하는 모습을 보여주는 편이 더 귀엽게 보이지 않았을까?"

그 와중에 마리는 이상한 고민을 털어놓고 있었다. 로렌은 그 질문에는 대답하지 않았다.

*   *   *

[교황 성하.]

릴리트 릴림으로부터 연락이 날아온 건 로렌 일행이 막 토르코니아 제국의 국경을 넘을 때의 일이었다.

루크는 비행에 완전히 익숙해져서 안장에 묶인 채로 꾸벅꾸벅 졸고 있었고, 오하라와 마리는 로렌의 여성 편력… 이 아닌 드래곤 편력에 대한 잡담을 나누고 있었다.

로렌으로서는 듣기 불편한 화제였기에, 릴리트 릴림의 갑작스러운 연락이 반가울 정도였다.

물론 저 멀리 남부 대수림까지 날아간 릴리트 릴림과 텔레파시로 대화를 할 수 있을 리 없었고, 그들이 소통의 수단으로 사용하는 것은 교도간 통신 기도술이었다.

[죄송합니다. 실패했습니다.]

거기까지는 그다지 놀랄 일이 아니었다.

릴리트 릴림이 정글의 마왕을 꺾어 데려온 적이 더 드물다. 아니, 그러고 보니 아예 없었다. 그러니 로렌은 그녀를 책하거나 탓하지 않고 무심히 대꾸했다.

[그런가. 그럼 돌아오도록.]

[…죄송합니다.]

릴리트 릴림의 메시지에서 어쩔 줄 몰라 하는 그녀의 기색이 전달되어 왔다.

[저… 마왕에게 사로잡혔습니다.]

[…뭐?]

이런 경우의 수는 처음이었기에, 로렌은 잠시 멍해져 있을 수밖에 없었다.

남부의 마왕은 꽤 강력하긴 하나, 릴리트 릴림을 사로잡을 수 있을 정도는 아니었다. 그렇기에 로렌도 릴리트 릴림을 믿고 계속해서 마왕에게 도전해 보도록 했던 것이고.

그런데 사로잡히다니? 이런 일은 단 한 번도 없었다.

'마왕이 더 강해질 변수가 있었나?'

아니, 없었다. 로렌이 확보한 변수들은 대륙 북부에 집중되어 있다. 남부로 향한 릴리트 릴림과 정글에 틀어박혀 있던 마왕에게 그 변수들이 작용할 여지는 없었다.

그런데 어째서?

[마치 마왕이 제가 습격할 걸 미리 알고 있었던 것처럼 행동했습니다. 제가 잘못한 것이겠지요. 조금 더 조심스럽게 행동했어야 했는데…….]

마왕군의 정찰에 걸려든 탓에, 간단한 유인책에 휘말려 들어 기습당했다고 릴리트 릴림은 추측하고 있었다.

하지만 그건 이상한 일이었다. 마왕이 강하긴 하지만 머리는 약하다. 더 정확히 말하자면 멍청한 편이다. 게다가 대단히 오만하고 조심성이 떨어진다.

릴리트 릴림이 지금까지 패배한 건 그냥 마왕이 강했기 때문일 뿐이고, 도망치고자 마음먹으면 몇 가지 기만책을 써서 쉬이 도망쳐올 수 있었다.

그런데 정찰병을 배치하고, 꽤 머리를 굴리는 타입의 책사인 릴리트 릴림을 유인한 후에 기습해서 생포했다고?

하나도 말이 되지 않는다.

그 마왕이 로렌이 아는 마왕이 맞았다면 정찰병은 배치하지도 않았을 거고, 유인책은커녕 소릴 지르며 정면에서 달려들었을 것이며, 사로잡았다면 생포 따위 하지 않고 바로 잡아먹으려 들었을 것이다.

'뭔가 이상하군.'

위화감은 확실했지만 위화감의 원인을 찾아낼 수는 없었다.

정보가 더 필요했다.

[생포한 이유는 뭐래?]

[제 부모에게 지참금을 요구하기 위해서라고 하더군요.]

릴리트 릴림의 메시지에서 어이없음이 묻어났다. 듣고 있던 로렌도 어이가 없었다.

[지참금?]

[네. 저랑 결혼할 거라고 하더군요.]

[…결혼?]

가능한가? 아니, 그게 중요한 건 아니다.

[그리고 일주일 후 결혼식을 성대하게 올리고, 그때 저를 잡아먹겠다고 합니다.]

[…마왕이란 놈이 정신이 나갔다는 건 분명히 알겠군.]

결혼식 때 잡아먹겠다니, 무슨 사마귀도 아니고. 아니, 사마귀도 암컷이 수컷을 잡아먹는다. 마왕이 암컷이었나? 비틀리고 뒤틀린 그 외견으로는 성별도 파악하기 힘들다.

'혼란스럽군.'

어쩌면 어떤 계기로 마왕이 매우 똑똑해져서, 릴리트 릴림의 배후에 있는 자신을 혼란스럽게 만들기 위해 일부러 미친 언행을 하는 것일지도 모르겠다. 로렌이 그렇게 생각하게 될 정도로 마왕의 언행은 앞뒤가 맞지 않았다.

[저는 실패했으니, 실패한 책임을 지겠습니다. 교황 성하, 부디 옥체 보중하시오소서.]

릴리트 릴림은 자신의 죽음을 담담히 받아들이는 듯하나, 로렌의 입장에서는 그게 아니었다. 로렌에게는 릴리트 릴림이 필요했다.

신의 흙인 릴리트 릴림은 로렌의 전력에서 꽤 큰 부분을 차지한다. 그녀를 잃으면 계획이 상당히 꼬여 버린다.

다행히 아직 살해당한 건 아니니, 구출해 올 여지는 아직 남아 있었다.

'으음······.'

라푼젤에게 무슨 일이 생길까 봐 대륙 중부보다 남쪽으로는 별로 가고 싶지 않았지만, 라푼젤에겐 아직 아무 일도 안 생겼고 릴리트 릴림 쪽은 일이 터졌다. 이렇게 된 이상 어쩔 수 없었다.

'구하러 가야겠군.'

로렌은 결론을 내렸다.

"오하라, 마리와 루크를 데리고 먼저 브뤼델로 돌아가 있어."

결정을 내린 이상, 로렌의 판단은 빨랐다.

"뭐? 너는?"

"릴리가 적에게 사로잡힌 모양이야. 구하러 가야겠어."

"어휴… 그냥 내버려 둬! …라고 하고 싶지만, 어쩔 수 없지."

오하라는 혀를 끌끌 찼다.

"마리, 루크. 브뤼델의 내 저택에서 머물면서 일단은 검술부터 수련하도록 해. 내가 직접 봐주고 싶지만 상황이 여의치 않군. 그럼 부탁한다, 오하라."

로렌은 그렇게만 말하고 곧장 도약 주문을 사용해 하늘로 날아올랐다.

*   *   *

도약 주문으로 대륙 남부까지 날아가는 건 마력 효율이 그리 좋지 않으나 상황이 이렇게 된 이상 어쩔 수 없다. 수 ㎞마다 클레어보이언스를 사용해 가며 텔레포테이션 장소를 확보하는 것보단 날아가는 게 나았다.

'가려면 최대한 빨리 가야지.'

로렌은 별의 몸뿐만 아니라 다섯 개의 마력 서킷에도 도약 주문을 가득 채웠다. 연달아 도약 주문을 사용해 구름 위로 솟아오른 로렌은 곧장 서킷에 다시 도약 주문을 채워, 이번에는 한꺼번에 터뜨렸다.

"간다!"

투콰콰콰쾅!

단번에 다수의 도약 주문을 풀어놓자 순식간에 음속을 돌파해 공기의 벽을 뚫는 소음이 시끄럽게 울려 퍼졌다. 상당한 충격이 로렌의 육체를 두들겼으나 승화의 경지에 오른 그의 몸에는 생채기조차 생기지 않았다.

로렌은 계속해서 연속적으로 도약 주문을 사용해 가속도를 붙였다. 그리고 마심의 공력을 흘려 풀어놓자, 도약 주문이 공력을 연료로 삼아 더욱 강력하게 발동했다.

그러자 로렌의 육체가 새빨갛게 달아올라 마치 별똥별처럼 빛났다. 공기와의 마찰로 인해 빛과 열이 발생한 것이다.

그에 따라 로렌은 각인 몇 개를 활성화시키고 공력을 둘러 몸을 보호했다.

"이 정도 속도라면 1시간이면 가겠군."

대륙 남부까지는 몇 번 가본 일이 있지만, 자주 가지는 않았다. 대륙 남부까지 방어하기엔 지나치게 전선이 길어지고 효율이 낮았기 때문이다. 남부에 전력을 파견하는 것만큼 패배를 앞당기는 선택도 드물었다.

그럼에도 불구하고 로렌이 길을 헤맬 가능성은 낮았다. 남부의 대수림은 엄청나게 넓어, 상공에서 놓치기가 더 어려웠다.

문제는 오히려 대수림 안에서 발생한다. 지나치게 넓은 데다 마물로 가득하고 인류의 발길이 닿지 않아 이정표랄 것도 없으니, 헤매기 딱 좋다.

"다 왔군."

하늘 위에서 대수림의 모습을 확인한 로렌은 완강 주문을 쳐 속도를 줄였다. 그러자 그의 육체가 무방비 상태로 지면을 향해 낙하하기 시작했다.

[릴리, 어디냐.]

다행히 로렌은 이정표라 할 만한 것을 가지고 있었다. 릴리트 릴림의 존재가 바로 그것이었다. 로렌은 교도간 통신 기도술을 활용해 그녀를 불렀다. 답은 금방 돌아왔다.

[교황 성하… 어째서!]

말로야 로렌이 여기까지 왔음을 성토하는 듯 들렸지만, 텔레파시와 비슷한 점이 많은 교도간 통신 기도술이다. 진의를 감추기는 퍽 어렵다. 릴리트 릴림은 로렌이 자신을 구하러 왔음을 알고 내심 감격한 듯했다.

[알았다.]

어쨌든 위치를 알았으니 됐다. 교도간 통신 기도술로 대충 릴리트 릴림의 위치를 짐작한 로렌은 통신을 끊고 적당한 곳을 찾아 착지했다.

비록 명률법으로 모습을 숨겼다고는 해도, 혹시나 마왕이나 그 수하들 중에 로렌의 위치를 간파할 능력을 가진 자가 있다면 릴리트 릴림이 있는 곳까지 곧장 날아가는 건 위험한 짓이었다.

더욱이 이번 마왕은 릴리트 릴림을 사로잡을 수 있을 정도로 강력하다. 방심은 언제나 안 좋지만, 이런 상황에선 더더욱 좋지 않다.

로렌은 클레어보이언스, 원견투시(遠見透視)의 정신 능력을 사용해 주변을 정찰했다. 적당한 위치를 물색해 텔레포테이션으로 이동한 후, 다시 클레어보이언스를 사용하는 과정을 반복했다.

'알고는 있었지만, 정말 마물들이 득실거리는군.'

대수림 안에서는 로렌조차도 이름을 모르는 신종 마물들이 서로 잡아먹고 잡아먹히는 지옥도가 펼쳐지고 있었다. 앞으로 나아갈수록 더 거대하고 강력한 마물들이 등장했으며, 그것들마저도 악에 받혀 생존경쟁에 뛰어들고 있었다.

다행히 아직 명률법을 간파해 낼 수 있는 마물은 존재하지 않았다. 그렇기에 로렌은 상대적으로 수월하게 릴리트 릴림을 향해 나아가고 있었다.

이제 한두 번 정도만 더 텔레포테이션을 활용하면 목적지에 도착할 지점이 되었다. 여기서부터는 마왕의 영역이라고 일컬어도 무방했다.

'음?'

로렌이 이제까지 지나온 대수림의 풍경은 마물들의 투쟁으로 인해 피와 죽음으로 뒤덮인 모습이었다. 하지만 어느 순간을 경계로, 투쟁의 소음과 피 비린내가 딱 끊어져 있었다.

'…이런, 젠장.'

로렌의 표정이 굳었다.

이 드넓은 대수림이 모두 마왕의 영역인 것은 아니었다. 마왕은 그 이름대로 강대한 마물이었지만, 그 이름과 달리 통치에는 그다지 재능이 없었다. 그저 약한 놈을 짓밟고 공포로서 억지로 명령을 따르게 만드는 것뿐이었다.

지구 인류 역사에서도 잘 드러나듯, 그런 지배에는 한계가 있었다. 고대 로마로부터 기원된 다양한 통치의 기술이 개발되기 전까지 인류는 제국을 이루지 못했다.

그래서 마왕은 최강의 자리와 왕이라는 칭호만을 가져갔을 뿐, 대수림 전부를 손에 넣지는 못했다. 그것이 돌아다닐 수 있는 행동반경. 딱 그것이 마왕의 영역이었다.

그런데 그건 아무래도 과거의 이야기 같았다. 물론 과거라는 건 로렌의 시점에서지만.

'경비가 꽤 삼엄한데?'

마왕은 졸개들을 그저 굴복시킨 것이 아니라 통제하고 지배하는 것 같았다. 마왕의 영역 내에 있는 다양한 마물들이 각자의 방식대로, 하지만 효율 좋게 주변을 감시하고 있었다.

릴리트 릴림의 보고를 처음 들었을 때는 믿기지 않았지만, 이 광경을 직접 목격하고 나니 믿지 않을 수가 없게 되었다.

텔레포테이션의 목적지로 쓸 만한 곳을 클레어보이언스로 물색해 보고 있었지만, 완전한 사각지대도 안전지대도 존재하지 않았다. 누가 경비병 배치를 담당했는지는 몰라도 꽤 꼼꼼한 성격 같았다.

'적어도 내가 아는 마왕의 성격과는 거리가 있지.'

로렌은 마왕을 직접 만난 적이 없다. 그러나 릴리트 릴림은 마왕을 여러 번 보았다. 릴리가 패퇴하여 올 때마다 로렌은 텔레파시를 통해 대수림과 마왕에 대한 정보를 받았다. 그렇게 취합된 정보중에, 마왕이 이렇게 철저한 지배력을 행사할 줄 안다는 정보는 없었다.

'이상하군.'

그러니 로렌이 이상하다고 느끼는 것은 지극히 당연한 일이었다.

그러나 로렌이 지금 이상하다고 느낀 건 그저 마왕의 행태에 대해서만은 아니었다.

'뭐가 이상한 건지는 모르겠지만 이상해.'

위화감이 들었다. 그러나 그 위화감이 어디서 오는 건지 로렌은 바로 알아차릴 수 없었다. 이 공간 전체가 느껴보지 못했던 기묘한 기운을 발하여 로렌을 자극하고 있었다.

아니, 로렌은 이 기묘한 기운의 정체를 안다. 그는 뒤늦게 알아차렸다. 뒤늦게 알아차린 이유가 있었다. 왜냐하면 원래 이 기운은 지금의 이 시점에서 느껴져서는 안 되는 기운이었기 때문이다.

"……!"

로렌은 직감적으로 뒤를 돌아보았다. 바로 그곳에 진흙덩어리가 있었다. 한순간 전에는 없던 진흙덩어리다. 그렇다는 건 이 진흙덩어리가 로렌의 배후로 돌아오는 데 단 한순간밖에 소모하지 않았다는 소리였다.

"…너는……!"

로렌의 손가락 끝이 바들바들 떨렸다. 진흙덩어리에 대고 말을 걸다니, 누가 보면 미쳤다는 소리 듣기에 딱 좋은 행태였지만 로렌은 그런 생각 같은 건 하지도 않았다.

"네놈이 왜 여기에 있지?!"

로렌의 그 목소리는 심하게 갈라지고 떨려, 알아듣기 쉽지 않았다. 침이 마르고 혀가 굳은 탓이었다. 눈은 충혈되고 전신의 떨림이 멈추지 않았다. 마력은 제어에서 벗어나 실체 없는 폭풍을 일으켰고, 공력도 꿈틀거려 열기와 뇌기를 내뿜어대고 있었다.

"…기대도 하지… 않았다……."

진흙덩어리는 꾸물거려 기포를 내뿜어대며 마치 사람 목소리 같은 걸 냈다.

"…널… 속일 수… 있을 거라고는……."

눈앞에서 일어나는 괴사(怪事)에 로렌은 오히려 침착해졌다. 마력 폭풍은 잠잠해졌고 이심에서 새어 나오던 열기와 뇌기도 가라앉았다. 입을 닫아 침을 충분히 내어 입술을 한 번 핥은 로렌은 한층 가라앉은 표정으로 진흙덩어리를 바라보았다.

"넌 날 아나?"

"로렌. 로렌. 로렌."

진흙덩어리의 등처럼 보이는 부위에서 세 개의 기포가 부풀어 오르다 로렌의 이름처럼 들리는 소리를 자아냈다

"…이번이, 서른 번… 째다……"

"…뭐?"

로렌의 되물음에 진흙덩어리는 잠깐 침묵했다.

"…이 형태로는… 대화하는 게… …쉽지 않군……"

그야 인간의 구강도 아니고 짐승의 아가리도 아닌 진흙덩어리에서 거품이 터지는 소리를 목소리 대신 삼고 있으니, 대화하는 게 쉽지 않은 건 당연하다고 할 수 있었다. 로렌은 진흙덩어리가 곧 어떻게 변화할지 알고 있었기에, 담담히 그것이 변하는 것을 지켜보았다.

진흙덩어리는 사람의 모습으로 화했다. 누구에게도 매력적으로 보일 터인 아름다운 소녀의 모습.

그 모습을 본 로렌은 미간을 찌푸렸다.

이 진흙덩어리는 괴물이다. 다른 괴물이 아니라 멸세의 괴물. 이대로 그냥 두면 3년 후에 이 세계에 찾아와 맹독과 역병과 저주를 흩뿌려 멸망을 가져오는 로렌의 주적이다.

원래대로라면 모든 개체가 특징과 모습이 달라 이름을 붙일 이유가 없었던 괴물이지만, 로렌은 26번이나 이들을 상대하면서 결

국 이름을 붙일 필요를 느꼈다.

이 괴물의 이름은 악마의 흙(Diabolus Humos). 릴리트 릴림의 정체인 신의 흙과 비슷한 괴물이다. 릴리트 릴림과 비슷하게 자신의 육체인 진흙을 마음대로 빚어 모습을 만들 수 있다.

멸망의 때에 첨병으로 날아오는 괴물로, 인류의 모습을 의태해 인류 문명에 잠입해 오는 괴물이다. 자신이 의태한 대상을 죽이고 희생자의 뇌를 빨아 그 지식과 정보를 습득한 후, 조용히 파고들어 있다가 멸망의 때가 되면 자폭해 피해를 입힌다.

그렇게 되기 전에 바로바로 처리하는 게 원칙인 괴물이다.

그런 이 괴물을 로렌이 바로 쳐 죽이지 않은 건 단순했다.

당황해서.

나중에 다른 이유를 떠올리기는 했다.

악마의 흙을 그냥 죽이면 그 진흙 알갱이 하나하나가 흩어지면서 주변에 독과 역병과 저주를 흩뿌린다. 그중에서 가장 골치 아픈 건 역병인데, 악마의 흙의 역병에 감염된 흙은 또 다른 악마의 흙이 된다.

'그래서 안 죽인 건 아니지.'

로렌은 자신의 실수를 인정했다. 그리고 바로 악마의 흙을 쳐 죽이기 위해 손을 뻗었다. 하지만 그는 그 생각을 곧 접었다.

괴물들은 인류에 대한 무한한 증오와 적개심을 내보이며, 대화의 여지 따위는 없었다. 그런데 악마의 흙은 굳이 로렌에게 말을 걸었다. 아무리 기습에 실패했다지만, 그것이 공격 대신 대화를 선택할 이유는 되지 못한다.

이런 경우는 처음이었다.

게다가 인간의 모습으로 변신한 악마의 흙은 그 자리에 무릎을 꿇은 채 엎드려 있었다. 그리고 믿어지지 않는 소릴 했다.

"로렌, 우리는 항복한다."

이게 무슨 소리인가!

로렌은 눈을 부릅떴다.

"아니, 항복합니다."

로렌의 표정을 보고 무슨 생각을 한 건지, 악마의 흙은 곧장 자신의 말을 높임말로 수정했다. 그런 악마의 흙의 웃기지도 않는 행태에 로렌은 헛웃음조차 내뱉지 않았다.

"설명해라."

말투가 차가운 건 당연했다. 인류의 적에게 따스하게 말하는 것 자체가 이상한 일이다. 로렌의 요구에 다소 망설이던 악마의 흙은 지금 취하고 있는 인간의 모습인 10대 후반의 여자애 목소리로 말했다.

"너, 아니, 그대, 로렌은 향후 우리 세계에 쳐들어온다."

높임말이 다시 반말로 변했지만, 악마의 흙은 인지하지 못한 듯했고 로렌도 신경 쓰지 않았다. 경어를 쓰든 말든, 로렌이 악마의 흙에게 취할 태도는 변하지 않으니까.

그러나 그 내용은 이야기가 달랐다.

악마의 흙은 미래의 이야기를 하고 있었다.

3년 후의 미래 말이다.

"우리 신류(神類)는 갑작스러운 너희 군세의 공격에 대응할 방법을 찾지 못하고 멸망당한다."

악마의 흙의 이야기는 충격적이었다.

"나는 그 미래를 바꾸러 왔다."

그 이야기를 하는 악마의 흙의 표정은 땅에 박은 채라 보이지 않았다. 어차피 표정 따위, 악마의 흙은 마음대로 성형할 수 있으니 봐봐야 판단에 별 도움도 되지 않는다.

"…미래를 바꾸러 왔다고?"

"그렇다, 로렌."

악마의 흙은 대답했다.

"서른 번. 시도했다. 실패했다. 전부."

그러고 보니 악마의 흙이 인간의 모습을 취하기 전, 한 무더기 진흙덩어리였을 때도 그런 소릴 했었다. 이번이 서른 번째다. 그 말이 가리키는 바는 꽤 명백했으나, 로렌이 받아들이기에는 시간이 조금 걸렸다.

'[회귀]…….'

멸세의 괴물들도 로렌과 마찬가지 방법을 쓰고 있다.

몇 번이고 반복해서, 요 3년간의 시간을 되돌리고 있다.

충격적인 소리였다.

로렌은 릴리트 릴림에게 이 회귀라는 수단을 로렌 혼자만 사용할 수 있는 것이라는 이야기를 들었다. 하지만 실제로는 그렇지 않았다는 게 밝혀졌다.

"그렇기에 항복한다. 우리는 널 이길 방법을 찾지 못했다. 예정된 멸망을 피하기 위해서는 이 방법이 유일하다고 판단했다. 로렌, 우리는 항복한다. 우리는 이 세계를 침략할 계획을 폐기했다. 그러니 너희도 우리 세계로 쳐들어오지 않았으면 좋겠다."

항복 선언을 받은 로렌의 머리가 차갑게 식었다.

로렌 외에는 다른 변수가 없던 이 세계에 그와 관계없는 갑작스러운 변수가 생긴 건 그럴 만한 이유가 있었기 때문이다. 그 이유가 바로 이 악마의 흙일 거고.

즉, 갑자기 릴리트 릴림이 마왕에게 붙잡힌 건 이 악마의 흙이 개입했기 때문이리라. 그 목적은 로렌을 이 대수림 안으로 끌어들이기 위해서였을 터.

'그리고 궁극적으론 내게 항복하기 위해서 이런 짓을 꾸몄다?'

아니, 그렇지는 않을 것이다.

로렌은 생각했다.

서른 번을 반복했다는 악마의 흙의 말은 진실일 것이다. 아니라면 인류에 대한 무한한 증오와 적개심을 표현해 마지않는 이들 괴물이 대화라는 수단을 사용할 리 없으니까.

지구에서 김진우로서 이들을 상대할 때, 그는 이들에게 언어라는 게 없다고 생각했다.

그들에게도 언어가 있고, 나름의 의사소통을 한다는 건 회귀 주문을 사용해 26번의 반복을 하는 도중에나 알게 된 사실이었다.

그러나 그 의사소통은 오로지 자기들끼리 의견을 교환하기 위해서만 사용되었고, 인류의 입으로는 발성하는 것조차 불가능한 기이한 소리로 이뤄진 언어였다.

정신 능력으로의 의사소통도 불가능했다. 정신적 체계가 완전히 달라, 괴물들과 텔레파시를 시도하는 것만으로도 정신세계가 오염돼 잘못하면 인격이 붕괴될 정도였다.

괴물들은 인류에 대해 무조건적인 공격으로만 일관했다. 그것은 요 26번간의 시도를 하는 동안 단 한 번도 어긋난 적이 없는 규

칙이었다.

그런데 대화라니.

그것은 그리 간단한 일이 아닐 터였다. 대화라는 게 성립하기 위해서는 언어를 익히는 것만으로는 안 된다. 외국어를 배우는 것만으로 외국인과 소통할 수 있는 건 상대가 같은 인류이기 때문이다. 적어도 식욕과 성욕, 수면욕 따위의 기본적인 욕구가 일치하기 때문이다.

그러나 완전히 다른 차원의 정신세계를 지닌 괴물이 인류와 소통하기 위해서는 그 정신세계부터 일치시키지 않으면 안 된다. 식욕도 없고 성욕도 모르는 괴물은 설령 인류의 언어를 사용하게 되더라도 의사소통이 불가능하다.

사과. 먹는 것. 붉은 것. 괴물은 이조차도 이해를 못 한다. 먹지도 않고 보는 눈도 다르니까. 괴물에게 있어 사과와 돌멩이의 차이를 이해하는 것은 인간이 두 덩이의 흙더미를 놓고 그것을 합쳤다가 다시 일일이 분리해 내는 작업과 비견해 낼 만하리라.

세상의 온갖 언어를 습득해 온 로렌조차도 괴물들의 언어를 습득하는 것은 그 전략적 유용성에도 불구하고 포기했을 정도다.

물론 악마의 흙은 인류의 뇌를 먹어 그 지식과 정보를 습득하는 것이 가능하긴 하지만, 그건 말 그대로 그냥 의태일 뿐이다.

악마의 흙은 잡아먹은 인류의 외피를 취해 멸망의 때가 올 때까지 그 안에서 가만히 머물러 있을 뿐이고, 그 외피가 자동적으로 행동을 취하도록 내버려 둘 뿐이다. 지구식으로 설명하자면 일종의 자동 매크로라 할 수 있겠다.

그 과정에서 악마의 흙이 인류를 이해한다는 건 본래 불가능한 일이다.

그런, 일견 불가능해 보이는 시도를 했다는 것 자체가 괴물에게 상당한 노력과 고통을 요하는 것이었으리라. 그것은 확실히 서른 번쯤 실패해야 간신히 습득할 수 있는 수준이었다.

'그 능력을 단순히 내게 항복하기 위해 습득했다?'

말도 안 된다.

로렌은 생각했다.

그저 몇 가지 울음소리로만 소통하던 동물들과 달리 인류의 언어가 이리도 복잡한 것은 거짓말을 하기 위해서. 그런 누군가가 제창한 이론을 떠올렸다. 지구인의 이론이었지만, 이 세계라고 별로 다른 것 같지는 않았다.

그리고 괴물이 인류의 언어를 익힌 건 같은 이유이리라.

'기만, 협잡, 사기.'

전생 회귀를 막 한 시점의 로렌에게는 별 능력도 힘도 없었다. 그래서 그레고리 남작과 하이어드들에게서 라푼젤을 지키기 위해 별수 없이 사용했던 수단들이 바로 그것들이었다.

그 수단을 괴물이 사용하지 못하리라고 누가 확언할 수 있겠는가.

'거짓 항복은 참 상투적인 수단이지.'

지구의 고대 인류조차 사용하던 수단이다. 트로이의 목마. 무려 기원전부터 전해 내려오던 전설이자, 전술이다.

'하지만 나쁘지 않아.'

이 괴물이 굳이 대화라는 수단을 이번에 처음 사용하게 된 이유가 있을 것이다.

처음 멸세의 괴물들이 이 세계를 습격해 왔을 때를 떠올려 보면, 그때 당시 인류는 괴물들에게 있어서 그저 벌레 같은 존재에 지나지 않았다. 저항다운 저항을 한 것이라곤 로렌 하나 정도였다.

손가락으로 눌러 죽일 수 있는 상대와 굳이 대화하려는 노력을 기울일 이유가 없다. 인간이 바퀴벌레와 대화하려는 시도를 하지 않는 것과 같다. 바퀴벌레는 구제의 대상이지 협상의 대상이 아니니까.

그런데 굳이 대화를 시도하고, 그것도 처음부터 항복을 말하는 이유가 있을 것이다. 그리고 그 이유는 매우 높은 확률로 이것이리라.

더 이상 인류가 만만하지 않기 때문에.

그것은 곧 로렌의 이 27번째 시도는 의미 있는 결실을 맺었다는 의미도 되었다.

로렌은 히죽 웃었다.

속으로만.

이 교활한 악마의 흙이 뒤통수로 자신을 지켜보고 있음은 이미 알고 있으므로.

조금 전, 로렌의 표정을 보고 반말을 높임말로 수정한 것이 힌트였다.

'대화가 가능하다는 건 협잡질도 가능하다는 의미지.'

항복 따위를 받아들일 생각은 없었다. 휴전 같은 개소리를 들어 줄 마음도 없었다.

그저 이 일을 기화로 최대한 많은 정보를 뽑아먹는다. 적을 기만하는 것이 가능하다면 더욱 좋다. 그렇기에 로렌은 대화를 선택했다.

대체 어떤 방법으로 인류 의회가 막아놓은 차원의 벽을 뚫고 여기까지 왔는지는 모르나, 그 방법도 이제부터 알아낼 생각이었다. 그들이 백도어를 사용해 이 세계로 침입해 왔다면 그 반대도 가능할 테니까. 예를 들어 그 문으로 로렌이 역습을 가하러 간다든가.

군침 나는 정보다. 지금 당장 이 역겨운 괴물을 때려죽이지 않을 충분한 이유가 될 정도로.

"항복이라는 게 그렇게 간단히 이뤄지는 것인 줄 아나?"

로렌은 분노를 간신히 삼키는 자의 표정을 연기했다. 아니, 사실 연기할 필요도 없었다. 괴물들에 대한 증오는 로렌의 심장을 뜨겁게 달구고 있었으니까.

"내가 아무 이유 없이 너희 세계에 쳐들어갔다고 생각하나?"

"그렇지 않음을 잘 안다."

괴물은 대답했다.

"우리가 이기고 있는 것 같을 때에 너는 항상 나타났다. 원래 나타나야 했던 곳이 아닌 다른 곳에. 변수. 너 또한 같은 힘, 갖고 있다. 아마도 우리는 처음에 성공했을 것이다. 계획대로 됐을 것이다. 그때의 원한을 갖고 움직인다는 것을 안다."

말은 어눌해도 이 녀석의 지능은 낮지 않다. 이미 알고 있는 사실이긴 했지만, 로렌은 다시금 의식적으로 그 사실을 새겨 넣었다.

"용서를 구한다. 그러나 알아두기 바란다. 우리 세계는 너희 공격으로 인해 멸망했다."

믿기 힘든 이야기였다. 그 강대한 괴물들, 그들 스스로 표현하기론 신류를 로렌이 멸망시키다니. 그리고 믿을 필요가 없는 이야기이기도 했다. 말로야 뭐든 못 할까. 이 '거짓말'이 다음 수작을 위한 포석일 가능성은 대단히 높았다.

"…그렇군. 우리는 서로를 몇 번씩이나 멸망시킨 건가."

동시에 믿는 척을 할 필요가 있는 이야기였다. 로렌은 짐짓 허무한 표정을 지어 보이며 감상적인 목소리로 독백하듯 말했다.

"무의미한 소모전이다. 그만둘 때가 되었다. 항복한다. 그만두자."

한편으로는 믿고 싶은 이야기이기도 했다. 항복을 받아들이고, 불가침조약을 맺고, 이 지긋지긋한 반복을 끝낼 수 있다면 얼마나 좋을까.

그러나 로렌은 그렇게 순진하지 못했다.

괴물들의 인류에 대한 증오는 보통이 아니었다. 그것은 로렌이 괴물들에 대해 품고 있는 증오와는 비교도 안 될 정도였다. 저들이 이렇게 쉽게 항복하리라곤 생각은커녕 상상도 하기 힘들었다.

로렌조차도 설령 이 항복이 진짜라도 아무 상관 않고 괴물들을 죽이러 나설 생각이었다. 그렇다면 과연 괴물들은 어떨까? 쉬이 상상이 갔다.

"이야기해 줘봐."

로렌은 그렇게 말했다.

"너희 괴물들은 왜 우리 인류를 그렇게까지 증오하지?"

"증오하지 않는다."

괴물은 즉시 대답했다. 생각조차 할 필요 없다는 반응이었다.

"우리는 우리의 것을 되찾으려고 했을 뿐이다. 그 과정에서 너희 인류를 멸절시켜야 할 필요성이 있었을 뿐이다."

괴물들에게도 감정은 있다. 그러나 그 감정이란 것이 인류의 기준에 대자면 사이코패스에 가까운, 아니, 그보다도 더 이해하기 힘든 것일 뿐이다. 그중에서도 그나마 이해가 가는 감정은 바로 분노와 증오였는데, 지금 괴물의 목소리에는 분노가 실려 있었다.

"너희의 것? 이 세계 말인가?"

"그렇다."

괴물은 다시 감정을 죽인 듯, 담담히 답했다.

"그러나 포기하겠다. 이 세계가 우리의 멸종보다 우선하지는 않는다."

뒤늦게 실수를 포장하려는 듯, 괴물은 그렇게 덧붙였다. 그조차도 연출일지도 모르지만, 로렌은 신경 쓰지 않았다. 지금 신경을 기울여야 할 건 다른 것이었으니까.

'역시 너희는 원래 이 세계의 주인이었군.'

26번에 걸친 시도 중에 어느 정도 심증은 확보한 상태였다. 정황 증거도 어느 정도 모여 있었다. 그러나 확증에는 이르지 못했는데, 그것이 이번에 이 괴물의 증언으로 확실해진 셈이었다.

원래 이 세계의 주인.

즉, 신들.

스스로를 신류라 일컫는 시점에서 이미 어느 정도 밝혀진 셈이었지만, 이번 증언으로 쐐기가 박혔다.

로렌이 지금 상대하고 있는 악마의 흙이 이 세계에 남아 있는 릴리트 릴림, 신의 흙과 닮아 있는 건 우연이 아니었다. 릴리트 릴림도 신의 피조물, 그리고 악마의 흙도 마찬가지이기 때문일 터였다.

'아까부터 우리니 뭐니 하고 있지만 이 괴물들은 그저 첨병에 불과하지. 진짜 배후 세력들은 신들이야.'

이 세계에서 추방당한 신들. 그들이 이 세계에 대한 소유권을 주장하고 나선 것이다.

'죽은 신들.'

로렌은 인류 의회를 떠올렸다. 그리고 그 인류 의회의 지시를 받아, 용의 영계에 죽은 드래곤들을 다시 한 번 죽이러 간 슬레인을 떠올렸다. 그러나 인류 의회가 신의 영계에 가서 뭘 어떻게 했다는 말은 듣지 못했다.

아니, 애초에 인류 의회는 신들을 추방했다고 했다. 이 세계를 거닐던 신의 육신을 죽이고 그 영혼을 추방하는 건 가능했어도. 신들을 완전히 죽일 수는 없었다.

즉, 신들은 아직 살아 있다.

수만 년이 지난 지금, 신들이 이 세계에 다시 돌아오려는 마음을 먹게 된 건 그리 부자연스러운 일이 아니었다. 오히려 자연스러운 발상이라고 할 수 있었다.

'하지만 그럼 지구는 뭐지?'

이 세계에서 추방당한 신들이 여기로 다시 돌아오려는 수작을 부리려는 건 자연스럽지만, 지구는 그렇지 않았다. 로렌 하트로서 이 세계에서 보냈던 첫 번째 생애에서는 멸세의 괴물들, 그리고 그 배후인 신들은 이 세계를 노리지 않았다.

'뭐, 생각해 봐야 의미도 없는 일이지.'

이 괴물에게 지구에 대해 물어봐야 특별한 답을 얻을 수는 없으리라. 스스로를 신류니 뭐니 아무리 허세를 부려봐야 어차피 이 괴물은 첨병일 뿐이고, 졸개일 뿐이다.

그러니 다른 질문을 해야 했다. 더 시급하고 중요한 질문을.

"너는 항복을 입에 올리고 있지만, 네 윗사람들은 어떻게 생각하는지 궁금하군. 애초에 내가 항복을 받아들이면, 그 결과를 네 윗선에 어떻게 보고하지?"

무슨 수를 써서 인류 의회가 막고 있는 세계의 벽을 뚫고 여기까지 왔느냐는 질문을 로렌은 우회적으로 했다. 상대도 바보가 아니니 질문의 본질은 꿰뚫겠지만, '항복하기 위해선 이 질문에 대답을 해야 한다'는 전제조건을 깨뜨릴 수는 없을 것이다.

"협상 논의를 마친 후 날 죽이면 된다."

그런데 괴물은 교묘하게 로렌의 의도를 비켜 갔다.

"내가 죽으면 그 영혼은 우리 세계로 돌아갈 것이다. 그리고 협상의 결론 또한 우리 세계에 전달될 것이다."

괴물은 꽤나 현명한 대답을 한 터지만, 로렌도 절반이나마 얻을 만한 것은 얻었다.

'역시 실체를 가지고 이 세계에 침투해 올 수는 없는 모양이로군.'

하긴 그랬더라면 괴물들은 더 빨리 쳐들어왔을 것이다. 로렌이 마음 놓고 성장을 도모할 수 있는 시간을 2년으로 잡은 건 적들이 변수를 창출할 수 있는 시간이 아무리 빨라도 2년 후였기 때문이었다.

그렇다면 눈앞의 이 악마의 흙은 어떻게 이 세계에 침투해 올 수 있었던 것일까?

'영혼만을 들여보낸 후에 뭘 어떻게 한 거겠지.'

그 방법도 궁금했지만, 지금은 그것보다 더 중요한 질문을 해야 한다.

"그것만으로는 확실한 대답이 되지 않는군. 우리의 협상 결과를 너희 윗선이 거부하면 어떻게 되는 거지? 그럼 재차 논의를 해야 할 텐데, 사신인 네가 죽어서 없어지면 재논의는 불가능해지잖아?"

"그 걱정은 할 필요가 없다. 나는 이 협상에 전권을 위임받았다. 내 결정이 곧 우리 세계의 결정이다."

괴물은 자신만만하게 말했지만, 로렌은 내심 생각했다.

'거짓말이군.'

이런 괴물에게 한때는 세계의 지배자였던 신들이 전권을 위임했다고는 생각하기 힘들었다. 거짓말이라는 확증은 없지만, 진실이라고 믿는 것보다는 거짓말이라고 생각하는 게 나았기 때문에 로렌은 그냥 거짓말이라고 생각하기로 했다.

하지만 겉으로는 안심한 듯 표정을 꾸몄다.

"그럼 그 논의라는 것을 해보기로 하지."

동시에 로렌은 정신 능력을 활용했다. 사람의 모습을 한 악마의 흙은 자신이 허공이 붕 떠오르자 당황한 듯 보였다. 기습의 묘가 발휘되었다는 증거였다.

"협상은 결렬됐다. 죽어라."

염동력으로 이뤄진 입방체에 갇힌 악마의 흙을 향해, 로렌은 가차 없이 선고했다.

쾅! 쾅! 쾅!

3중 융합 주문인 폭발 주문이 평방 1m도 안 되는 작은 입방체 안에 그 화력을 집중시켜 세 번 연속 발동했다. 악마의 흙은 그 사체를 흩뿌리지도 못했고, 그렇기에 주변 흙을 오염시켜 되살아나지도 못했다. 그러라고 만든 염동력 큐브다.

대상이 완전히 침묵하자, 로렌은 염동력 입방체의 크기를 줄여 악마의 흙 사체를 단단히 압축한 후 영혼 창고 안에 던져 넣었다.

물론 악마의 흙 영혼 또한 도망치지 못하게 주술로 붙잡아 영혼 감옥에 가둬 버렸다. 이놈의 신문은 나중에 할 생각이었다. 지금 당장은 따로 할 일이 있었다.

[릴리, 방어해라.]

릴리트 릴림에게 텔레파시를 보냄과 동시에 로렌의 몸이 대수림 위로 치솟아 올랐다.

영안으로 보니 릴리트 릴림 외에도 꽤 강력해 보이는 존재가 있기에, 거길 목표로 두고 로렌은 주문을 사용했다.

다음 순간, 4중 융합 주문인 성광 폭발이 마왕의 영역에 작렬했다. 완전한 기습이었기에 적들의 대응은 없는 거나 마찬가지였고, 미리 방비를 하고 있던 릴리트 릴림 외에는 타격을 피할 수 없을 터였다.

"끼아아아아아악!"

"꺼어어어어어!!"

대부분의 마물이 성광 폭발에 휩쓸려 목숨을 잃거나 중상을 입었다. 살아남은 것들도 고통과 혼란에 몸부림쳐, 마왕의 영역은 삽시간에 아비규환이 되었다.

'이 정도면 됐군.'

마왕 말고도 살아남은 마물들이 많으니, 마왕도 분명 목숨을 건졌을 터였다. 기습의 묘를 살려 단번에 마왕을 처치하지 못한 건 안타까운 일이지만 그렇다고 파멸의 낙일을 쓸 수는 없는 노릇이다. 아무래도 놈의 숨통을 완전히 끊어놓는 건 다음으로 미뤄야 될 것 같았다.

로렌은 적당히 각인을 써 열기로부터 몸을 보호한 후, 릴리트 릴림이 있는 곳을 향해 직선으로 날아갔다.

[릴리, 모습을 드러내라.]

로렌이 그렇게 텔레파시를 보내자, 붉게 달아오른 지면 한구석이 솟아오르더니 거기서 잘 구워진 도자기 피부의 소녀가 등장했다.

"교황 성하……!"

아무래도 로렌의 신호를 듣고 그대로 땅속으로 파고들어 몸을 보호한 모양이었다. 적절한 판단이었으나 피부가 잘 구워진 걸 보니 완전하지는 않았던 모양이었다.

릴리트 릴림은 로렌의 모습을 확인하자마자 절부터 하려고 했다. 로렌은 그녀의 말을 끊고 허리를 붙잡아 든 후, 곧장 도약 주문을 연속으로 사용해 하늘 높이 날아올랐다.

"두 드래곤은?"

"마왕이 사로잡으려 한 건 저뿐이었습니다. 드래곤들은 도망치는 데 성공했습니다."

"그렇군. 알았어."

로렌은 굳은 표정으로 고개를 끄덕였다.

"저, 교황 성하."

심상치 않은 로렌의 분위기에 릴리는 긴장한 듯 보였다. 그러나 그녀에게는 안타깝게도, 지금 로렌에게는 그녀를 달래줄 만한 마음의 여유가 없었다.

"넌 함정이었다, 릴리."

"예?!"

"날 이곳으로 유도하기 위한 함정 말이야. 제기랄."

입맛이 썼다. 서른 번이나 반복했다더니, 그것만은 진실인 모양이었다. 로렌의 행동 패턴을 잘 알고 있는 것을 보니 말이다.

"서둘러야겠어. 릴리, 미안하지만 잠깐 들어가 있어."

릴리트 릴림에게 각인을 새겨 소형화시킨 후 영혼 창고 안에 던져 넣은 로렌은 대수림에 도착했을 때보다도 더 빠른 속도로 날아가기 시작했다.

목적지는 물론 브뤼델이었다.

*　　　　*　　　　*

괴물, 악마의 흙의 목적이 시간을 끌어 로렌을 여기 붙잡아두고 있는 것임을 알아챈 건 약간 늦은 시점이었다. 자신의 결정이 곧 자기 세계의 결정이라며 허세를 부릴 때.

멸세의 괴물들을 창조한 배후이자 진정한 적의 정체가 죽은 신들이라는 게 밝혀진 이상, 그 첨병에 불과한 악마의 흙 주제에 결정권을 가지고 있을 리가 없지 않은가?

그리고 적의 정체가 죽은 신들이 맞다면 그들이 쓸 수 있는 수가 하나 있었다. 로렌을 이 먼 이국 타향에까지 끌어들일 필요가 있는 수이기도 했다.

그 수는 실로 치명적이었다. 적들이 항복이라는 단어를 들이밀고 자신들도 '회귀'라는 수단을 사용할 수 있다는 핵심 정보를 밝힌 이유가 있었다.

파편화된 정보는 많았으나, 그것이 한 번에 합쳐진 게 바로 그 시점이었다. 그래서 로렌은 시간을 끌려는 악마의 흙의 속셈을 알아챈 즉시 괴물을 죽였다.

'하지만 이미 늦었을지도 모르겠군.'

로렌은 이를 갈았다. 꽤나 교묘하게 잘 꾸며진 함정이었다. 로렌을 여기까지 끌어들이고 시간을 질질 끌기에 충분한 미끼를 뿌렸기에 그로서도 걸려들 수밖에 없었다.

'내 예상이 틀려야 할 텐데.'

그러나 예상이 틀릴 가능성은 낮아 보였다.

최대한 비행 속도를 올리기 위해 마력과 마심의 공력을 아끼지 않고 사용했기에 왔을 때보다 더 빠른 속도로 돌아가고 있었다. 당연히 몸에 부담은 더 커졌지만, 로렌은 신경 쓰지 않고 속도를 더욱 올렸다.

다르키아 왕국의 국경에 도착하자마자 허공에서 곧바로 정신 집중을 취해 자기 소유의 저택을 목적지로 잡고 텔레포테이션을 강행했다. 위험한 짓이었으나 지금은 찬물 더운물 가릴 때가 아니었다.

슈슈숙.

공간 이동으로 인한 약간의 현기증을 무시하고, 로렌은 도착하자마자 라푼젤에게 내준 방으로 뛰어 들어갔다.

"라푼젤!"

아니나 다를까, 라푼젤이 자리에 쓰러져 있었다. 그리고 그녀의 몸 주변에서 전에 보지 못했을 정도로 막대한 신력이 일렁이고 있었다.

그 신력은 라핀젤의 것이 아니었다. 인간이 다룰 수 있는 양도 아니었을 뿐더러, 그 질도 현격하게 높았다. 마치 블랙홀처럼 주변의 신력을 빨아들이고 있었는데, 그 영향으로 인해 브뤼델 전역의 신력이 일시적으로 공백 상태가 되어버렸음을 로렌은 인지할 수 있었다.

이 막대한 신력은 엘리시온 여신의 신격에 의해 제어되고 있는 것이리라. 신력은 라핀젤의 몸속으로 침입하기 위해 그녀의 몸을 뒤덮고 있었다. 멘르바의 가호를 받았음에도 불구하고 그 막대한 신력을 버티지 못해, 라핀젤의 하반신에는 이미 여신의 신격이 임한 상태였다.

"…내 예상이 틀리지 않았군."

영안으로 이 모든 것을 확인한 로렌은 멍하니 중얼거렸다.

그렇다. 죽은 신들 중에는 엘리시온도 있다. 멸세의 괴물들과 엘리시온이 같은 편이라면 모든 게 설명된다. 악마의 흙이 그렇게도 시간을 끌어댄 건 엘리시온으로 하여금 라핀젤을 집어삼키고 강림할 시간을 벌어주기 위해서였다.

그런 자신의 예상이 맞아들었음에도 로렌으로서는 전혀 기쁘지 않았다.

"로, 로렌……."

로렌의 혼잣말을 듣고 그가 찾아왔음을 인지한 건지, 라핀젤이 아직 자유로운 상반신을 일으켜 그의 얼굴을 보려고 했다. 그렇게 그녀의 집중이 흩어지자, 엘리시온의 신력이 그녀의 몸을 파고드는 속도가 더 빨라졌다.

"크으으윽!"

라핀젤은 고통에 몸부림쳤다. 하반신은 가만히 둔 채 상반신만이 고통에 전율하는 광경은 차라리 기괴하게 보였다.

다행히 로렌에게는 단신으로 페르샨 제국을 제압함으로써 얻은 멘르바의 선물이 있었다. 그리고 새로이 아무르다드의 교황도 되었고. 두 신의 신력들은 엘리시온의 신격을 물리치고 그 시도를 무위로 돌리는 데 도움이 될 것이다.

문제는 엘리시온의 신격이 이 주변의 신력들을 모조리 자신의 소유로 하고 로렌의 저택을 자신의 신전으로 탈바꿈시키는 바람에, 엘리시온 외의 다른 신들의 신력을 마음대로 다루지 못한다는 점이었다.

'이렇게 되기 전에 왔어야 했는데……'

로렌은 입술을 짓씹으며 중얼거렸다.

"하지만 아직 늦지 않았어."

확신이 드는 것은 아니었다. 그러나 로렌은 자신의 말이 맞길 바랐다. 심호흡을 한 번 한 그는 도박에 나서기로 했다.

'여긴 이미 엘리시온의 신전이야. 강신(降神)을 쓸 수는 없어.'

여기까지 서둘러 오느라 이미 대량의 마력과 공력, 정신력을 소모했다. 혹시 엘리시온의 힘을 강성하게 할 우려가 있어 빛의 힘도 쓸 수 없으니, 로렌이 지금 당장 쓸 수 있는 카드는 그리 많지 않았다.

'승산 없는 도박 같은 건 싫어하는데 말이지!'

눈을 꽉 감았다 뜬 로렌은 더 이상 망설이지 않고 자신의 진짜 이름을 속으로 되뇌었다. 그리고 그다음, 어떤 단어를 입에 올렸다.

명률이 흘렀다.

이 단어를 손에 넣은 경위를 한 마디로 요약하자면 우연이었다. 이 단어는 로렌에게 명률법을 가르쳐 준 스칼렛은 물론이고, 용의 연대를 살아온 오하라조차도 모르는 단어였다. 방대한 목록으로 이름난 인류 의회의 자료실의 장서에도 이 단어는 실려 있지 않으리라.

왜냐하면 로렌이 이 단어를 손에 넣은 건 외계(外界)였기 때문이다.

로렌은 괴물들의 언어를 습득해 보려 노력한 적이 있었고, 그 시도는 비록 헛수고로 돌아갔지만 아무것도 낳지 않은 것은 아니었다. 그저 의미 불명의 쾌액거림으로밖에 들리지 않는 괴물들이 하나같이 외치는 단어가 있었고, 로렌은 그 단어를 주웠다.

괴물의 언어와 인류의 언어는 어느 것 하나 닮은 점이 없었으나, 그 단어만은 묘하게 귀에 익었다. 그리고 그 단어와 일치하는 인류 언어의 단어들을 로렌은 발견할 수 있었다.

그 단어들을 거르고 합쳐, 로렌은 하나의 단어를 정제해 냈다. 그 단어가 '이 뜻'의 '진짜 이름'임을 로렌은 확신하고 있었으나, 실제로 그 단어를 입에 올린 적은 없었다.

언젠가는 실험해야 한다고 생각했지만, 위험도는 높고 얻을 건 없다고 생각했기에 나중으로 미뤘다.

그러나 때가 찾아왔다. 그때는 바로 지금이었다.

로렌의 명률법이 발동했다.

*　　　　*　　　　*

로렌이 지금까지 이 '실험'을 망설인 이유가 있었다. 그저 공포를 대가로 지불하는 것만으로 과연 '이것'이 될 수 있을까 의문이 들었기 때문이다.

만약 공포만을 대가로 지불해야 한다면, 드래곤으로 변할 때와는 비교도 되지 않을 정도의 압도적인 양의 공포를 지불해야 할 터였다. 그것도 그것대로 생각하기 싫은 가설이지만, 그 가능성은 높지 않다고 보았다.

왜냐하면 '그것'이 가능하다면 용의 연대에 드래곤들은 드래곤인 채로 남지도 않았을 것이고, 애초에 인류 연대가 찾아오지도 못했을 것이었기 때문이다.

그러나 드래곤은 드래곤인 채로 멸종했고, 인류와 인류 의회는 승리해 인류 연대라는 신시대를 맞이했다. 현대의 역사가 단순히 공포만을 지불하는 것으로는 '이것'이 될 수 없다는 방증이었다.

그럼 대체 무엇이 필요한가?

로렌으로서는 알 수 없었다.

그저 일단 시도해 보는 것일 뿐.

"아, 아, 아, 아, 아!"

로렌의 입에서 제멋대로 비명이 터져 나왔다. 비명의 원인은 단순한 공포 때문만은 아니었다. 물론 공포도 이기기 힘들었으나, 그가 지금 느끼고 있는 건 공포 이상의 것이었다.

존재의 근간이 흔들리는 감각.

그저 이름을 부르는 것만으로 이런 일이 가능한 것인가. 로렌은 의문이었다. 그러나 변화는 실제로 일어나고 있었다. 이제까지 명률법은 그를 몇 번이고 변화시켰지만, 이만큼 극적이고 본질적인 변화는 가져온 일이 없었다.

그리고 로렌은 확신했다.

이것이 명률법의 궁극임을.

"아아아아아아!!"

로렌의 온몸에서 빛이 터져 나왔다. 본래 눈에 보이지도, 피부로 느껴지지도 않는 것이 모이고 모여 그 밀도가 지나치게 높아진 탓에 빛으로 화(化)한 결과였다.

"아, 아악!!"

원래대로라면 불가능한 일이다. 이런 일은 일어나서는 안 된다. 로렌은 그조차도 몰랐다. 그저 이 방법이 가장 가능성이 높은 방법이라고 생각했기에 사용한 것뿐. 그러나 그의 생각은 틀렸다. 본래 이 방법은 가능성이란 게 아예 존재하지 않는 방법이다.

그러니 반드시 실패해야 하는 방법이었다.

그러했다.

그러나 이미 이뤄져 버린 이상, 그것은 더 이상 '없는 가능성'이라 할 수 없었다.

그렇게 로렌은 인류 최초로 명률의 극치를 이뤘다.

아니, 명률을 다루는 그 누구도, 드래곤을 포함한 그 누구도 도달하지 못한 곳에 도달했다.

로렌이 지금 부른 이름은 타차원의 괴물들이 내지르는 괴성과 지구 인류와 이 세계의 모든 인류의 언어를 통틀어 정제해 낸, 본래 그 누구도 모르던 단 하나의 '진짜 이름'이었다.

신.

로렌이 명률법으로 부른 이름은 바로 그것이었다.

그 결과, 로렌은 명률의 법이 정한 대로 나아가.

신이 되었다.

검고 어두운 옥좌.

차원의 저편에 마련된 마지막 안식처.

그것은 그 옥좌에 앉아 있었다.

―성공했군.

언어도, 정신파도 아니었다. 그저 의지만이 공허한 공간에 울려 퍼지고 있었다.

그것의 입술이 쭉 찢어졌다.

―신이 된다는 건 필멸자의 궁극적인 소망이지.

아름다운 얼굴이었다. 마치 인간이 상상한 가장 아름다운 여인의 얼굴을 한 단계 더 아름답도록 꾸민 것 같은, 그래서 보고 있자면 어째선지 기분이 나빠지는 얼굴이었다.

그 얼굴과 동체는 목으로 연결되어 있지 않았다. 점술가가 자신의 수정 구슬을 트릭을 써 허공에 들어 올린 것처럼 허공에 둥실 떠 있을 뿐이었다.

그리고 원래 목이 있어야 할 곳 위에 자신의 얼굴을 둥실 띄워 놓은 동체는 명백히 인간과 동떨어진 모습을 하고 있었다.

오른팔이 있어야 할 곳에는 두 마리의 괴물이 배배 꼬여 있었고, 가슴에는 구멍 하나가 뻥 뚫려 있었다. 그리고 그 구멍에서는 심연의 눈이 이곳이 아닌 어딘가를 주시하고 있었다.

―그 욕망에는 감히 저항할 수 없을 것이다.

죽음이란 얼마나 큰 절망인가! 결코 벗어날 수 없는 절망이기에 그것은 절대적인 공포고, 모든 필멸자는 그 공포를 피하기 위해 안 간힘을 쓴다.

그런데 그 공포의 굴레에서 한 번 벗어난 자가 다시 공포의 굴레 를 스스로 뒤집어쓸 수 있을까?

—자아, 그럼 한 차례 연극을 해볼까.

파놓은 함정에 걸려든 벌레가 발버둥 치도록 만들어야지.

그래야 거미줄이 더욱 단단하게 벌레를 옭아맬 테니까.

그것은 자신만만하게 웃은 후, 혀를 내밀어 입술을 핥았다. 그 혀는 그 자체로 다른 생물인 것처럼 쉭쉭대며 벌레같이 울어대었 다.

*   *   *

로렌은 로렌이라는 이름의 신이 되었다.

그저 명률의 힘만으로는 이룰 수 있는 현상이 아니었다. 이미 이 세계에 그럴 만한 조건이 갖춰졌기에, 로렌이라는 이름의 신은 이 세계에 강림할 수 있었다.

신의 연대가 끝나고, 용의 연대가 끝나고, 인류 연대에 들어서 인류에게 있어 신앙과 종교라는 것은 존재하지 않았다.

그러나 이 세계의 인류는 신앙에 목말라 있었고, 종교에 목말라 있었다.

부조리한 일을 당했을 때, 체념해야 할 때, 의지할 만한 것이 필 요할 때. 인간은, 인류는 그럴 때 신을 찾는다. 그런데 이 세계에는 신이 없었고, 종교가 없었다.

죽어갈 때 부를 누군가의 이름이 없었다.

드래곤에 대한 증오가 희석되어 환상 속의 존재가 되었듯, 인류는 신에 대한 증오 또한 잃었고 오히려 선망하게 되었다. 인류 스스로는 자신들이 무엇을 선망하는지도 모른 채 말이다.

그렇기에 이 세계는 새로운 신을 받아들일 준비가 되어 있었다.

그리고 스물여섯 번 반복된 멸망의 때에, 이 세계의 인류는 로렌의 이름을 부르며 죽어갔다.

물론 그것은 아직 닥치지 않은 미래의 일이었으나, 불가해한 인과가 작용했다. 마치 로렌이 회귀할 때마다 멘르바교에의 공로가 유지되어 교황직에 오른 것처럼. 여기에 어떤 법칙이 어떻게 적용되는지는 말 그대로 신조차도 모른다.

그리하여 세계는 로렌이라는 신을 받아들였다.

*   *   *

이전까지는 느낄 수 없던 것을 느끼게 되었고, 알 수 없었던 것을 알게 되었다.

마법사에게 있어서 그것은 쾌락이자 영광이나 로렌은 그렇게 느낄 수 없었다.

꿀은 너무나도 달기에 꿀 속에 빠진 벌은 빠져 죽는다.

로렌에게 일어난 현상은 그를 꿀 속에 빠진 벌과 다름없이 만들었다.

지나치게 많은 정보가 그를 망가뜨리고 있었다.

인격은 무너지고, 감정은 마모되고, 그를 로렌이라 규정짓고 있던 모든 것이 부서지고 터져 나갔다.

[로렌.]

목소리가 들렸다.

[로렌!]

한 사람의 목소리가 아니었다. 이 세계 모든 인류의 목소리였다. 아니, 이미 사람의 목소리라 할 수 없었다.

[로렌!!!]

그것은 이 세계의 목소리였다. 의지였다!

그 [의지를 듣고서, 로렌은 자신이 로렌임을 알았다.

부서지고 터져 나간 인격 따위는 상관없었다. 그는 이미 인간이 아니었으므로.

벌은 한 잔의 꿀 속에서 빠져 죽지만, 인간은 그 꿀 한 잔을 마시고도 살아남을 수 있다. 살아남아 그 꿀을 자신의 양분으로 삼을 수 있다.

그러니 비유하자면, 로렌은 이제 꿀이 아닌 인간이었다. 비유하지 않자면, 그는 인간이 아닌 신이었다.

스스로를 인간이 아니라 신이라 규정한 순간, 로렌은 자신이 맡은 영역이 무엇인지 깨달았다. 시간을 넘어 전생에까지 돌아오고, 지구와 이 세계를 넘나들던 그가 관장할 영역은 정해져 있는 것이나 다름없었다.

시간과 공간의 신, 로렌.

―환영한다.

목소리가, 아니, 의지가 울려 퍼졌다.

―일개 신, 로렌.

그것은 끝없이 사악한 의지였다.

아니, 그것을 사악하다 할 수 있을까? 선악은 인간이 결정지은 가치. 인간이 인간을 잡아먹으면 인간은 그것을 악이라 규정하지만, 자신의 반려를 잡아먹어 알을 낳을 힘을 얻는 사마귀는 자신의 행위를 악이라 부르지 않는다.

로렌에게서 깨져 나간 건 그러한 가치 판단이기도 했다. 선, 도덕, 정의. 그것들은 모조리 인간의 것일 뿐이었고, 신이 된 로렌은 더 이상 인간의 것에 얽매일 이유가 없었다.

—그대는 이제 우리와 같은 존재가 되었다.

—그대는 우리 중 하나가 되었다.

—그대는 우리를 이해할 수 있게 되었다.

—자아, 우리와 함께 이 대우주의 종말까지 춤추자.

그것은 매우 강렬한 유혹이었다.

다가올 멸망의 때에 어둠 속에 홀로 남겨져 그저 눈만 뜨고 있을 수는 없었다. 필멸자일 때는 미처 생각지 못했을 가능성이나, 신이 된 지금은 다르다.

영원불멸의 존재가 된 그에게 손을 맞잡을 존재는 반드시 필요했다. 그 존재는 언젠가 스러져 한 줌 흙이 되어버릴 인간일 수는 없었다.

로렌은 그들과 손을 맞잡기 위해 손을 내밀었다. 그의 의식은 황홀경에 빠져 있었다. 그러나 그가 내민 손은 허공을 내저었다.

—젊은 신이여! 우리의 만남을 축복하기 위해 축제를 벌이자!

—네 신도들에게 일천 명의 제물을 바치도록 해라!

—그 따뜻한 피를 포도주 삼고, 그 부드러운 살을 전병 삼아 먹

고 마시자!!

그 말을 듣는 순간, 로렌은 정신이 번뜩 뜨였다. 그제야 저 게걸스러운 무리들의 속셈을 알았기 때문이다.

저들은 인신 공양을 원하고 있었다. 인간을 산 채로 포 떠 그 심장을 꺼내어 맛보길 고대하고 있었다. 그 추악한 욕망이 로렌과 그들을 스스로 구별하도록 만들었다. 동시에 로렌은 자신에게도 같은 욕망에 내재되어 있음을 깨달았다.

그것은 인간이 맛있는 음식을 즐기고 아름다운 이성이나 동성을 취하려는 것과 같은 부류의 욕망이었다. 더 이상 식욕과 성욕에 휘둘리지 않은 대신, 다른 욕망이 생겨 버린 것이다.

그러나 그러기에 로렌은 아직도 너무나 인간이었다.

"아니."

자신의 성대에서 나온 그 육성을 듣고서야 로렌은 자신에게 아직 육신이 있음을 깨달았다.

그는 산 채로 신이 되었다. 그 육신은 이미 신으로서 우화하긴 했으나, 그에게는 아직 생명이 있었다.

"나는 네놈들과 같아지지 않겠다."

로렌은 자신에게 의지로 말을 걸어온 존재가 신들임을 알았다.

죽은 신들.

한때 이 세계에 육신을 갖고 대지를 거닐었던 존재들, 지배자들, 폭군들. 그저 자신들의 즐거움만을 위해 수없이 많은 인간을, 인류를, 생명체를 장난감처럼 다루며 죽음으로 몰아넣은 절대자들.

로렌의 숙적. 재앙의 근원. 그가 이제껏 소멸시키고자 했던 존재.

—후후후.

—하하하하하.

—그 기개가 언제까지 이어질 수 있을까?

—네 세계는 우리의 손에 의해 짓밟힐 것이다.

—기억해라, 너는 그저 일개 신에 불과하다.

—세계를 잃는 순간, 너는 영원불멸한 노예로 굴러떨어지게 될 테니.

—기억하라!

—기억하라!!

짜증이 난 로렌은 손을 내저었다. 그러자 그에게 접속하고 있던 죽은 신들의 의지가 끊어져 나갔다. 그들의 말대로 로렌은 지금 막 태어난 일개 신에 불과했으나, 육신을 가지고 숨결을 내뿜으며 거닐고 있는 이 세계에서만큼은 절대적인 영향력을 발휘할 수 있었다.

'아직까지는.'

적들은 곧 쳐들어올 것이다. 로렌은 그 사실을 안다. 인간이었던 때부터 알고 있던 사실이었다. 이미 몇 번이고 겪은 일이기도 했다.

로렌은 눈을 내려 바닥을 기어 다니던 라푼젤을 바라보았다. 단지 그것만으로 라푼젤의 몸을 잠식해 가던 엘리시온의 신격은 그대로 소멸했다.

이 세계에 로렌이라는 신이 새로이 강림하게 되면서, 모든 신력이 로렌의 소유가 되어버리고 말았기 때문이다.

신격과 신력은 별개이나, 육신 없는 영혼이 이 세계에 개입할 수 없듯 신력 없는 신격 또한 이 세계에 개입할 수 없다.

이 세계에의 기반을 모조리 잃어버린 엘리시온이 갈 곳은 없었고, 돌아갈 곳 또한 없었다.

다른 신보다 먼저 반쪽이나마 이 세계에 강림할 수 있었던 엘리시온은 처음에는 운이 좋았다고 생각했었을 것이나, 지금은 그런 생각이 싹 지워졌을 것이다. 그 존재 자체가 지워졌으니, 이제 생각이라는 행동조차 못 하겠지만 말이다.

고통에서 벗어난 라푼젤은 정신을 차리고 로렌을 올려다보았다.

그녀는 본능에 가깝게 움직였다. 그 자리에 무릎을 꿇고, 로렌을 경배하려 들었다. 그것은 신을 대하는 기본적이자 상식적인 태도였고, 그녀의 그런 행동은 아주 당연한 것이었다.

그렇게 라푼젤은 로렌이라는 신을 섬기는 첫 성도이자, 사제이자, 교황이 되었다. 그녀는 황홀경에 잠겨 자신의 가슴을 드러내고 칼로 찔렀다.

"아아, 아아아!"

라푼젤이 내지른 그것은 고통의 비명이 아니었다. 오히려 열락에 들뜬 신음성에 가까웠다. 자신의 심장을 도려내어 신에게 바치는 것을 영광스럽게 여기기에 보이는 반응이었다.

눈앞의 현인신이 너무나도 신성하기에, 그녀는 자신을 바쳐 신의 욕망을 충족시키고자 하였다. 설령 로렌이 그것을 원하지 않더라도!

"아니, 이게 아니야."

로렌은 고개를 저었다.

"내가 원한 건 이게 아니야."

로렌의 목소리에는 신적인 힘이 담겨, 듣는 이로 하여금 한없는 경외감을 느끼도록 만들고 있었다. 그렇기에 라푼젤은 자해를 멈추고, 칼을 자신의 가슴에서 끄집어내었다. 충만한 신력이 그녀의 상처를 저절로 낫게 했다. 로렌이 그것을 원했기 때문이다.

세상의 무엇이든 자신이 원하는 대로 움직일 것이라는 전능감이 그를 고양시켰으나, 로렌은 그 고양감이 만들어진 것임을 안다.

그렇기에 로렌은 다시금 명률을 외웠다.

다음 순간, 로렌을 감싼 광휘가 자취를 감췄다.

*　　　　*　　　　*

[그릇된 선택이다.]

오직 명률법을 익힌 자만이 볼 수 있는 격렬한 명률의 격류 속에서, 로렌은 세계의 목소리를 들었다.

[신을 필요로 하는 이들이 그대를 신으로 만들어 올렸다. 그대의 존재에는 이미 수많은 이의 믿음과 기도가 깃들었다. 그것을 저버릴 생각인가?]

짐짓 위엄 있는 목소리로 세계는 로렌을 깨우치려 들었다. 그리고 그 뒤에 이어지는 절박한 목소리.

[로렌! 당신만을 믿습니다!]

[로렌! 당신이 우릴 구할 것이라 믿어 의심치 않습니다!!!]

[우리에게 남은 희망이라곤 오직 당신뿐입니다!]

[신이시여! 정녕 우릴 버리시나이까!!!]

많은 이의 비명 소리가 들렸다. 세계가 깨져 나갈 때의 비명이었다. 종말을 맞이하고 모든 희망을 잃어버린 이들의 비명……. 이미 여러 번 들어본, 하지만 '이번에는' 아직 듣지 못한 비명이었다.

로렌은 쪼그라들고 있었다. 신으로 부풀어 올랐던 그의 존재가 다시 격하되면서, 그는 그가 얻었던 많은 것을 내려놓아야 했다.

[그만두어라! 아직 되돌릴 수 있다!!!]

짐짓 위엄 있게 들리던 세계의 목소리에는 절박함이 담겨, 더 이상 위대함을 느낄 수 없게 되고 말았다. 그토록 애타게 로렌의 환원을 멈추려 하는 이유가 무엇일까.

[이 세계의 유일한 구원자시여……!]

[영원불멸의 영광을 얻으소서!]

[부디 우릴 구원하소서!]

[부디……!]

세계는 계속해서 그를 유혹했다. 애원했다. 애걸했다.

그러나 로렌은 명률을 두 번 되뇌지 않았다.

아무도 가르쳐 주지 않았으나 로렌은 저절로 깨달았다.

이 세계의 신이 되는 순간, 로렌은 이 세계에 묶인다. 세계의 법칙과 우주의 법칙에 묶이고, 이 세계를 책임져야 하는 존재가 된다.

이 세계는 로렌을 장기판 위의 말처럼 부리기 위해 그를 신위에 올리려 드는 것이고, 그렇기에 그가 신을 관두고자 하자 이렇게까지 맹렬히 반대하는 것이다.

명률은 가차 없이 흘렀다. 환원은 계속되었다.

[어째서……!]

[어째서, 어째서!!!]

이윽고 세계는 로렌을 원망하기 시작했다. 이미 되돌릴 수 없을 정도로 일이 진행되었음을 안 까닭이다.

—어째서.

세계의 본심이 드러났다. 그 무시무시한 원한을 앞에 둔 필멸자라면 누구나 그 자리에서 엎드려 벌벌 떨고 말 것이나, 로렌은 그러지 않았다.

"닥쳐. 시끄러워서 견딜 수가 없군."

대신 나지막하게 중얼거렸다.

"나한테 떠넘기지 말고 자기의 일은 스스로 하라고."

그 중얼거림을 들은 건지 어떤 건지, 세계의 메시지가 그 순간 뚝 끊겼다.

침묵.

명률의 흐름이 잦아들고 있었다. 변화가 끝나가고 있었다. 그에 따라 세계와의 연결점도 끊어져 가고 있었다.

—…그런가. 이것은… 내가 해야 하는…….

한참 동안이나 닥치고 있던 세계가 다시 뭔가 웅성거리기 시작했지만, 로렌은 그 뒤를 들을 수 없었다.

어둠이 그를 감싸 안았다.

78장
선택의 대가

"하! 크헉, 허억!!"

로렌은 연신 거친 숨을 토해내었다. 그의 전신에는 식은땀이 비오듯 흘렀다.

그 자리에 더 이상 로렌이라는 이름의 신은 존재하지 않았다. 그저 일개 인간인 로렌이 있을 뿐이었다. 그렇기에 그는 생존하기 위해 산소를 필요로 했다.

"으으으······!"

신을 그만둠으로써 대가로 바쳐야 했던 것은 신으로서의 힘뿐만이 아니었다.

풍선이라면 부풀어 올랐다가 쪼그라들어도 아무렇지도 않을지 모르지만, 로렌은 풍선이 아니었다. 임산부의 배가 아이로 인해 부풀어 올랐다가 아이를 낳은 후에 다시 원래대로 돌아가는 것처럼 보이지만, 사실은 그렇지 않음과 같았다.

그는 몇 년이나 늙어버린 듯 완전히 축 늘어진 채, 그 자리에 무릎을 꿇고 앉았다. 눈에는 주름이 자리 잡았고, 머리카락은 새하얗게 세어버렸다.

"로, 로렌……!"

라푼젤이 놀라 로렌의 이름을 불렀다. 그의 변모는 확실히 누가 봐도 놀랄 만했다. 단 몇 분 만에 사람이 저렇게 늙어버릴 수가 있나! 물론 그 이전에 이뤄졌던 변모가 훨씬 놀라운 일이었지만, 그것은 인간의 이해를 뛰어넘은 범주였고 지금의 것은 그렇지 않았다.

"으, 으으……. 쿨룩, 쿨럭!"

로렌은 신음성을 토해내면서 기침을 몇 번 했다.

"다행… 다행이야……."

로렌의 나지막한 중얼거림을 들은 라푼젤의 눈에서 눈물이 터져 나왔다.

"로렌! 나 때문에, 이런……!!"

"인간으로 돌아올 수 있어서 다행이야……. 신 됐으면 큰일 날 뻔했네……."

로렌에게 와락 안기려던 라푼젤의 움직임이 거기서 딱 멈췄다.

"로렌? 내 걱정 해준 거 아니었어?"

"어우, 아직도 머리 아프네."

로렌은 고개를 마구 흔든 후, 한숨을 한 번 푹 내쉬고 벽에 등을 기대어 앉았다.

"아, 라푼젤. 무사하군. 다행이야."

그리고 그제야 라푼젤에게 시선을 향하며 힘없이 웃었다.

"어, 응……. 고마워, 네 덕분이야."

로렌이 자신에게 해준 일은 분명 고마운 일이었지만, 라푼젤은 아까와 같이 간헐천처럼 터져 나오던 감정은 더 이상 느끼지 못했다.

"뭐가 어떻게 된 거야?"

그렇다고 고마운 일이 고맙지 않게 된 건 아니었다. 라푼젤은 다시금 걱정스러운 시선을 로렌에게 보냈다.

"설명하자면… 복잡한데."

거기까지 말한 로렌은 고개를 까딱거리기 시작했다. 그러고 있던 로렌의 고개는 어느새 푹 떨어져 움직일 줄 몰랐다.

라푼젤이 깜짝 놀라 그에게 달려들어 상태를 확인하니, 그냥 자고 있는 거였다.

"어휴……."

라푼젤은 피식 웃었다. 그제야 뒤늦은 안도감이 찾아왔다.

*　　　　*　　　　*

로렌은 하루 종일 잠들어 있었다.

그것은 그가 승화의 경지에 오른 이후 처음 있는 일이었다. 아무리 지쳐도 공력은 그의 몸을 회복시킬 수 있었고, 회복 주문과 빛의 힘 등 단순한 피로를 회복시킬 수단은 얼마든지 있었으므로.

그러나 이번만큼은 그 어떤 회복 수단도 사용하지 못했고, 오로지 휴식과 수면만이 그를 다시 일으킬 수 있었다.

단 한순간 동안만 신이 되었다 한들, 누구도 이루지 못했던 위업을 달성한 대가는 그만큼 컸다.

"…어휴."

잠에서 깨어난 로렌은 한숨부터 푹 내쉬었다.

"얼마나 잤어?"

"하루."

대답이 돌아왔다. 라푼젤이었다.

"어휴."

로렌은 다시 한 번 한숨을 내쉬었다. 시간을 낭비한 게 그나마 하루라 다행이었지만, 그냥 누워서 시간을 보낸 게 아까웠다.

"로렌."

라푼젤이 로렌의 눈치를 보았다.

"…미안."

망설이던 라푼젤은 로렌에게 사과의 말을 건넸다.

로렌은 퍼뜩 정신이 들어 바로 고개를 저었다. 로렌이 쓰러져 하루 간 잠든 건 어떻게 보면 라푼젤을 위해서였다. 그러니 로렌이 자꾸 이 하루를 아까워하면 라푼젤도 자기 탓을 하게 될 터였다.

"날 간호해 준 거야? 고마워, 라푼젤."

뒤늦은 그의 말에도 라푼젤의 표정은 밝아지지 않았다.

"…너한테 진 빚이 자꾸 늘어만 가는구나."

"이걸 빚이라고 생각하지 마."

로렌은 되도록 쾌활한 목소리로 말하려 노력했다. 잘되지는 않았지만 효과는 있었다.

"알았어. 그런데 로렌."

"응?"

"내가 로렌교의 교황이 됐다던데, 이게 무슨 뜻이야?"

"아……."

로렌은 뒤늦게 자신이 무슨 일을 벌이다 이런 결과에 도달했는지 뒤늦게 떠올렸다. 아니, 잊어버리고 있었던 건 아니다. 본능적으로 생각하지 않으려 했을 뿐.

"아, 그거 별거 아니야."

입으로는 정말 별일 아닌 듯, 로렌은 심드렁한 목소리로 라핀젤의 말에 대꾸했다.

"그냥 네가 날 섬기는 교단의 교황이 된 것뿐이야."

"…그게 별거 아니야?"

"별거 아니지, 그럼."

영 로렌의 말을 믿지 못하는 라핀젤에게 로렌은 태평하게 고개를 끄덕여 주었다.

"그보다 엘리시온은 어때?"

너무나 명백하게 화제를 돌리는 로렌의 태도에, 라핀젤은 떨떠름한 표정을 지으면서도 더 이상 추궁하지 않았다. 그 대신 로렌의 질문에 대답해 주었다.

"신격은 소멸했지만 신력은 그대로 남아 있어."

"그래? 교단 시스템은?"

"아, 그거? 그대로 남아 있는 것 같아."

"최상의 결과로군."

라핀젤에게는 정말 막대한 엘리시온의 신력이 남아 있었다. 엘리시온이 소멸해 버리고 주인을 잃은 그 힘을 라핀젤이 마음대로 다룰 수 있게 되었으니, 최상의 결과라 할 수 있었다.

게다가 이제부터는 엘리시온의 눈치를 보지 않고 엘리시온의 경이나 빛의 힘을 마음대로 사용할 수 있게 되었다. 파티마를 재가 동시키고 그 은혜를 마음껏 누릴 수 있으니, 적어도 브뤼델 주변에서 식량이나 건강 문제가 생기는 일은 없으리라.

"최상의 결과치고는 별로 좋아하는 것 같지 않은데."

"아냐, 나 좋아하고 있어."

눈치 빠른 라푼젤의 지적에도 로렌은 뻔뻔하게 고개를 저었다. 한참 미간을 찌푸리고 있던 라푼젤은 뭔가 고민하더니, 어렵게 입을 열었다.

"…로렌, 사실 나……."

고백이라도 하려는 듯, 말하다 말고 로렌의 눈치를 보던 라푼젤은 결심을 굳힌 듯 다시 입을 열었다.

"네가 잠든 사이에 네게 엘리시온의 힘을 계속 사용했었어."

"…그래? 그랬군."

어쩐지 이상하다고 생각했었다. 로렌은 납득해 고개를 끄덕였다. 그렇지 않았더라면 그가 하루 만에 깨어날 일은 없었을 것이다.

"그래도 네가 다시 젊어지진 않더라."

"천천히 회복될 거야."

로렌은 자상하게 말했다. 라푼젤을 안심시키기 위해서 한 말이었지만, 역효과였는지 라푼젤의 표정이 더욱 진지해졌다.

"로렌, 넌 너 자신에게 무슨 일이 일어난 건지 알고 있는 거야?"

"……."

라푼젤의 힐문에 로렌은 입을 다물어 버렸다. 어떻게 대답해야 할지 속으로 고민하고 있는 새, 라푼젤은 한숨을 내쉬었다.

"미안해, 로렌. 널 곤란하게 만들 생각은 없었어. 나는 그저……"

"아니, 생각을 좀 정리하려던 것뿐이야."

로렌은 가까스로 웃어 보였다.

피해 다녀서야 아무것도 해결되지 않는다. 로렌은 각오를 다졌다.

"나는 신이 되었었어, 라푼젤."

로렌은 한숨처럼 말했다.

"그것은 그리 좋은 일만은 아니었지. 인과에 지배당하고 세계에 묶여 그 이상 그 어떤 가능성조차 창조하지 못하는 존재가 되어버릴 뻔했으니 말이야."

로렌은 명률을 외워 신위에 오르려 했지만, 명률의 힘만으로 신이 될 수는 없었다. 왕이 되기 위해서는 영토와 그 권위를 인정하는 사람들, 즉 국민이 필요한 것과 마찬가지였다. 신이 되기 위해서는 그 신위를 떨칠 세계와 추종자가 필요했다.

그리고 로렌은 그 두 가지를 모두 얻었기에 신위에 오를 수 있었다. 세계가 그를 인정했고, 비록 지금 시점은 아니나 회귀를 여러 번 거치며 추종자들을 충분히 모을 수 있었다.

그렇게 로렌은 신이 될 수 있었으나, 얻은 만큼 지불해야 할 것도 생겼다. 세상에 일방적인 계약이 어디 있겠는가? 적어도 로렌이 세계와 맺은 계약은 그렇게 녹록치 않았다.

만약 로렌이 신인 채 남았더라면, 그는 이 세계에서 절대적인 권한을 행사하는 대신 의무와 책임에 묶이게 된다. 가장 주된 의무는 이 세계의 방위이며, 신으로서 이 세계의 산 자들과 죽은 자들을 수호할 책임을 져야 했다.

그 말인즉슨, 신이 되어버리면 적들을 쳐부수러 원정을 갈 수 없게 된다는 뜻이다. 아니, 그뿐만이 아니다. 지구에도 가지 못하게 된다.

물론 신위에 오른 만큼 강력해진 로렌은 전보다 쉽게 방어 전쟁을 수행할 수 있게 되리라. 하지만 적들, 죽은 신들은 새로운 신을 맞아들여 방어가 공고해진 이 세계 대신 지구를 침략하려 들 게 빤했다.

로렌 하트의 시대처럼 말이다.

죽은 신들은 지구 인류를 말살해 그 피와 살로 허기를 달래고 그 영혼을 집어삼켜 힘을 쌓을 것이다. 그뿐만 아니라 지구에 새로운 자손을 낳아 번성케 할 것이다.

그렇게 힘을 쌓고 강해진 죽은 신들이 이 세계마저 침략하게 되면 로렌도 승리를 장담할 수 없게 된다.

아니, 장기적으로는 반드시 패배하게 된다.

적들은 다수고, 로렌은 단 하나니까.

"그래서 나는 인간 로렌으로 돌아와야 했어."

세계와의 계약을 무효로 돌려야 했다. 세계 수호의 의무와 책임에서 벗어나려면 그 또한 신위를 내려놓아야 했다. 아니면 죽거나. 죽은 신들처럼 말이다.

적어도 지구와 이 세계를 모두 지킬 수 있는 가장 가능성이 높은 선택을 한 셈이다.

단순히 로렌이 지구 출신이라서 한 선택은 아니었다. 지구는 전략적 요충지였다. 로렌은 지구를 점령할 필요가 없지만, 적들에게 점령당하면 곤란해진다.

"하지만 그 대가가… 공짜는 아니었지."

로렌은 다시 한 번 한숨을 내쉬었다.

마른 입술을 적신 후, 그는 초연한 목소리로 스스로에게 선고했다.

"아마도 이번이 내게 주어진 마지막 기회일 거야."

이 세계의 인간들이 임하게 되는 사후 세계, 인류 의회에 속한 이들도 천 년의 세월을 버티지 못한다. 의원들이 세대교체가 이뤄지는 가장 큰 이유가 그것이기도 했다.

그리고 로렌은 로렌 하트로서의 인생까지 합하면 꽤나 오래 살아왔다. 회귀 주문으로 시간을 되돌려 가며 요 3년간을 반복하느라 그의 영혼은 이미 마모된 상태였다.

그렇다 한들 로렌의 영혼이 다하려면 아직 수백 년의 세월이 남아 있긴 했다. 이미 절반 이상을 소모하긴 했지만, 인간의 수명을 기준으로 치면 꽤 긴 세월이 남아 있다.

로렌이 이번에 써버린 게 그것이었다. 그를 신으로 고정시키려드는 세계의 속박에서 벗어나 인간으로 돌아오기 위해 치르게 된 대가.

절대 수명.

이것만큼은 엘리시온의 힘으로도 막을 수 없다. 엘리시온 여신보다도 상위의 법으로 인해 내려진 판결이었으므로.

그렇기에 라푼젤이 엘리시온의 신력을 아무리 퍼부어도 로렌의 노화를 되돌릴 수 없었다.

"…뭐?"

라푼젤이 충격을 받아 눈을 깜박였다.

"나 때문에… 그렇게 된 거야?"

"네가 그렇게 말할까 봐 말하지 않은 거야, 라푼젤."

로렌은 한숨을 내쉬었다. 몇 번째 한숨인지 모른다. 그는 굳이 세려 들지도 않았다.

"그렇게 말하지 말아줬으면 해. 그렇게 생각하지 마."

"하지만……."

"그래, 그게 마음대로 되진 않겠지."

울먹이는 라푼젤의 머리를 끌어당겨 안으며, 로렌은 말했다.

"그래도 난 그렇게 생각하지 않아. 그러니 너도 나처럼 생각해 줬으면 해."

분위기를 바꾸고자, 로렌은 쾌활하게 선언했다.

"게다가 이 덕에 얻은 게 없는 것도 아니고 말이야."

로렌의 말은 그저 라푼젤을 달래고자 한 거짓말인 것만은 아니 었다.

아주 잠시 신이 된 것에 불과했지만, 로렌을 붙잡아 신위에 올린 세계는 그 짧은 시간에 그를 '교육'했다. 그 교육 내용은 신으로서 알아야 할 기본적인 것들에 치중해 있었지만, 이제부터 '죽은 신'들 을 적으로 맞상대해야 하는 로렌의 입장에선 반드시 알아야 할 것 들이었다.

얻은 것이 단순한 정보뿐만은 아니었다. 신에서 인간으로 돌아 오긴 했지만 그 과정에서 영혼의 격이 높아져 더 강력한 영능을 사용할 수 있게 되었고, 신력을 가공하는 기술 또한 배워 굳이 기도술을 써 특정 신의 신력을 빌리지 않고도 같은 능력을 사용할 수도 있게 됐다.

무엇보다 라핀젤을 이용해 이 세계에 개입해 온 엘리시온을 완전히 소멸시킨 것이 가장 컸다. 그렇다고 엘리시온의 신력을 사용하지 못하게 된 것도 아니니, 라핀젤의 입장에서는 손해는 없고 얻은 것만 일방적으로 많았다.

이 세계를 멸망의 운명에서 건져내야 한다는 당면 과제만 떠올리자면, 로렌은 그 목표를 향해 몇 걸음이나 더 전진한 셈이었다.

'뭐, 이 정도면 싸게 먹힌 셈이지.'

입을 다물어 나오려는 한숨을 씹어 삼키고, 로렌은 라핀젤의 등을 몇 번 두들기고 놓아주었다. 그런데 라핀젤이 떨어지질 않았다.

훗 하고 웃은 로렌은 라핀젤의 머리를 쓸어주었다.

그에게 남은 시간이 많이 줄어들긴 했지만, 그렇다고 이럴 시간까지 없는 건 아니었다.

적어도 로렌 본인은 그렇게 생각했다.

*　　　　*　　　　*

로렌은 영혼 창고에서 악마의 흙 사체를 꺼냈다. 붙잡아놓은 영혼은 아직 사체에 잘 들러붙어 있었다.

그는 이제부터 이 영혼을 신문할 생각이었다.

이제까지도 멸세의 괴물을 신문하려는 시도를 안 해본 것은 아니었다. 그러나 언어가 안 통하는 건 물론이고 사고 패턴이나 정신적 구조까지 완전히 다른 괴물들을 신문하는 건 녹록치 않은 일이었다.

제대로 된 정보를 얻기 힘든 건 물론이고, 신문하는 사람의 정신마저 잡아먹어 저주로 오염시킬 정도였으니 말이다.

그러나 이 악마의 흙은 생전에 이미 로렌과 어느 정도 의사소통이 가능했다. 그렇다는 건 신문하기가 그만큼 쉽다는 소리이기도 했다.

악마의 흙의 영혼은 완전히 침묵한 상태였으므로, 우선은 깨워 놓을 필요가 있었다. 로렌은 바닥에 주술문을 새기고 촛불을 켜 결계를 만들었다. 그리고 따로 정제해 낸 마기를 꺼내 결계 안에 천천히 흘려 넣었다.

이로써 저주의 조건이 만족되었다.

[끄어어어억!]

로렌이 나지막한 목소리로 주문을 읊자, 악마의 흙 사체에서 억지로 영혼이 뽑혀 나오며 고통의 비명을 질렀다.

"네놈에게서 듣고 싶은 말이 아주 많아, 저주받을 영혼아."

[끄아아악! 살려주소서! 살려주소서!!]

거물인 척하며 로렌을 농락하려 들었던 그 기세는 어딜 간 건지, 악마의 흙의 영혼은 비통하게 목숨을 구걸했다. 그건 매우 이상한 일이었다. 왜냐하면 악마의 흙은 이미 죽었고, 다시 살아날 일은 없기 때문이다.

이 괴물의 영혼이 갑작스레 비굴해진 건 그리 이상하게 여길 일은 아니다. 영혼이 쥐어 짜이는 고통은 육신의 고통에 비할 바 아니다.

어느 정도 선을 넘기면 신경이 고통을 받아들이길 거부하고 기절을 택하는 육신과 달리, 영혼의 고통은 한계가 없다.

"네 배후를 말하라."

[끄으으읍! 으으으윽! 아아아악!]

로렌의 신문에 어느 정도 이를 악무는가 싶더니, 괴물의 영혼은 곧 고통에 항복하고 다시 비명을 토해내었다. 비명을 토해냄으로써 고통이 경감될 거라고 믿는 것 같았지만, 그럴 일은 없었다. 고통의 저주는 오롯이 로렌의 제어하에 놓여 있다.

"네 배후를 말하라."

인내심 강하게 로렌은 같은 신문을 반복했다. 마치 말하면 이 고통이 끝날 것처럼. 당연하게도 그럴 일은 없다. 그에게 있어 멸세의 괴물은 전생(前生)의 악적이자 불구대천의 원수이다. 그저 질문에 대답하는 것만으로 고통을 늦춰줄 이유는 어디에도 없었다.

[아아아악! 아아아악! 멘르바시여! 멘르바시여! 저를 버리시나이까!!]

결국 고통을 이기지 못한 영혼이 비명처럼 답을 말했다. 그 답을 들은 로렌은 놀라 한순간 고문을 중단하고 말았다.

"…멘르바라고?"

완전히 의외의 일은 아니었다. 로렌의 적은 죽은 신들이며, 그중엔 당연히 멘르바도 포함되어 있었다. 게다가 악마의 흙과 신의 흙이 다소나마 닮은 건 그저 우연만은 아니었다.

[크흐윽, 흐흑, 으으윽…….]

고통에서 아주 잠시 벗어난 영혼이 제정신을 찾은 건지 섧게 울기 시작했다. 그야 그렇다. 영혼의 주인을 배반했으니, 저것에게 구원이 찾아올 일은 완전히 사라졌다.

그러나 괴물의 영혼은 뭔가 착각하고 있었는데, 배신하든 말든 저것이 구원받을 일은 없다. 이 영혼의 주인은 온전히 로렌이었으며, 로렌은 이 영혼을 소멸시키기로 결정했으니까.

이제 괴물에게는 빨리 소멸시켜 달라고 빌 일만 남았다.

"그 멘르바가 내가 아는 멘르바가 맞나?"

[……]

다시 고문을 재개할 명분을 손에 넣었으므로, 로렌은 다시 영혼을 쥐어짜기 시작했다. 사실 괴물의 영혼을 상대로 명분 따위 무시해도 상관이야 없었지만, 더 쉽게 답을 얻기 위한 방편으로서는 가치가 조금 있었다.

[끄아아아아악!!]

이미 한 번 고통에 굴복한 영혼은 손쉽게 멘르바의 이미지를 토해내었다.

"…뭐야, 이건?"

괴물의 영혼이 토해낸 멘르바의 이미지는 로렌이 생각하는 멘르바하고는 달랐다. 그러나 다른 존재라고는 생각할 수 없을 정도로 닮았다.

하기야 로렌의 이미지 속 멘르바는 릴리트 릴림이 세운 신상의 모습일 뿐이니, 다른 것도 어쩔 수 없긴 하다.

문제는 모습이 아니었다.

"멘르바는 승리와 예술의 여신 아니었나?"

괴물의 이미지 속 멘르바는 더 이상 승리와 예술을 관장하는 아름다운 여신이 아니었다.

전쟁으로 인한 살육과 비틀린 미학에 기뻐하는 뒤틀린 괴수신이었다. 그 성별조차 뒤틀려 혼자서 여성기와 남성기를 여럿 가지고, 그것들을 서로 교접시켜 스스로 괴물을 수태하는 끔찍한 모습을 이 역겨운 괴물은 신성하다고 생각하고 있었다.

"역겹군."

그냥 역겹다는 감상 하나 남기고 끝날 문제는 아니었다.

당장 릴리트 릴림이 멘르바의 창조물이자 전임 교황이었다. 그녀는 멘르바를 다시 이 세계에 강림시키기 위해 수천 년의 세월을 다르키아 산맥에서 은거하면서 로렌을 세계 황제로 만들 음모까지 꾸미고 있었다.

'혹시 날 대륙 남부의 대수림으로 끌어들인 게 릴리트 릴림의 음모 아니었을까?'

멘르바와 엘리시온이 같은 편이라는 게 밝혀졌으니, 멘르바의 창조물인 릴리트 릴림도 같은 편일 수 있다. 가설로써 성립하기에 충분한 근거가 있다.

'아니, 그건 아니겠군.'

로렌은 스물여섯 번에 걸쳐 릴리트 릴림과 함께했다. 그녀의 능력에 대해서는 완전히 파악한 터였다. 로렌은 그동안 그녀와의 장거리 통신에는 교도간 통신 기도술을 사용했지만, 단거리 통신에는 그냥 텔레파시를 썼었다.

텔레파시로 거짓말을 하는 건 매우 어려운 일이다. 로렌조차도 텔레파시에 감정이나 속내를 묻혀서 보내는 일이 많을 정도다. 그런데 릴리트 릴림은 아예 정신 능력을 쓸 줄 모른다. 답신은 로렌의 능력에 얹혀서 보내는 게 전부다.

그런 릴리트 릴림이 로렌과 텔레파시로 대화하면서 그를 속인다는 건 불가능하다.

릴리트 릴림은 배신자가 아니다.

아직까지는.

'하지만 그녀가 적의 정체를 깨닫게 된다면 어떤 반응을 보일까?'

이 의문은 단순한 호기심에서 끝나지 않는다. 멘르바의 충성스러운 교도인 릴리트 릴림이 적의 정체를 깨닫고 전향할 가능성이 완전히 제로일 수는 없었다. 그리고 그 만약의 가능성에 대해 로렌은 어떻게 대응해야 할지 미리 판단해 둬야 했다.

'뭐, 답이야 정해져 있지.'

확실히 릴리트 릴림은 로렌에게 있어 큰 전력이지만, 내부의 적은 외부의 적보다 치명적인 법이다. 만약 릴리가 적으로 돌아선다면 그녀 또한 제거해야 했다.

'진실을 숨기고 도중까지 부려먹는 방법도 있긴 하지만.'

그건 로렌의 스타일도 아닐뿐더러, 리스크도 짊어지는 방식이다. 여기에서 밝히고 확실하게 하는 게 낫지, 만약 적에 의해 진실이 밝혀지고 적들이 릴리트 릴림을 회유하려 든다면 그게 더 치명적인 결과로 이어질 수도 있었다.

상념에 잠긴 것도 잠시, 로렌은 다시금 괴물의 영혼을 신문하기 시작했다. 아쉬운 일이지만 로렌이 신문과 고문에 쓸 수 있는 시간도 그리 많지는 않았다.

다시 괴물의 비명이 울려 퍼지기 시작했다.

＊　　　＊　　　＊

악마의 흙 신문을 마친 로렌은 이번에는 영혼 창고에서 신의 흙, 릴리트 릴림을 꺼냈다.

"교황 성하… 아니, 로렌 님."

영혼 창고는 물질계와 유리되어 릴리트 릴림은 시간의 흐름을 몰랐으나, 로렌의 변화를 눈치챘다.

"그래, 릴리트 릴림."

로렌 또한 릴리트 릴림을 애칭으로 부르지 않았다.

"이제 더 이상 멘르바교의 교황 성하가 아니게 되셨군요."

단시간이긴 하나 신이 되어버린 탓에 로렌은 멘르바교의 교황직을 잃고 말았다. 아무르다드교의 교황직 또한 마찬가지였다. 신이 신의 교도인 건 말이 안 되니까 말이다. 물론 하위 신이 상위 신의 교도가 될 수야 있겠지만, 자신의 세계를 가진 살아 있는 신이 죽은 신의 하위 신으로 들어갈 수는 없다.

그렇다고 이 교황직 박탈이 로렌에게 있어 그리 큰 타격이라고는 말할 수 없었다. 교황이 아니라고 한들, 그는 여전히 멘르바교나 아무르다드교의 교단 시스템을 활용할 수 있으니까.

예전에는 멘르바나 아무르다드가 기뻐할 만한 일을 하고 선물을 받아야 했지만, 지금은 정해진 양의 신력을 투자하기만 하면 되니 오히려 더 효율이 좋아졌다. 세계의 교육을 받아 신력을 다루는 법을 한층 더 깊이 깨닫게 된 덕이었다.

그런 의미에서는 로렌의 전투력은 더 높아졌다고도 볼 수 있었으나, 적어도 그는 한 가지를 잃었다.

"그래. 그러니 이제 너도 내 명령을 들을 필요가 없게 되었다."

바로 릴리트 릴림에 대한 강제 명령권이었다. 교단에서의 위치가 박탈되었으니 하위 교도에 대한 명령권도 잃는 게 당연했다.

릴리트 릴림은 그 사실이 슬픈 듯 대답 없이 고개를 떨어뜨렸다.

명령권자를 잃은 것을 슬퍼하는 그녀의 그러한 기질은 정상적이지 않았다. 그녀의 창조자가 그녀로 하여금 그렇게 느끼도록 만들었기 때문에 그녀는 그렇게 느끼고 있는 것뿐이다.

그런 릴리트 릴림에게 로렌은 더욱 잔혹한 사실을 알려줘야 한다.

"네가 슬퍼해야 할 이유는 그것이 아니다, 릴리트 릴림."

로렌은 영혼 창고에서 악마의 흄 사체를 꺼내었다.

"이게 뭔지 알겠느냐?"

릴리트 릴림의 눈동자가 크게 벌어졌다.

"…모르겠습니다."

정말로 모르는 사람의 반응이 아니었다. 물론 릴리트 릴림은 사람이 아니고, 인류의 범주에조차 속하지 않지만, 그녀에게는 묘하게 인간적인 면모가 있었다. 아마도 로렌 하트에게서 호감을 얻도록 그렇게 조정된 것이리라.

그렇기에 로렌은 릴리트 릴림이 자신의 솔직한 감정을 속이고 그에 위배된 대답을 했음을 알아차렸다.

"확신할 수 없겠다는 대답이 더 정확하겠지."

로렌은 릴리트 릴림의 모호한 대답을 더 정확한 것으로 바꾸었다. 그녀는 입술을 깨물었으나, 반론하지는 않았다. 그런 그녀에게 로렌은 선고했다.

"릴리트 릴림, 네 예상이 맞다."

"……!"

릴리트 릴림의 목구멍에서 뭐라 형용하기 힘든 신음 소리가 새어 나왔다.

"그런… 그럴 수가……. 그럴 수는 없습니다."

이제까지도 릴리트 릴림이 악마의 흙을 목격한 적은 많았다. 물론 '이번' 시간 열만 치자면 지금이 처음이었다. 그녀는 악마의 흙을 목격할 때마다 동요했으나, 자신이 왜 동요하는지 정확히 몰랐다. 그리고 그것은 로렌도 마찬가지였다.

믿고 싶지 않은 것을 믿는 데는 노력이 필요하다. 그리고 보통은 그 노력을 하지 않는다. 왜 쓴 것을 굳이 삼키려 하겠는가? 그 쓴 것이 약이란 걸 알기 전에는 인간이든 동물이든 뭐든 일부러 삼키려 들지는 않는다.

그러니 로렌이 짚어줘야 했다. 그도 이번에야 알게 된 사실을 말이다.

"나는 우리의 적이 누군지 알았다. 릴리트 릴림, 그것은 네 주인, 멘르바다."

로렌은 릴리트 릴림에게 악마의 흙에게서 얻은 멘르바의 이미지를 텔레파시로 전달했다.

릴리트 릴림의 표정이 무너지는 것이 보였다.

릴리트 릴림은 로렌이 꺼낸 악마의 흙 사체를 노려보았다. 심하게 훼손되었으나 그녀는 그것의 본질을 뒤늦게나마 꿰뚫어 보았다. 전혀 다른 기능과 완전히 별개의 역할을 떠맡았지만, 그것은 본질적으로 그녀의 동족이었다.

즉, 멘르바의 창조물이었다.

"아아……."

릴리트 릴림은 탄식을 금치 못했다. 이 악마의 흙이라는 존재가 가리키는 명제는 심플하고도 명확했다.

멘르바는 더 이상 자신을 필요로 하지 않는다.

하기야 사실이 그렇다.

멘르바는 릴리트 릴림에게 자신을 이 세상에 불러들이라는 명령을 부여했다. 그녀는 로렌 하트라는 마법사를 세계 제국의 황제로 만들어 올리고, 제국을 멘르바에게 봉헌해 이 세계에 강림시키는 대업을 수행해야만 했다.

그러나 릴리트 릴림은 임무에 실패했다. 그러니 멘르바가 자신을 버리는 것도 이상하지는 않다. 그것 자체는 그리 충격이 아니었다. 예상한 바였으니까.

그녀를 진정으로 동요시킨 건, 멘르바라는 존재가 더 이상 이전과 같은 존재가 아니라는 점이었다.

대체 뭐란 말인가? 이 악마의 흙이라는 존재는?

잡아먹은 인류의 형태를 모방해 인류 사회에 숨어들어 적당한 때가 되면 자폭해 역병과 저주를 흩뿌리는 괴물. 릴리트 릴림은 이 괴물에게서 그녀가 아는, 그녀가 사랑했던 멘르바 여신의 그 어떤 면모도 찾아볼 수 없었다.

그리고 텔레파시로 전달받은 멘르바의 모습. 완전히 비틀려 버려, 예전의 모습을 찾아볼 수 없는 여신의 존재에 릴리트 릴림은 큰 충격을 받았다.

"이미… 이미 모든 것이 너무 많이 바뀌어 버렸군요."

릴리트 릴림은 다시 한 번 탄식했다.

일만 년. 무언가가 바뀌기에는 충분하고도 차고 넘치는 시간이다. 모든 것이 제자리에 있기를 바라기엔 너무 긴 세월이나, 그래도 그녀는 일말의 희망을 품고 있었다.

그녀가 사랑했던 멘르바는 불멸자였고, 신이었으니까.

[나의 딸아, 나의 예술품, 나의 희망. 너는 내 승리의 단초를 마련해 줄 것이고, 승리를 완전케 하는 것도 너일 것이다. 내가 돌아오는 날, 세상을 너와 나의 빛으로 가득 채우자꾸나. 분명 아름다울 것이야.]

아직 어렸던 릴리트 릴림은 그런 멘르바의 말에 가슴이 뛰는 걸 느꼈다. 자신을 창조한 이가 멘르바임에 자부심을 가졌다. 자신과 여신이 함께 만들어갈 아름다운 세상을 그녀는 벌써 꿈에 그리고 있었다.

비록 로렌이 멘르바의 예언 같은 존재는 아니었고, 그래서 여신이 그녀에게 명한 임무는 처음부터 실패한 것이나 마찬가지였지만, 릴리트 릴림은 그를 따르면서 다른 방법을 찾아볼 생각이었다.

지금의 릴리트 릴림 본인의 기억에는 없으나, 로렌을 멘르바의 교도로 만든 것은 분명 자신이다. 그 사실을 알았을 때 얼마나 가슴이 뛰었던지!

세상에 혼자 남겨졌던 그녀에게 같은 목표로 나아가는 최초의 동반자가 생긴 것이다. 그때의 충족감을 그녀는 아직도 기억하고 있었다.

'그래, 로렌.'

한참을 방황하던 릴리트 릴림의 눈동자는 제자리를 찾았다.

그녀는 처음으로 맛봤던 인간의 음식을 기억한다. 로렌이 사준 것이었다. 음식을 나눈다는 행위는 생명을 나누는 것이나 다름없는 행위이다. 그리고 로렌과 그녀는 음식을 나누었다. 로렌이 자신의 것을 그녀에게 나눠준 것이었다.

그녀는 처음으로 맛봤던 패배를 기억한다. 로렌이 알려줬던 정보와는 완전히 다른 움직임을 보이는 마왕에게 패배당하고 구속당하여, 그녀는 짙은 고독을 느꼈다. 로렌에게 배신당했다고 느꼈기에. 배신당한 것보다는 버려진 것이 더 큰 상처였다.

그러나 그녀는 버려진 것이 아니었다. 로렌은 그녀를 구하러 대륙 북쪽에서부터 그 먼 남부의 대수림까지 찾아왔다. 그것도 혼자서. 배신당한 것도, 버려진 것도 아니었다는 안도감. 오직 자신을 구하러 수고를 아끼지 않았다는 것에서 온 감격.

릴리트 릴림은 자신의 마음속에 저울이 생겼음을 깨달았다. 그것은 아주 놀라운 일이었다. 멘르바의 피조물인 자신이 멘르바와 로렌을 사이에 두고 고민할 수 있다니.

멘르바는 그저 명령만을 남기고 자신을 버리고 떠났다. 여신의 명령에 따라 일만 년의 세월을 감당했지만, 돌아온 건 없었다. 그녀는 버려졌고, 더 이상 아무런 관심과 기대도 그녀에게 주어지지 않았다.

게다가 멘르바의 지금 그 모습. 이미 그것은 그녀가 사랑한 여신의 모습이 아니었다. 멘르바가 돌아온다 한들, 멘르바 본인의 입으로 약속했던 찬란한 승리와 아름다운 세계는 더 이상 바랄 수 없는 게 확실했다.

하지만 로렌, 그는 어떠한가?

'나는 멘르바의 주구지.'

로렌으로부터 멸망의 때에 대한 심상을 텔레파시로 전달받아 본 릴리트 릴림은 그가 멸세의 괴물들을 얼마나 증오하는지 너무나도 잘 알고 있었다.

'그런데도 날 죽이지 않았어.'

그저 진실을 숨기고 자신을 기만하며 부려먹는 것도 가능했다는 것 또한 릴리트 릴림은 잘 알고 있었다. 그럼에도 로렌은 그녀에게 진실을 밝혔다. 그 이유가 무엇일까?

'그는 날 필요로 하고 있어.'

번개 같은 깨달음이 그녀의 몸을 꿰뚫었다.

릴리트 릴림은 가슴이 벅차오르는 것을 느꼈다. 아니, 그뿐만이 아니다. 몸 전체가 달아오르는 것 같은 감각에 그녀는 파들파들 떨었다. 그것은 그가 멘르바교의 교황이었다는 사실을 밝혔을 때보다도 더 큰 감격이었다.

그녀는 눈을 한 번 꾹 감았다가 다시 떴다. 자신을 주시하고 있는 로렌의 모습이 보였다.

마음속의 저울은 이미 기울었다. 그녀는 더 이상 자신의 변화를 묵과할 수 없었다.

*　　　　　*　　　　　*

"…그것은 이제 더 이상 제 주인이라 할 수 없습니다."

릴리트 릴림은 결론을 내린 듯 보였다.

"제가 그것을 따른 건 단순히 그것이 절 만들었기 때문이 아닙니다. 저는 그것이 멘르바였기 때문에 따른 것입니다. 하지만 이제는 저도 그것이 멘르바라 인정할 수 없습니다."

예술과 승리, 건강과 지혜의 여신. 그것이 멘르바 여신격을 대표하는 속성들이었다. 그러나 이 세계를 침공해 온 멘르바의 주구들에게 그러한 속성들은 눈을 씻고 찾아봐도 없었다.

반대로 그렇기에 로렌은 악마의 흙이 멘르바의 창조물이라는 것을 뒤늦게야 눈치챘다. 릴리트 릴림도 악마의 흙이 멘르바의 창조물이라는 걸 바로 받아들이지 못했고 말이다.

"정확히 보았다, 릴리트 릴림. 그것들은 이미 변질되었고 변모해 버렸다."

"그럼 이제 저는 어찌해야 합니까?"

릴리트 릴림은 통탄하듯 외쳐 물었다.

"내게 묻지 마라. 네가 교황의 명령을 따르는 것에 기쁨을 느끼는 것은 멘르바가 너를 그렇게 창조했기 때문이다. 네가 사랑했던 멘르바는 이제 더 이상 존재하지 않는다. 그러니 이제 너는 모든 것을 네 스스로 결정해야 한다."

"……."

로렌의 말에 릴리트 릴림은 침묵해 버렸다. 아마도 릴리트 릴림은 로렌이 결정을 내려주길 기대했으리라. 내 명령을 따르라, 뭐 이런 소릴 해줬다면 오히려 좋아했을지도 모른다.

그럴 만도 했다. 릴리트 릴림은 자의를 가지도록 조정되지 않았다. 그녀는 오로지 멘르바를 따르고 공경하도록 만들어졌을 뿐이다. 비록 그 명령이 화근이 되어 그녀로 하여금 예전의 멘르바였던 존재를 부정하기에 이르긴 했지만 말이다.

그러나 로렌은 릴리트 릴림이 자의식을 가지지 못한 인형이라 생각하지 않았다. 그녀에겐 인간성이 있었다. 비록 다른 의도를 갖고 부여된 인간성이라지만, 뭐 어떤가. 컴퓨터가 원래 계산하라고 만들어진 물건이지만 그것으로 게임을 하지 말라는 법은 없다.

그렇기에 로렌은 멘르바 대신 릴리트 릴림에게 명령하지 않고, 그녀가 스스로 결정을 내리길 기다렸다.

이윽고 릴리트 릴림은 결정을 내린 듯, 반짝이는 눈동자를 되찾았다.

"주인님."

갑작스레 터져 나온 발언에 로렌은 다소 당황했다.

"그렇게 부르지 말라니까."

"전 로렌 님을 주인님으로 섬기겠습니다. 주인님이라는 호칭이 불편하시다면 서방님이라 부르겠습니다."

로렌은 헛웃음을 터뜨렸다. 아무래도 릴리트 릴림은 지나치게 인간다워진 모양이었다. 그런 그녀의 헛소리에 태클을 걸 마음도 안 생겼다.

"…로렌이라 불러."

하지만 여기서 교정해 두지 않으면 정말로 서방님이라 부를 것이기에, 로렌은 그렇게 말해두지 않을 수 없었다.

"어쨌든 네가 그렇게 결정을 내렸다면 나도 네게 적절한 조치를 취하지 않을 수 없겠군."

사실 로렌이 신이 되어 멘르바교의 교황직을 잃긴 했지만, 그건 어떤 면에서 보자면 매우 다행한 일이었다. 교황이 신도에게 명령을 내리는 것이 가능하듯 신이 교황에게 명령을 내리는 것 또한 가능할 테니까.

적의 정체가 죽은 신들이고 그들 중에 멘르바가 포함되어 있는 이상, 어차피 로렌은 스스로를 파문해서라도 교황직을 내던졌어야 했다.

그리고 릴리트 릴림도 마찬가지였다. 스스로의 의지로 멘르바를 버리고 로렌을 선택하긴 했지만, 멘르바의 피조물이자 멘르바교의 교도인 그녀는 정작 멘르바 앞에 서면 그녀의 명령을 억지로 따라야 하게 될지도 몰랐다.

아무리 로렌이 릴리트 릴림의 힘을 필요로 한다지만, 이런 위험성을 내포한 아군을 자신의 등 뒤에 그냥 둘 수는 없었다.

최소한의 조치가 필요했다.

"릴리트 릴림, 널 로렌교의 교도로 받겠다."

가장 먼저 릴리트 릴림에게 새로운 신앙을 부여했다. 신 로렌은 사라졌지만 아직 존재하는 로렌교에 입교시키는 것이 그것이었다.

로렌교의 교황은 라핀젤이었지만, 로렌에게는 로렌교 교주(教主)라는 직분이 새로 주어졌다. 그렇기에 입교식과 세례를 주관할 수 있는 권한이 그에게도 있었다.

릴리트 릴림이 로렌 앞에 무릎을 꿇자, 그는 그녀의 정수리를 한 번 쓰다듬는 간단한 의식만으로 입교식과 세례식을 모두 해치웠다. 교주이기에 가능한 편법이었다.

"이제 너는 로렌교의 교도다."

물론 이 자체로는 큰 의미는 없었다. 다음 단계를 위한 사전 작업 정도에 해당하리라.

"교주로서 명한다. 오직 나만을 섬기라."

중요한 건 이것이었다. 교주로서의 명령권을 발동시킴으로써, 릴리트 릴림을 강제로 멘르바교에서 파문시키는 것. 그녀는 경건히 고개를 조아리려 했다.

"앗… 아아……!"

평생을, 일만 년을 지켜온 신앙의 굴레에서 벗어나는 일이다. 쉽지는 않은 일이다. 그녀의 이마에서 식은땀이 송골송골 솟아났고, 입에서는 자기도 모르게 신음성이 비집고 나왔다.

필요한 것은 본인의 의지였다. 로렌은 그녀의 정수리에 손을 댄 채 끈기를 갖고 기다렸다.

"끄으으윽……!"

쿵!

한참을 괴로워하던 릴리트 릴림은 기어코 땅에 이마를 박는 데 성공했다. 멘르바교의 시스템에서 벗어나는 데 성공한 것이다.

로렌은 릴리트 릴림을 일으켜 자신의 손에 그녀가 입 맞추도록 했다. 도자기 특유의 단단함과 생명체 특유의 따스함이 혼재하는 기묘한 감촉이었다.

"고생했어."

로렌의 치하에 릴리트 릴림은 환하게 웃었다. 일만 년이나 묵은 괴물인 그녀가 이토록 소녀처럼 웃다니. 그녀의 이런 표정은 로렌조차도 처음 보는 것일지도 몰랐다.

"이제 저는 정말 당신의 것이 되었군요."

그런 릴리트 릴림의 말에 로렌은 고개를 저었다.

"아니, 아직 안 끝났어."

신에게서 피조물을 빼앗는 작업이다. 이렇게 간단히 끝날 리는 없었다.

"릴리트 릴림, 네 이름을 말해봐라."

로렌이 입으로 뱉은 질문은 정말 간단한 질문이었으나, 실제로는 그렇지 않았다. 인간을 신으로도 바꿀 수 있는 위대한 힘. 명률의 힘이 흘렀다. 그 힘이 로렌으로부터 빠져나가 릴리트 릴림을 사로잡았고, 그 빈자리는 공포가 대신 메웠다.

"제 이름은 릴리트 릴림입니다."

입으로는 그렇게 말했지만, 명률의 흐름은 그녀의 진짜 이름을 추출해 냈다. 그녀가 마음을 완전히 열었다는 증거였다.

진짜 이름을 알게 되었으니, 이제 로렌의 명률법은 그녀를 마음대로 할 수 있게 되었다. 가장 어려운 단계를 밟는 데 성공했으니 남은 건 일사천리였다.

로렌은 릴리트 릴림의 진짜 이름을 부르고, 명률법으로 세 문장을 말했다.

"넌 이제 신의 흙이 아니다."

멘르바의 피조물임을 부정함으로써, 그녀는 더 이상 멘르바의 제어를 받지 않게 되었다.

"넌 이제 마물이 아니다."

마물임을 부정함으로써, 그녀는 더 이상 마물 통제 능력으로 조종당하지 않게 되었다.

"너는 릴리트 릴림이다."

존재 근간을 부정함으로써 텅 빈 그녀의 정체성을 이 문장으로 채워 넣었다.

이제 릴리트 릴림은 릴리트 릴림이라는, 세상에 오직 하나밖에 없는 존재가 되었다. 그녀 스스로가 자기 스스로를 정의해야 하는 존재가 된 것이다.

　말하는 거야 간단하지만, 존재의 근간을 뒤바꾸는 엄청난 일이다. 로렌에게 막대한 공포가 들이닥쳤고, 로렌은 공포를 이기기 위해 이를 악물어야 했다.

　릴리트 릴림이 급히 로렌에게 다가와 손을 잡아주었다. 그가 두 번째로 드래곤으로 변하고, 거기에 추가로 존재감을 지우는 명률을 걸었을 때의 일을 기억하기에 할 수 있는 행위였다.

　로렌은 거칠어진 호흡을 가다듬으며 릴리트 릴림에게 말했다.

　"…고맙다, 릴리트 릴림."

　"아니요, 서방님."

　릴리트 릴림은 환하게 웃었다.

　"저를 위해 하신 일이잖아요."

　아니, 그녀를 위해서 한 일은 아니다. 그저 로렌 본인이 그녀에게 뒤통수를 얻어맞기 싫어서 한 일이었다. 그러니 로렌 본인을 위해서 한 일이나 다름없었다.

　로렌은 그렇게 말하는 대신, 이렇게 삐죽였다.

　"서방님이라고 부르지 말라니까."

　아무래도 릴리트 릴림은 지나치게 인간적인 존재가 되어버린 것 같았다.

＊　　　　＊　　　　＊

릴리트 릴림을 받아들인 로렌은 곧장 그녀에게 또 다른 명령을 내렸다.

"페르샨 제국의 황제를 암살하고 와라."

악마의 흙의 영혼을 심문한 끝에, 로렌은 악마의 흙이 어떻게 이 세계에 잠입해 올 수 있었는지 알아냈다.

그 방법이란 릴리트 릴림이 신의 연대에 만들어서 인류 연대인 지금까지 방치된 것과 많이 닮았지만, 조금 달랐다.

릴리트 릴림은 완전한 상태로 방치되었지만, 악마의 흙은 영혼이 빠진 채로 몸만 남겨져 있었다. 후일 세계에 작은 구멍을 내 영혼만 밀반입해 결합시킨 게 로렌이 죽인 악마의 흙의 정체였다.

깨어난 악마의 흙은 페르샨 제국의 황제 샤한샤를 홀려 뒤틀린 멘르바의 주구로 만들었다. 전쟁을 일으켜 자신의 병사들을 죽음으로 내몰고, 신의 연대 때부터 전해 내려온 귀중한 고고학적 예술품인 아무르다드 신상을 더럽힌 것도 뒤틀린 멘르바를 기쁘게 만들기 위한 행위였다.

그렇게 공양된 페르샨 제국병들의 영혼은 뒤틀린 멘르바에게 끌려가 죽은 신을 살찌우는 양식이 되어버리니, 이대로 방치해 둬서는 안 된다.

단독 작전 능력이 뛰어난 릴리트 릴림은 이 일을 어렵지 않게 처리할 수 있으리라.

"알겠습니다, 로렌 님. 명령대로 처리하겠습니다."

어찌 보면 옛 주인의 등에 칼을 꽂는 임무임에도, 릴리트 릴림은 아무렇지도 않은 듯 고개를 끄덕이며 명령을 받아들였다. 아니, 오히려 이 일을 자신에게 맡기는 걸 기꺼워하는 것처럼도 보였다.

"그 신뢰에 반드시 보답하겠습니다."

릴리트 릴림의 눈동자가 반짝이는 게 아주 약간 부담스러웠다.

* * *

"너무 서두르느라 해야 할 일을 많이 제쳐뒀군."

원래대로라면 토르코니아 제국에서 오하라를 타고 돌아와 마리를 리처드 남작에게 소개시켜 주고 루크를 훈련시켜야 했다.

그런데 릴리트 릴림이 남부의 마왕에게 사로잡히고, 악마의 흙과 조우해 그걸 쓰러뜨리고, 로렌이 자리를 비운 새 라핀젤의 몸을 노린 엘리시온의 시도를 무력화시키느라 원래 계획했던 일들이 많이 어그러졌다.

거기에 하루를 꽉 채워 숙면까지 했었으니 시간 낭비가 보통이 아니었다.

로렌은 그렇게 생각했었다.

"응? 뭐? 오하라가 아직 안 왔어?"

라핀젤의 말에 로렌은 뒤늦게 생각해 냈다.

마력, 공력, 정신력, 그가 활용할 수 있는 수단을 거의 고갈에 가까운 수준으로 활용한 덕에 로렌은 저 남부 대수림을 다녀오는 데 시간을 그리 많이 쓰지 않았다. 그리고 그렇게 낭비한 자원들은 라핀젤이 엘리시온의 힘을 발휘해 준 덕에 다 다시 채워졌고 말이다.

그렇다 보니 결과적으로는 오히려 시간을 많이 단축한 셈이 되었다.

"괜찮군."

로렌은 고개를 몇 번 끄덕이곤 말했다.

"그래도 더 단축해야지."

단축할 방법이 있는데 단축하지 않을 이유가 없었다.

[오하라, 지금 어디야?]

로렌의 텔레파시에 대한 오하라의 답신은 조금 늦었다.

[어, 왜?]

[그 정도 거리라면 상관없겠군.]

사실 대답 같은 건 중요하지 않았다. 그저 텔레파시의 답신을 받는 것 그 자체가 중요했다. 그로써 로렌은 자연히 오하라의 위치를 파악할 수 있었으니까.

[리콜]

이유는 모르겠지만 오하라는 로렌의 리콜에 응답하지 않았다.

그래서 강제로 불렀다.

슈슈슉.

오하라의 모습이 로렌의 앞에 나타났다. 그녀는 웰시 엘프 모습이었는데, 양손에는 닭다리 두 개가 들려 있었고 입에는 양념 치킨의 소스를 잔뜩 묻힌 상태였다.

두 눈을 몇 번 깜박이던 오하라의 볼이 순식간에 붉게 물들었다.

"…이, 이런 모습을 보이고 싶지 않았어!"

아무래도 오하라와 마리, 루크는 잠시 다른 곳으로 새어 양념 치킨을 맛보고 있었던 모양이었다. 다 먹고살자고 하는 짓인데 치킨 먹느라고 1시간쯤 늦는 거야 별 상관 없는 일이다.

"지금 와서 뭐, 너하고 나 사이에 무슨."

로렌은 마리와 루크 또한 리콜로 불러들였다. 마리와 루크 역시 양념 치킨을 먹는 중이었는데, 특히 루크가 양념 치킨이 담긴 접시를 꽉 움켜쥐고 있는 게 인상적이었다.

"…맛있었나 보군."

"감히 말씀드리건대, 아직 짧은 인생입니다만 제가 맛본 음식들 중 이보다 더 맛있는 음식은 없었습니다."

그의 나이 아직 17세, 성장기 청소년인 루크에게 있어 이 단백질과 지방의 협연은 도저히 거부할 수 없는 향락이었던 것 같았다.

"이해한다."

로렌은 짧게 대답했다. 이해 못 할 리가 없었다. 만약 3년 후에 멸세의 괴물들이 쳐들어오지만 않았더라면, 로렌은 저 양념 치킨을 전 대륙에 보급시키는 데 전력을 기울이고 있었을 테니까. 그만큼 양념 치킨의 완성도는 높았다.

"그런데 로렌, 못 보던 새 많이 늙은 거 같은데?"

"기분 탓이야. 신경 쓰지 마."

손에 묻은 양념을 빨던 마리의 날카로운 지적을 로렌은 대충 받아넘기고는, 일행 모두에게 테이블과 의자를 제공해 먹던 음식을 마저 삼킬 시간을 주었다. 그리고 기왕 하는 김에 저택에 상주하는 요리사에게 양념 치킨 몇 마리와 맥주를 새로 내오도록 시켰다.

아무리 바쁘지만 식도락을 즐길 여유 정돈 있어야 한다. 그것이 로렌의 지론이었다.

                    *   *   *

　릴리트 릴림에 라푼젤까지 다 같이 둘러앉아 한참 양념치킨을
먹고 있을 때였다. 저택의 하인이 손님이 왔다는 걸 알렸다.

　리처드 남작이었다.

　"아니, 이제 대장군님이라 불러 드려야 하나?"

　다르키아 왕국도 강력해진 왕권과 호국경인 디셈버, 즉 로렌의
후원을 기반으로 중앙집권제로의 개혁을 서두르고 있었다. 그 과
정에서 귀족들을 중앙 권력으로 흡수하기 위해 관직을 주고 중앙
으로 불러들였는데 리처드 남작도 그중 하나였다.

　무려 대장군이라는 직위를 받은 리처드는 이제 공작들조차 함
부로 대하지 못하는 존재가 되었다. 아니, 그의 무위를 생각하면
원래부터 그 누구도 그를 함부로 대하지 못했으니 사실 별 차이
없는 걸지도 모른다.

　"놀리지 마, 호국경 각하."

　어쨌든 로렌과는 친구 사이가 된 리처드 대장군이 실실거렸다.

　"네가 돌아왔다는 소릴 듣고 왔어."

　"나와의 대련이 목적이겠지?"

　"부정은 안 한다."

　소탈하게 웃어 보이는 모습을 보니 리처드의 첫 인상은 간곳없
었다. 처음 봤을 때만 해도 그는 사람 머리 깨는 것에 중독된 광전
사였는데 말이다.

　"지금 밥 먹고 있어. 너도 같이 먹자."

　마침 소개해 줄 사람도 있고. 로렌은 그 말은 속으로 삼켰다. 모

르고 만나는 게 더 재미있을 테니 말이다.

"아, 그럴까?"

리처드는 로렌이 열어준 문 안으로 들어왔다.

"그런데 로렌, 너 갑자기 왜 그렇게 늙었어?"

들어오면서 이런 소릴 한다.

"그렇게 티 나나?"

로렌은 투덜거렸지만, 리처드는 로렌의 반응은 상관도 않고 게슴츠레하게 눈을 뜨며 이렇게 물었다.

"설마 또 나 놔두고 새 경지에 오른 건 아니겠지?"

"이 수련과 경지밖에 모르는 바보……."

로렌은 자기도 모르게 그렇게 중얼거리고 있었다. 노화된 모습을 보고도 일단 경지부터 생각하다니. 바보가 맞았다.

"내가 머리가 좀 나쁘긴 하지만 바보 소리 들을 정돈 아닐 텐데?"

그러나 리처드 본인은 그렇게 생각하지 않는 듯 투덜거렸다. 그런데 그 투덜거림도 오래 가지는 않았다.

"그래서 어때? 새로운 경지에는 오른 거야?"

왜냐하면 호기심이 더 앞섰기 때문이다.

"그건 밥 먹으면서 이야기하도록 하지."

리처드에겐 중요한 이야기일지 몰라도, 로렌에게는 별 중요한 이야기도 아니다. 진짜 중요한 이야기는 따로 있었다. 그리고 그 이야기는 식탁 앞에서 할 생각이었다.

"그러지."

리처드는 의미심장하게 웃어 보였다. 마치 식사를 하며 새 경지에 대한 이야기를 듣고야 말겠다는 듯. 그러나 로렌은 리처드의 입 가에서 웃음이 사라질 시간도 얼마 남지 않았다는 걸 알고 있었 다.

5초.

리처드가 양념 치킨의 냄새를 맡고 음식이 놓인 테이블 앞으로 뛰어가기까지 걸린 시간이었다. 테이블 앞에 선 그는 이렇게 외칠 것이다.

"이모?!"

지난 몇 번과 마찬가지로, 리처드는 로렌이 예상한 대로 외쳤다.

"…오랜만이로구나, 보이."

마리의 목소리 또한 들렸다. '보이'란 건 같은 발음인 영어 단어 와는 관계없이, 리처드의 어렸을 적 호칭이었다. 로렌도 처음 들었 을 때는 꽤 놀랐다.

그러나 지금 와서 놀랄 로렌은 아니다. 그는 실실 웃으며 방 안 으로 들어갔다.

들어가자마자 보인 건 리처드의 경악한 표정과 마리의 다소 애 매한 표정이었다. 두 사람의 반응이 엇갈려 매우 재미있었다. 이것 만큼은 몇 번을 봐도 안 질린다.

결론부터 말하면, 리처드 또한 마리와 마찬가지로 바스타드다. 두 암컷 드래곤이 명륜법을 사용해 다양한 종족의 모습을 취한 후 에 '창조자'의 씨를 받아 낳은 개체를 교잡시킨 끝에 태어난 존재 말이다.

리처드가 마리를 보고 이모라 부른 것에서 알 수 있듯, 마리가 한 세대 더 앞선 바스타드다. 사실 정확히 따지자면 이모는 아니지만, 어디까지나 편의상의 명칭이다.

인류 의회는 포획한 바스타드들을 세계 곳곳에 점점이 뿌려놓았다. 세계의 서쪽 끝인 다르키아 왕국에는 리처드, 옛 아명으로 부르자면 보이를 놔두었고, 동쪽 끝인 토르코니아 왕국에는 마리를 놔두는 식으로 말이다.

어차피 바스타드들의 수명은 짧았고, 그래서 리처드와 마리 외에는 다 죽었다. 그러니 원래대로라면 이 두 사람이 만날 일은 없어야 했다.

하지만 마리는 어린 상태로 더 이상 자라지도 늙지도 않는 특이한 증상에 걸렸고, 리처드는 탈각의 경지에 이르기를 반복해 억지로 수명을 늘렸기에 이 두 사람은 예외적으로 살아남을 수 있었다.

그래서 이런 일도 일어나는 것이다.

"어, 서로 아는 사이야?"

로렌은 시치미를 뚝 떼고 물었다.

"어, 어어……."

리처드가 애매하게 답했다. 그러자 로렌은 손뼉을 치며 말했다.

"잘됐군! 마리에게 기사도를 가르쳐 줄 사람이 필요했는데, 아는 사이라면 이야기가 더 빨라지겠어."

로렌의 제안에 리처드가 놀라서 눈을 희번덕거렸다.

"뭐? 기사도를? 내가? 이모한테?"

로렌은 그 이유를 설명하는 대신, 오히려 그도 눈을 희번덕거리며 반대로 이렇게 물었다.

"그런데 이모라니? 그게 무슨 소리야?"

"아… 설명하자면 길어."

정말 긴 설명일 것이다. 그래서 로렌은 그 설명을 두 번 들을 마음이 없었다. 어떻게든 얼버무리려는 리처드의 시도를 순순히 받아주기로 했다.

"그럼 마리한테 기사도 가르쳐 주는 거지?"

대신 이렇게 밀어붙였다. 망설이던 리처드는 뒷머리를 긁으며 결국 고개를 끄덕이고 말았다. 로렌의 생각이 먹힌 것이다.

사실 리처드는 스승으로서의 소양은 빵점이다. 재능이 없는 자에게는 아예 관심이 없고, 바투르크처럼 강력한 기사를 만나면 일단 대련부터 하려고 든다. 타고난 기질이 이런데 누구한테 뭘 제대로 가르치겠는가?

하지만 상대가 이모인 마리라면 이야기가 달라진다. 리처드는 마리를 꽤 어려워했고, 그러니 대놓고 내팽개치거나 이것도 수련이라면서 일단 패려 들지도 않을 테니 말이다. 실제로 이 두 사람의 조합은 꽤 괜찮은 결과물을 여러 번 내놓았다.

"그렇게 됐으니 잘 부탁해, 보이. 아니, 여기서는 리처드라고 했나?"

"어, 아, 예……."

마리의 말에 마지못해 대답하는 리처드의 표정이 꽤나 웃겼기에, 로렌은 웃음을 참느라 고생했다.

리처드는 로렌으로부터 멸망의 때에 대한 심상을 텔레파시로 받아보곤 긴 한숨을 내쉬었다.

"그렇게 된 거로군."

그냥 멸망의 때와 멸세의 괴물들뿐만 아니라, 로렌은 그동안 그에게 비밀로 해왔던 '회귀'에 대한 사실도 밝혔다. 그 사실을 들은 리처드는 킬킬 웃으며 이렇게 말했다.

"이거 생각보다 늙은이였군?"

"네가 할 말은 아니지."

창조자로부터 바스타드들이 해방된 시기를 생각해 보면 리처드의 나이도 예상이 갔다. 적어도 알려진 것처럼 10대는 절대 아니다. 누가 더 양심이 없느냐를 따지자면 리처드 쪽이 훨씬 양심이 없었다.

"협조해 줄 건가?"

로렌은 돌아올 대답의 내용을 알면서도 그렇게 물었다. 그리고 대답은 예상대로 돌아왔다.

"협조 안 하면 다 같이 죽는데, 그럼 해야지."

사실 리처드는 이 세계를 증오해도 별 이상할 게 없었다. 그의 창조자와 '할머니들'에 대한 건 물론이고, 인류 의회도 그를 격려했을 뿐만 아니라 한 번은 죽이려고도 했다.

찬찬히 생각해 보면 리처드가 이 세계를 지키자며 일어서는 쪽이 이상하게 느껴질 정도로 기구한 인생이다.

그럼에도 불구하고 시원스럽게 이런 대답을 단 한 번의 빠짐없이 되돌려 주는 리처드의 사람 됨됨이는 꽤나 든든했다.

"다행이군. 네 도움이 없으면 성공시킬 자신이 없었거든."

"하, 그렇게 말해주니 부담스러운데."

리처드가 정말로 부담스러워한다는 걸 알기에, 로렌은 미끼를 던졌다.

"너도 마리에게서 배울 게 많을 거야. 어쩌면 새로운 경지에 이를 힌트를 얻을 수 있을지도 모르지."

로렌의 말이 아주 거짓말인 건 아니었다. 다만 그 새로운 경지란 게 기사도의 경지가 아닐 뿐이다.

마리는 바스타드의 능력을 끌어올리는 법을 잘 안다. 리처드가 그 방법을 습득하면 그는 몇 배나 강해질 것이다. 지금도 강한데 말이다.

"그거 기대되는군그래."

그렇게 대답하곤 리처드는 잠시 망설이더니, 당연히 느껴야 할 의문을 비로소 입에 올렸다.

"그런데 이모… 마리는 원래 저런 모습이 아니었는데. 어떻게 저렇게 자랐지?"

리처드도 마리의 오랜 고민에 대해 안다. 쉬이 극복할 수 없었던 문제임도 잘 알고 있었다.

그 질문에 로렌은 다소 장난스럽게 대꾸해 주었다.

"탈각의 경지라고 알아?"

"…그런 수가 있었군."

리처드는 쓴웃음을 지었다. 기사도로는 이 세계에서 두 번째로 높은 경지에 오른 기사가 바로 리처드였다. 그런 그가 탈각의 경지에 대해 모를 리가 없으니, 로렌의 대꾸에 쓴웃음을 지을 만도 했다.

물론 단순한 탈각의 경지로는 마리의 유전병을 고칠 수 없다. 강제로 탈각의 경지에 올리면서 그녀에게 쬐인 빛의 힘 덕이 컸다.

그러나 로렌은 리처드에게 굳이 그런 이야기까지 꺼낼 생각이 없었다. 이미 해결된 문제인 데다, 딱히 자기 덕이라 어필할 이유도 없으니 말이다.

"어쨌든 마리를 잘 부탁해. 마리도 너랑 같이 이번 계획의 핵심 인물 중 하나니까. 가능하다면 승화의 격에 올려줬으면 좋겠어."

로렌의 발언에 리처드는 어이없다는 듯 고개를 저었다.

"나는 수십 년을 헤매서 오른 경지인데, 참 쉽게 말하는군."

세간에 알려진 리처드의 나이는 당연하게도 거짓이고, 그 또한 연령만 따지자면 백 살도 더 먹었을 것이다. 그리고 탈각의 경지에는 알려진 것보다도 몇 번을 더 올랐을 것이고 말이다.

그러니 승화의 경지에 이르기까지 수십 년을 헤맸다는 그의 말 또한 그리 과장이 아닐 터였다.

"하지만 뭐, 좋아. 알았어."

그럼에도 불구하고 로렌은 마리가 리처드의 가르침을 받은 후 성공적으로 승화의 경지에 오를 것임을 안다.

리처드는 별로 좋은 스승은 아니지만, 꽤나 괜찮은 조카이니까 말이다.

*   *   *

마리는 리처드에게 맡겼으니, 이제 루크의 육성 계획만 짜면 된다.

문제는 루크를 육성해 보는 게 이번이 처음이라는 점이었다. 다른 이들이야 이미 여러 번에 걸쳐 육성해 본 경험이 있어 뭘 어떻게 가르치고 훈련시켜야 하는지 잘 알지만, 루크의 재능이 어느 영역으로 뻗어 있는지는 로렌도 모른다.

"일단은 기사도에 재능이 있는 건 확실하지."

이미 로렌은 루크의 등을 두들겨 보았다. 불과 다섯 번 만에 탈각의 경지에 오른 루크가 기사도에 재능이 없다면 그게 더 수상한 일일 것이다.

'반대로 마법에는 재능이 없고.'

이야기를 많이 나눠본 건 아니었지만, 루크는 머리가 그리 좋은 편이라고 하기는 힘들었다. 하기야 일반인 수준에선 이 정도도 나쁘다고 할 순 없지만 마법사의 기준은 또 다르다. 게다가 엘프 외의 종족이 마법을 다루기란 요원한 일이다. 로렌이나 멜라니는 어디까지나 특이한 경우고.

정신 능력이나 영능, 주술 등에 재능이 있는지는 알아보기 힘들다. 시간을 들여 천천히 알아보자면 알아볼 수 있겠지만, 로렌에게는 시간이 그렇게 많지 않았다.

"이럴 땐 확실한 방법을 택해야지."

애매할 땐 역시 기사도다. 로렌은 루크를 바투르크의 기사 양성소에 집어넣기로 마음먹었다. 본인은 용력이라고 부르는 능력인, 조상으로부터 물려받은 축복인 [점멸]도 있고 [수인화]도 할 수 있으니 기사도까지 배우게 해 근접전 능력을 극대화시키면 전술적 가치 또한 끌어올릴 수 있을 터였다.

'그래도 혹시 모르니.'

로렌은 슬레인에게 따로 연락해 루크를 좀 봐주라고 부탁하기로 했다. 슬레인은 로렌의 우군들 중 로렌 다음으로 다양한 능력을 활용할 수 있는 존재다. 루크에게서 뭔가 특별한 재능을 끌어낼 수 있을지도 모르는 일이다.

"로렌! 오랜만이로군."

로렌의 부름에 응답해 그의 저택에 방문한 슬레인이 반갑게 로렌의 이름을 불렀다. 그러나 슬레인의 밝았던 표정은 곧 굳어져 버리고 말았다.

"이런, 로렌! 대체 무슨 일이 있었던 거야?"

지금은 로렌이 슬레인보다 더 영능을 잘 다룬다고는 하지만, 로렌은 슬레인에게서 영능을 배웠다. 존재 자체가 신으로 부풀어 올랐다가 다시 인간으로 쪼그라들면서 생긴 혼의 균열을 슬레인은 보자마자 알아챘다.

"역시 네게는 숨길 수 없군, 슬레인."

로렌은 한숨처럼 대꾸했다. 그러고는 그간 있었던 일을 털어놓았다. 신이 되었던 것, 인간으로 되돌아온 것, 그 과정에서 절대 수명이 상당히 깎여 버렸다는 것까지 전부.

"일단 영능으로 봉합해 놓긴 했지만, 한계가 있었지."

"그래 보이는군. 도움을 줄 수 없는 게 유감이야."

슬레인은 혀를 찼다.

로렌은 슬레인으로부터 영능뿐만 아니라 주술, 그러니까 마기를 다루는 법까지 다 배웠다.

보통 천 년도 버티지 못하는 인간의 영혼이지만, 슬레인이 드래곤의 영계에서 수천 년을 버틸 수 있었던 노하우가 여기에 다 있었다. 물론 이는 드래곤의 영계라는 차원의 특수성에도 기인한 바가 있긴 했지만, 그렇다고 물질계에서 아주 쓸모없는 기술이라고 할 수도 없었다.

그 때문에 이런 불상사가 없었더라면 로렌 또한 슬레인처럼 영혼과 마기를 관리하며 절대 수명을 오래 유지할 수 있었을 것이다. 슬레인도 그 사실을 알기에 혀를 차는 것이다.

"뭐, 덕분에 힌트도 많이 얻었고 감도 많이 잡았어. 신이 되어본 적이 없는 것보다는 나은 것 같다고 생각해."

로렌의 그 말은 단순한 자기 위안을 위한 것만은 아니었다. 실제로 절대 수명을 대가로 바친 대신 신력의 메커니즘부터 시작해 다양한 정보와 새로운 능력을 손에 넣었으니까.

적들의 정체가 죽은 신들이라는 걸 알게 된 이상, 이 정보와 능력이 도움이 안 될 리는 없었다. 적어도 이번 회차에서는 상당히 유리한 고지를 확보한 셈이었다.

"아아, 이런 이야기를 하려고 만나자고 한 건 아니었는데."

그럼에도 슬레인의 표정이 영 밝아지지 않자, 로렌은 짐짓 밝은 목소리로 화제를 전환했다.

"루크! 루크 페이슬란! 이쪽으로 와!!"

로렌은 바깥에 대기시켜 놓았던 루크를 불러들였다.

"아, 이 젊은이가 네가 말한 그 루크야?"

루크는 자기보다 나이가 많기는커녕 오히려 더 어려 보이는 슬레인을 보고 잠시 당혹했으나, 로렌 쪽으로 한 번 시선을 준 후 바로 안정을 되찾고 슬레인에게 깊이 고개를 숙였다.

"안녕하십니까, 루크 페이슬란이라고 합니다."

더 이상 사람의 외견에 속지 않겠다는 루크의 단호함이 엿보이는 장면이었다. 그런 루크의 태도 변화에 로렌은 헛웃음을 터뜨릴 뻔했다. 간신히 표정 관리에 성공한 로렌은 진지한 목소리로 슬레인에게 요청했다.

"이 녀석의 교육을 맡아줬으면 해."

"나도 아직 기사도를 배우느라 힘들지만, 알겠어. 어차피 기사도는 다른 기사에게 배우겠지?"

"그래, 수부타르크에게 부탁해 볼 생각이야."

수부타르크는 바투르크를 필두로 한 오크 기사들의 막내 격으로, 본인의 실력은 형제들 가운데 약간 떨어졌으나 초심자의 교육에는 가장 훌륭하다고 정평이 나 있었다.

"좋은 선택이로군."

슬레인도 고개를 끄덕이며 로렌의 선택을 긍정했다.

"그럼 용사 능력부터 하나씩 가르쳐 보도록 하지."

"잘 부탁드립니다!"

슬레인의 말에, 루크 페이슬란이 큰 목소리로 대답하며 고개를 푹 숙였다. 이런 태도를 볼 때, 적어도 루크가 슬레인에게 대들 우려는 없을 것 같았다.

'뭐, 반항한다 싶으면 제압할 수단도 있고.'

로렌은 루크도 릴리트 릴림처럼 로렌교에 입교시키고 아무르다드교에서 파문당하도록 했다. 루크의 아무르다드에 대한 신앙심은 그리 높은 편이 아니라 그다지 어려운 일은 아니었다.

아무리 신앙심이 높지 않다고 해도 죽은 신들 중에 아무르다드가 있을 가능성을 배제할 수는 없었고, 아무르다드가 자신의 교도인 루크에게 명령권을 발동시킬 가능성 또한 생각해야 했기에 취한 조치였다. 이 조치 덕에 로렌은 교황직을 잃으면서 함께 잃었던 루크에 대한 명령권 또한 되찾은 상태였다.

어쨌든 루크 페이슬란과 함께하는 건 이번이 처음이다. 어지간하면 쓰고 싶지 않은 수단이긴 했으나, 혹시 모를 불상사에 대비할 수단 하나쯤은 필요했다.

"뭐, 그런 건 내일부터 하고. 오늘은 기왕 온 김에 저녁까지 먹고 가. 네게 소개시켜 줄 사람도 있어."

리처드가 아직 로렌의 저택에 머물고 있었다. 로렌은 슬레인에게 그를 소개시켜 줄 참이었다.

두 사람의 이 만남은 큰 의미가 있을 예정이었다. 리처드의 입장에서 말하자면, 로렌 대신 그와 대련해 줄 상대와의 만남이니 말이다.

기사도로만 치면 리처드가 아직 한참 고수이긴 하나, 슬레인은 인류 용사로서 쌓은 경험과 다양한 능력, 기술을 보유하고 있어 꽤 괜찮은 대련이 될 터였다.

리처드에게도 다른 능력에 대한 호기심과 배움에 대한 열의를 일으키는 계기가 될 테지만, 슬레인에게도 기사도 수련에 한층 더 박차를 가할 계기가 될 대련이었다.

무엇보다도 더 중요한 건, 리처드가 대련하자고 졸라댈 대상이 로렌에서 슬레인으로 옮겨갈 거라는 점이었지만 말이다.

"매우 기대되는군."

로렌의 시커먼 속셈을 모르는 슬레인은 생글생글 웃고 있었다.

79장
사후 처리

"자, 그럼."

대충 정리를 한 로렌이 자리를 털고 일어났다.

"대륙 남부로 가볼까?"

라푼젤 일 때문에 지나치게 급히 브뤼델로 돌아왔기에, 남부 대수림에서의 용건은 아직 처리가 덜 된 상태였다.

"오하라."

그래서 로렌은 탈것으로 오하라를 불렀다. 혼자서 가도 상관없지만, 마력 낭비는 되도록 피하고 싶었기에 한 선택이었다.

오하라는 로렌의 부름에 입술을 삐죽이며 응했다.

"또 날 탈 셈이야?"

"스칼렛과 멜라니는 바쁘니까."

"이럴 때만이라도 '날 좋아하니까'라고 말해주면 좀 좋아."

오하라는 입으로는 툴툴대면서 내심 로렌과 함께하는 게 좋은지 실실 웃어대었다.

로렌이 대수림에서 할 일은 다음과 같았다.

악마의 흙이 개입함으로 인해 마왕의 힘이 로렌의 계산보다 강력해진 탓에, 릴리트 릴림은 마왕과의 전투에서 완전무결하게 패배하고 사로잡혔다고 했다. 그 과정에서 드래곤들을 희생시킬 수 없었기에 릴리트 릴림은 드래곤들을 놔주었다.

이 드래곤들은 릴리트 릴림이 힘과 공포로 억누르고 있었던 것이기에, 아마 도망친 채로 어디 숨어 있을 터였다. 이들을 다 새로 찾아내 동료로 들여야 했다.

릴리트 릴림에겐 힘들 일이기에 로렌은 직접 나서기로 했다. 이번에는 오하라가 동행하므로, 드래곤의 포섭에 조금쯤은 기여할 수 있을 거라고 로렌은 내다보았다.

"드래곤들을 다 잡은 다음에는 마왕을 죽여야지."

로렌은 마왕의 포섭을 포기했다. 제아무리 마성 통제 능력을 갖춘 릴리트 릴림이라 한들 죽은 신들이 개입한다면 통제 능력이 무효화될 뿐 아니라 기껏 데려간 마왕이 적의 수중에 떨어질 수도 있었다.

실제로 악마의 흙이 마성 통제 능력으로 마왕을 통제하고 강화시키고 명령까지 내려서 빚어진 게 이번 사태였다. 이런 제반 사항을 고려할 때, 마왕은 이미 적군이라고 봐도 되었다.

그래서 마왕을 포함한 마물들을 이번 기회에 일소시켜 후환을 없앨 생각이었다. 적들, 즉 죽은 신들이 미약하나마 이 세계에 개입할 여지가 남아 있다면 로렌이 이끄는 공격군의 출진 시기를 전후로 해 후방을 교란시킬 가능성이 얼마든지 있었기 때문이다.

마지막으로 죽은 신들이 내놓은 세계의 구멍을 막는 것.

세 임무 가운데서는 이 임무가 가장 중요했다.

이 구멍을 통해 악마의 흙이 이 세계로 넘어와 로렌에게 수작을 부리고 라퓐젤의 몸을 점령해 엘리시온을 강림시키려 들었다. 물론 엘리시온은 소멸했지만, 죽은 신들이 비슷한 다른 수작을 부리지 않을 거라는 보장이 없었다.

이제까지 남부에서부터 방어선이 무너진 일이 많았던 건 이 구멍 때문일 터였다. 멸세의 괴물이 이 구멍을 통해 아주 소수라도 들어올 수 있다면 그것도 참사였다. 괴물들의 전력보다 그것들이 지닌 독, 역병, 저주가 이 세계의 수명을 줄이고 멸망을 앞당길 테니까.

이렇다 보니 로렌의 입장에서는 도저히 구멍을 그냥 방치해 둘 수는 없었다. 시간을 내서라도 반드시 막아야 했다. 그나마 이번엔 다른 할 일도 겸사겸사 처리할 수 있으니 운이 좋은 편이라고 할 수 있었다.

다행히 아주 잠시나마 세계의 신이 되었던 로렌은 세계의 기록을 읽어 그 구멍들의 위치에 대해 파악할 수 있었다. 그 구멍들을 막는 건 이 세계의 신으로서 해야 할 시급한 일 중 하나였다. 비록 로렌은 더 이상 신이 아니지만, 그래도 그 일을 해야 할 이유가 있었다.

물론 구멍을 막는다고 다가 아니고, 죽은 신들이 새로운 구멍을 낼 가능성은 얼마든지 있었다. 그래도 새로 구멍을 내는 것에는 아주 많은 시간과 노력이 들 테니, 구멍을 막는 것만으로도 적들에게 기회비용을 청구할 수 있게 되는 셈이었다.

　신들이라고 해도 가진 시간과 자원이 무한하지는 않다. 한 번 신이 되어보았기에 로렌은 그 사실을 잘 안다. 구멍을 파는 데 시간과 자원을 낭비하다가 로렌의 공세에 대한 방비가 옅어지면 그것도 그것대로 좋았다.

　"그럼 출발할까?"

　더 이상 시간을 끌 이유는 없었다.

　"오하라, 드래곤 폼!"

　"알았어!"

　이제는 기분 나빠하는 기색조차 내보이지 않고, 오하라는 즉시 자신의 모습을 드래곤으로 바꿔 로렌에게 등 위를 내주었다.

　"명률법 써두는 거 이번에는 깜박하지 마."

　"나도 알아!"

　미리 명률법을 써 모습을 감추는 절차를 깜박깜박하는 건 여전했지만 말이다.

*　　　*　　　*

　오하라가 통상적인 속도로 날아 남부까지 내려가자면 쉬지 않고 날아도 일주일은 걸렸다.

　하지만 로렌은 그 비행시간을 단축하는 법을 알았다. 쉴 새 없이 도약을 쓰면서 마심의 공력을 뿌려 이동속도를 폭발적으로 끌어올리는 방법이다. 로렌 본인이 이 방법을 사용해 혼자 한 시간 만에 남부 대수림에 도착한 적도 있다.

빠르지만 좋은 방법은 아니다. 마력과 공력의 소모가 너무 격심하기 때문이다. 그래서 로렌은 절충안을 썼다.

오하라를 비행시키면서 적당히 때 될 때마다 마심의 공력을 흩뿌리고 도약 주문을 써주는 것이 바로 그 절충안이었다.

사실 인체는 비행에 적합한 형태를 취하고 있지 않다. 정확하게 하자면 드래곤도 비행에 적합한 형태를 취하고 있다고 하긴 힘들지만, 적어도 인간보다는 나았다.

결론적으로 오하라는 날개만 펼치고 있는 상태인데도, 로렌 혼자 날 때에 비해 1할보다도 더 적은 소모값만을 동원하고도 로렌은 하루도 안 걸려 남부 대수림에 도달할 수 있었다.

"빨라, 빨라! 너무 빨라!!"

정작 오하라는 드래곤인 주제에 속도가 너무 빠르다며 겁을 냈다. 하긴 속도를 더 올리면 실제로 피해를 입게 될 테니, 그녀 입장에서 생각보자면 감이 좋은 것이라 평하지 못할 것도 아니었다.

"도착했군."

시야 아래에 광활하게 우거진 대수림의 모습이 보였기에, 로렌은 도약 주문과 마심의 공력 운용을 멈췄다.

"이제 드래곤들을 찾아야 한다고 했지?"

천천히 속도를 늦추며 오하라가 쾌활하게 말했다. 한나절이나 비행했는데도 그녀에게는 별로 지친 구석이 없어 보였다. 하긴 그녀는 날개를 퍼덕이지도 않고 그저 펼치기만 해 양력을 제공했을 따름이다. 체력을 쓸 일은 별로 없었다.

"내가 드래곤들 쉽게 찾아내는 방법을 아는데, 알려줄까?"

"뭔데?"

오하라가 너무 자신만만하게 말했기에, 로렌도 기존에 쓰려던 방법을 일단 제쳐두고 그녀에게 그 방법을 물었다. 그러자 오하라는 그 되물음만을 기다렸다는 듯 즉시 말했다.

"네가 드래곤으로 변신해서 그 모습을 보여주면 돼! 당장 이쪽으로 날아올걸?"

"……."

로렌은 고민에 빠졌다. 평소라면 코웃음조차 안 치고 무시했을 제안이지만, 그의 직감이 말해주고 있었다. 정말로 오하라가 제안한 이 방법이 가장 빠른 방법일 것 같다, 고.

영안과 클레어보이언스를 결합해 사용하는 것으로 남부 대수림을 훑어 드래곤들을 찾아 다시 제압하고 그 후에 설득하여 일행으로 끌어들이려 했던 로렌의 기존 방법에 비해서야 훨씬 빠를 것이다.

하나만 놓쳤다면 기존의 방법을 썼겠으나, 찾아야 하는 상대가 둘이었다. 하나를 제압하는 과정에서 다른 하나가 겁에 질려 멀리 도망갈 가능성이 매우 높았다. 과거, 아니, 정확히는 지난 회차에 실제로 일어났던 일이기도 했고 말이다. 그때는 릴리트 릴림이 드래곤 포획 작전을 진행했으나, 로렌이 실행한다고 크게 달라질 것 같지는 않았다.

"…하는 수 없군."

"만세!"

로렌이 오하라의 제안을 받아들이자마자 그녀는 대단히 기뻐했다. 이유를 물었더니 다음과 같이 답했다.

"좋은 건 몇 번을 봐도 좋아!!"

결국 로렌의 드래곤 모습을 감상하고 싶다는 게 그녀의 속내였다. 그 시커먼 속셈을 모를 리 없는 로렌이었으나, 어쨌든 결정은 내려졌고 이제는 실행하는 것만이 남았다.

로렌은 전신에 명률의 힘을 흘렸다. 한때는 그를 신위(神位)에까지 올렸던 위대한 힘이다. 어쩌면 이 명률의 힘이야말로 마법보다도 위대한 힘일지도 모른다고, 로렌은 대마법사임에도 생각했다.

옷을 벗어던진 로렌의 육체가 점차 커지고 아름다운 비늘이 뒤덮었다. 그때마다 공포가 그의 심장을 사로잡고 옥죄었으나 이 정도는 능히 감당할 만했다. 모습을 드러내야 하니 여기에 추가로 명률법을 써 모습을 감출 필요도 없고 말이다.

"멋져!"

로렌의 모습이 완전히 드래곤으로 변하자, 오하라가 탄성을 올렸다. 그녀는 황홀한 표정으로 로렌의 모습을 감상했다.

오하라가 그러든 말든, 로렌은 아무 대꾸 않고 그저 하늘로 날아올라 자신의 모습을 대수림 전역에 보일 뿐이었다.

"기왕 하는 김에 확실히 하는 편이 낫겠지."

그렇게 읊조린 로렌은 입을 크게 벌리고 숨을 깊게 빨아들였다.

*　　　　*　　　　*

로렌이 하려는 일은 실로 명약관화였다.

흔히 드래곤 브레스라 불리는, 드래곤이라는 종족의 가장 강력한 무기.

로렌은 그것을 뿜어낼 생각이었다.

로렌도 처음에는 몰랐던 사실이나, 이 드래곤 브레스는 사실 암컷에의 성적 어필도 겸한다. 강력하고 아름다운 입김을 내뿜을수록 드래곤으로서의 성적 매력이 극대화된다.

이 사실을 알게 된 건 지난 회차의 오하라 덕이었으나, 로렌은 '덕분'이라고 생각하지 않고 '때문'이라고 생각하고 있었다. 그 이유에 대해서도 별로 떠올리고 싶지 않아 했다.

그거야 뭐 어쨌든, 이번에는 로렌으로서도 최선을 다해 강력한 브레스를 뿜어볼 생각이었다. 매력적인 브레스를 뿜을수록 드래곤들이 더 잘 낚여 올 테니 말이다.

로렌도 드래곤으로 변해 브레스를 뿜어낸 후에나 알게 된 사실인데, 브레스는 그냥 입김을 내뿜는 행위가 아니었다.

브레스란 드래곤으로서의 본질적인 힘을 뿜어내는 것이다. 그리고 그 최대의 동력이 공력인 것은 별로 이상한 일이 아니었다. 그렇지 않다면 성체가 되는 기준이 드래곤 하트의 존재 여부일 리가 없으니까.

로렌보다도 공력이라는 힘을 잘 다루는 드래곤은 용의 연대 전 시대를 통틀어서도 없었다. 그저 드래곤 하트를 짜내는 것밖에 못하는 다른 드래곤들과 달리, 기초부터 기사도를 습득한 로렌은 어떻게 하면 최고효율로 최적의 결과를 낼 수 있는지 잘 안다.

인간의 근육보다 훨씬 크고 단단한 드래곤의 근육을 세심하게 움직여 전신에서 공력을 끌어와 압축해서 뿜어내는 로렌의 드래곤 브레스는 여느 드래곤이 결코 따라 할 수 없는 경지에 이르러 있었다.

콰아아아아!

한 줄기 빛이 로렌의 드래곤 입에서부터 뿜어져 나왔다. 그리고 그 빛이 지면에 닿는 순간.

쿠콰콰콰콰!!

연속적으로 폭발이 일어났다. 그 폭발이 어찌나 강력한지, 폭심지에서 벼락이 빠지직거리며 뿜어져 나올 정도였다.

그것은 본래 '보이지 않는 빛'을 뿜어낸다고 전해 내려오는 미스릴리온 드래곤의 드래곤 브레스와는 조금 차이가 있었으나, 태생부터가 대마법사인 로렌의 드래곤 브레스다웠다. 빛과 뇌전, 폭발과 화염의 향연이었으니 말이다.

그리고 그 광경을 바로 옆에서 지켜보던 오하라는 전신이 떨려 몸을 제대로 가누지도 못할 정도였다. 지금 당장에라도 로렌을 덮치고 싶은 충동이 그녀의 정수리에서부터 꼬리 끝까지 꿰뚫었으나, 동시에 저보다 강력한 존재를 본 드래곤 특유의 본능이 앞섰다.

드래곤은 본능적으로 힘을 숭앙하고 폭력으로 상대를 굴복시키려 한다. 동시에 더 강한 자를 상대로 어떻게 대해야 하는지도 본능적으로 깨닫고 있었다.

굴복, 그리고 복종.

그렇기에 오하라는 로렌의 행위가 끝날 때까지 감히 그를 덮칠 생각도 못 한 채 그저 홀린 듯 그의 모습을 바라만 보고 있을 수밖에 없었다.

*   *   *

로렌의 '작전명: 낚시'는 아주 잘 먹혔다.

멀리 도망가서 숨어 있었던 드래곤 두 마리가 로렌을 향해 날아왔기 때문이다.

사실 너무 잘 먹혀서 문제였다.

"당신의 알을 낳고 싶어요!"

"교미하고 싶어요!!"

1년에 한두 번이라고는 하나 인간과 교류하면서 살아온 스칼렛이나, 파티마라는 작은 사회에서나마 그래도 엘프들 사이에서 군림한 오하라와 달리, 남부의 이 야생 드래곤들은 사회 경험이 부족해서인지 표현이 지나치게 직선적이고 적나라했다.

드래곤들은 로렌을 처음 봐서 모르겠지만, 로렌은 이 두 마리의 드래곤들을 잘 안다.

왼쪽의 흰색 드래곤은 대리석 드래곤으로 이름은 오필리아, 오른쪽의 회색 드래곤은 화강암 드래곤으로 이름은 코델리아였다. 이 이름은 로렌이 지어준 것으로, 둘 모두 셰익스피어의 작품에서 따온 이름들이었다. 로렌은 이번에도 이들에게 같은 이름을 지어줄 생각이었다.

그도 그럴 수밖에. 이들에게 직접 이름을 물어보면 매번 다른 이름을 댄다. 지금 이름을 물어보면 대수림이라고 할 게 빤했다.

"빨리 왔군."

어쨌든 예상보다 훨씬 더 나은 결과를 이끌어냈기에 로렌 입장에선 좋으면 좋았지 나쁜 일은 아니었다.

로렌은 명률법을 풀고 다시 인간의 모습으로 돌아와 오하라의 등 위에 착지했다. 그러자 오하라가 이상한 신음 소릴 냈지만, 로렌은 신경 쓰지 않기로 했다.

인간 모습이 된 로렌을 본 드래곤들은 꽤나 놀란 눈치였지만 자리를 떠나지는 않았다.

"나를 속였어! 인간이 명률법을 쓰다니!!"

먼저 반응한 건 대리석 드래곤인 오필리아였다. 그녀는 다짜고짜 화를 냈다.

"아니, 그런데… 인간이 그렇게 강력한 브레스를 쓸 수 있을 리 없잖아? 어떻게 된 거지?"

오필리아는 화를 내다 말고 고개를 갸웃거렸다. 그러자 코델리아가 끼어들었다.

"난 인간이라도 상관없어! 명률법을 쓸 수 있다면 드래곤으로 변신해서 그 상태로 짝짓기를 하면 되니까."

코델리아의 말에 생각을 완전히 바꿔먹은 건지, 오필리아는 눈을 반짝이며 명률법을 써 자신의 모습을 인간의 모습으로 탈바꿈했다.

유백색의 머리칼에 새하얀 피부 때문인지, 생명력 넘치는 그리스 대리석 조각상이라는 모순된 표현이 묘하게도 들어맞는 미녀의 모습이었다. 그 하얀 외견에 양 뺨을 붉게 물들인 홍조와 분홍빛 입술이 대비되어 그녀를 더욱 생기 있어 보이게 했다.

이미 성년인지라 보기 좋게 돋아 오른 가슴이 눈에 띄었고, 그 가슴을 얇은 흰 천 하나로 가렸다. 배꼽을 시원하게 노출하고 있었는데, 얇은 허리를 부드럽게 감싼 살집이 인상적이었다. 하반신도 짧은 천 하나를 두른 채라 지구의 미니스커트를 연상케 한다. 그 아래로 길쭉하게 뻗은 두 다리를 매혹적으로 꼬며, 오필리아는 교태 섞인 목소리로 말했다.

"무례를 용서하십시오, 귀인이여. 잘 생각해 보니 그대는 날 속인 적도 없고 그저 내가 멋대로 오해한 것뿐. 그토록 훌륭한 브레스를 뿜는 그대라면 내 배우자가 되기에 부족함이 없습니다."

인간의 모습으로 변신하면서 인간의 방식으로 로렌을 꼬드기겠다는 건지, 오필리아의 어투와 언행이 매우 요염하게 바뀌었다. 이런 오필리아를 보는 건 로렌도 처음이어서 다소 신선했다.

"와, 치사해!"

오필리아의 갑작스러운 태도 변화에 코델리아가 다급한 목소리로 외치며 그녀도 명령법을 사용했다.

검은색과 흰색이 약간씩 섞인 핑크빛 톤의 머리칼에 연주황 빛깔의 피부색으로, 피부색이야 지구의 황인종과 같아 별 위화감이 없었지만 머리색 때문에 인간으로 변했음에도 별로 인간처럼 보이지 않았다.

그래도 천 두 장이라도 두른 오필리아와 달리 코델리아는 아예 아무것도 입지 않아 나신을 훤히 드러냈는데, 살색도 살색이지만 인상적인 부위에 난 점들이 시선을 잡아끌었다.

"나랑, 나랑, 나랑! 나랑 백년가약, 아니, 천년가약을 맺자."

코델리아는 아예 로렌에게 들러붙으며 육탄 공세를 걸어왔다. 오필리아보다야 못하다지만 코델리아도 엄연한 성체 드래곤이라, 인간 모습의 그녀도 볼륨감이 대단했다.

그러자 이번에는 오하라가 끼어들어 로렌에게 들러붙은 코델리아를 떼어냈다.

"자, 떨어져. 꼬맹이."

"뭐, 뭐야?! 너는!"

지금까지 멍하니 로렌만 보고 있던 오하라가 갑자기 끼어들자, 코넬리아는 다소 위축된 모습을 보이면서도 완전히 물러나지는 않았다. 오하라가 로렌과 다른 두 드래곤들 사이에 서서 갈라놓자, 오필리아가 코넬리아와 합세했다.

"넌 드래곤? 드래곤이구나!"

"네 거라 이거야? 드래곤 왕이라도 되었을 셈이야?"

그런 그녀들의 시비에 오하라는 훗, 하고 한 번 웃더니 다른 드래곤들에게 이렇게 말했다.

"내가 이 남자 거야."

"…뭐?"

"라고……!"

"잘 못 알아들었어? 다시 말해줄까? 내가 이 남자 소유물이라고! 아하하하하!!"

오하라는 광소를 터뜨렸다. 이제까지 대화에 안 끼어들고 무슨 생각을 하고 있었는지, 이제는 로렌도 좀 알 것 같았다.

"너희가 아무리 무릎 꿇고 빌어도 너흰 안 돼! 최소한 세 번째 첩 자리는 내 거니까!! 너희는 네 번째 첩 자리나 두고 아귀다툼을 벌이려무나! 하하핫, 아하하하하하!!"

더 이상 못 들어주겠다고 판단한 로렌은 오하라의 머리를 꽁 하고 쥐어박았다. 아얏, 하고 목을 움츠린 그녀는 맞은 머리통을 만지면서도 다른 드래곤들에게 말했다.

"봤지, 봤지? 우리 이런 사이야!"

이런 사이가 어떤 사이인지에 대해서 판단하기는 어려웠기에, 로렌은 그냥 그 사안에 대해서는 생각하지 않기로 결정했다.

*   *   *

원래 세웠던 계획에 따르면, 로렌은 전통적인 설득 방법을 사용하려고 했었다.

흔히 말하는 굿 캅—배드 캅 작전. 나쁜 형사의 윽박지름과 좋은 형사의 회유를 반복해서 아군으로 끌어들일 셈이었다. 여기에서 나쁜 형사는 물론 오하라고, 좋은 형사는 로렌이 맡을 예정이었다.

그런데 그 계획이 어그러졌다. 더 정확히는 그럴 필요가 없어졌다.

"저는 몇 번째 첩이라도 상관없어요. 딱 하룻밤만이라도……."

"나도, 나도! 나도 알만 낳을 수 있으면 돼!!"

너무 대놓고 욕망을 표출하며 로렌에게 애원하는 오필리아와 코델리아를 보며, 오하라는 어이가 없는 듯 물었다.

"너희는 자존심도 없니?"

솔직히 말해, 오하라가 할 말은 아니었다.

"자존심을 따지기에는 너무 매력적인 수컷이잖아……!"

"아니, 다른 수컷이 아예 존재하지 않잖아!!"

굿 캅 배드 캅이고 뭐고, 오하라가 제안한 작전이 너무 잘 먹혀서 다른 책략을 쓸 필요가 아예 사라져 버렸다. 드래곤 암컷들은 로렌의 진짜 정체는 아랑곳 않고 그에게 조금이라도 잘 보이기 위해 필사적이었다.

'이렇게까지 잘 풀리다니……. 도리어 죄책감이 들 정도인걸.'

수컷에게 굶주린 암컷들의 습성을 이용해 동료로 끌어들이다니. 확실히 말해 칭찬을 받을 만한 방식이라고는 할 수 없었다.

그래도 어쩌겠는가. 다른 방법으로, 그러니까 위협과 회유로 이 두 드래곤을 영입했을 때 로렌은 실패했다. 비록 그다지 떳떳한 방법이라고는 볼 수 없으나, 이 새로운 영입 방식으로 두 드래곤의 충성도와 사기를 끌어 올릴 수 있다면 이 방법을 선택해야 하는 게 현실이었다.

"미안하지만 그런 일은 뒤로 미뤄야 할 것 같아."

로렌은 그렇게 운을 뗐다.

"이대로 두면 세상이 멸망하거든."

그렇게 말함과 동시에, 로렌은 오필리아와 코델리아에게 텔레파시를 쏴주었다. 둘 다 텔레파시를 거부하지 않았고, 그래서 로렌이 전달한 미래의 이미지를 그대로 받아보았다.

"뒤로도 상관없어! 아니, 나중에라도 상관없어!!"

오필리아는 조금 당황한 듯 표정이 굳었지만, 코델리아는 오히려 쾌활하게 웃으며 외쳤다.

"너랑 같이 가서 이 세계를 지킨 다음이라도 좋아! 나랑 자자!!"

어디까지나 육욕에 충실한 코델리아의 반응에, 로렌은 차라리 감탄하고 말았다.

"저도 상관없어요. 그, 뒤로도."

오필리아도 뒤늦게 끼어들어 말했다.

"그, 있잖아요. 전장에서 꽃피는 사랑 이야기."

대체 뭐가 있는 건지 로렌으로서는 알기 힘들었다. 표정이 굳어졌기에 심각한 고민이라도 하나 싶었는데, 이상한 망상을 하고 있었던 모양이었다.

"좋아, 그럼 둘 다 내 동료다!"

로렌은 흔쾌히 외쳤다. 물론 나중에 뭘 해준다느니 하는 말은 쏙 빼고.

"내 이름은 로렌이다. 그리고……."

그렇게 자기소개를 한 로렌은 두 드래곤의 이름을 묻는 대신, 이렇게 말했다.

"넌 오필리아, 넌 코델리아. 앞으로 이렇게 부르겠어."

로렌은 두 드래곤에게 원래 지어주려고 했던 이름을 지어주었다. 둘은 다른 말 않고 바로 로렌이 지어준 이름을 받아들였다. 심지어 로렌이 자기 이름을 지어주었다며 좋아하기까지 했다.

'지난번과는 너무 달라서 적응이 좀 안 되는걸.'

이전 회차까지 오필리아와 코델리아는 다소 주눅 든 상태로 로렌을 대해왔다.

아마도 드래곤들을 영입한 릴리트 릴림의 영향이 없지는 않았으리라. 드래곤들의 피를 빨아 먹고 사는 천적 릴리트 릴림이 로렌 앞에서는 껌벅 죽어지내니, 드래곤들 입장에서는 릴리트 릴림을 두려워하는 만큼 자연히 로렌도 두려워하게 되었을 터였다.

'좋은 건지 나쁜 건지 모르겠군.'

다소 애매한 문제였지만, 로렌은 그냥 좋은 걸로 치기로 했다.

로렌은 영혼 창고에서 전투용 드레스 두 벌을 꺼내 오필리아와 코델리아에게 각각 선물했다. 천과 가죽으로 만든 드레스지만 각인기예의 힘으로 강철보다 단단하고 깃털처럼 가볍다.

"정말 고마워요, 그대여!"

"와, 딱 맞아!"

딱 맞을 수밖에 없다. 애초에 이 둘이 홀랑 벗고 다닐 걸 미리 알고 사전에 제작해 두었던 드레스니. 매번 브뤼텔의 의상실에 주문하는 것도 귀찮아서 창조의 격으로 등록해 두고 회귀할 때마다 만들어서 이들에게 나눠주는 게 매 회귀 회차마다의 절차였다.

"그거 명률법으로 등록해 놔."

일단 한 번 등록해 놓으면 드래곤의 모습으로 돌아갔다가 다시 인간이 되어도 알몸이 아닌 드레스를 입은 상태가 된다. 둘 다 고개를 끄덕이자, 로렌은 흡족해했다.

"저기, 로렌. 나는?"

오하라가 손가락을 빨면서 애교 섞인 목소리로 로렌을 졸랐다. 다 큰 처녀가, 아니, 수천 살은 먹었을 드래곤이! 그런 그녀를 로렌은 뚱하니 바라보았다.

"그 옷 좋아서 입고 있는 거 아니었어?"

"아, 아니야!"

"그래, 그럼 이거 입어."

로렌은 슬쩍 그녀 몫의 전투용 드레스를 꺼내주었다. 드래곤들이 강력하긴 하지만 항상 드래곤 폼으로 다닐 수야 없으니 인간 형태에서의 갑옷이 필요했으므로, 애초에 다섯 마리 분의 전투용 드레스를 미리 다 만들어두었다.

미리 입으면 때 타니 공격하러 나갈 때나 줘서 입으라고 할 생각이었는데, 상황이 상황이라 그냥 지금 꺼내주기로 결정했다. 그런 로렌의 결정은 주효했다.

"로렌, 사랑해!"

"얼른 입기나 해."

드레스를 받아들고는 감격해 자신에게 들러붙으려고 하는 오하라의 이마를 로렌은 손가락으로 밀어내었다.

*　　　　　*　　　　　*

그건 그거고 이건 이거.

로렌은 해야 할 일을 하기로 했다.

드래곤으로 변해 브레스를 쏠 때, 이미 마왕과 그 휘하의 마물들은 전멸하다시피 했다. 아무 생각 없이 브레스를 쏜 게 아니라 그 와중에도 영안과 클레어보이언스를 활용해 마왕을 비롯한 강력한 마물들의 위치를 파악해 집중적으로 타격을 가했기 때문이다.

이제 대수림의 마물들은 다른 곳과 비교해 그리 강력하다고 말할 수 없을 정도로 그 세가 줄어들었다. 마물 잔당들은 현지인들이 알아서 할 수 있는 수준이 되었으니, 굳이 하나하나 쫓아다녀가며 섬멸할 필요까지는 없었다.

그러니 실질적으로 남겨둔 임무는 하나뿐이었다.

세계의 구멍을 막는 것.

"그냥 구멍만 막는 거면 별일 없겠지."

로렌이 확보한 악마의 흙의 영혼이 진술한 바에 따르면 죽은 신들에게도 회귀 능력이나 그와 유사한 능력이 있는 것으로 보였다. 그렇다면 로렌이 구멍을 막으러 올 것임을 미리 알고 있을 가능성이 높았다.

그러니 파수병을 두거나, 함정을 미리 파놓았거나, 그 외에 생각할 수 있는 모종의 방법으로 대비를 했을 것임은 염두에 두어야 했다.

사실 세 임무 중 가장 시급하다고 할 수 있는 구멍 막기를 가장 마지막으로 돌린 이유가 이것이었다. 드래곤들을 미리 모아 전력으로 삼고 멸세의 괴물들에게 호응할 가능성이 있는 마왕과 마물들을 사전에 섬멸시켜야 이 임무의 성공 확률도 올라가는 셈이니 말이다.

그나마 다행인 건 구멍을 통과할 수 있는 적 본대 세력은 그리 많지 않으리라는 것 하나였다. 그야 그렇다. 백도어는 말 그대로 백도어일 뿐이다. 군대를 통과시킬 수 있는 문을 뒷구멍이라고 부르지는 않는다.

뒷구멍으로 대군을 파견할 수 있다면 적들이 쳐들어오는 건 3년 후가 아니라 바로 지금이 될 테니까. 적어도 드래곤 네 마리와 신의 흙, 그리고 로렌으로 이뤄진 그들 일행을 압도할 수 있을 정도로 멸세의 괴물 숫자가 많지는 않을 터였다.

'이것도 내게 유리한 가설이지.'

자신에게 유리한 가설을 굳게 믿을 로렌은 아니었다. 그러기엔 그는 실패를 너무 많이 해왔다. 그래서 로렌은 굳이 서두르지 않고 여기까지 날아오는 데 쓴 체력과 마력, 공력을 완전히 회복시킬 수 있을 정도로 휴식을 취한 후에나 출발했다.

*　　　　*　　　　*

대수림에서 가장 가까운 구멍을 찾아 날면서, 로렌은 조심스럽게 영안과 클레어보이언스를 사용해 주변을 탐사했다.

로렌 일행이 첫번째 구멍에 도착할 때까지 특별히 적이나 함정 같은 것은 보이지 않았다.

괴물들과의 전투는 이골이 날 정도로 경험한 로렌이지만, 그 배후에 죽은 신들이 도사리고 있다는 걸 알게 된 이상 방심은 금물이었다. 로렌이 모르는 방식의 투명화나 은신 능력이 있을 수 있었기에, 로렌은 충분히 주의하며 구멍을 향해 나아갔다.

"구멍이라는 게 비유인 줄 알았는데, 진짜 구멍이네."

오하라가 맥이 풀린 듯 말했다. 그녀의 말대로 죽은 신들이 파둔 구멍은 그냥 구멍이었다. 단추 구멍 크기만 한 아주 작은 구멍.

이 구멍이 가장 오래된 구멍으로, 악마의 흙은 죽은 신 멘르바가 이 구멍을 통해 자신의 영혼을 전송했다고 진술했다. 아무래도 그 임무를 달성한 후 버려진 모양으로, 딱히 독이나 저주의 영향이 느껴지지는 않았다.

하기야 이 정도 구멍 크기로 뭘 어떻게 해보기도 힘들기는 할 것이다. 기껏해야 볼품없는 영혼 한 조각을 밀어 넣는 게 전부였으리라.

생각에 잠겨 있던 로렌은 그 구멍 안을 들여다보려는 오하라의 덜미를 잡아 뒤로 집어 던졌다.

"까욱!"

"조심해."

버려진 것으로 추정되기는 하나, 구멍 그 자체가 함정일 가능성은 얼마든지 있었다. 그런 데다 민감한 급소인 눈을 들이대는 오하라의 행동을 로렌은 이해하기 힘들었다.

로렌은 다시 한 번 꼼꼼히 점검해 주변 1㎞ 내에 적대 세력이 없다는 것을 확신한 후에나 구멍을 막기 위한 작업에 돌입했다.

다행히 로렌은 구멍을 막기 위해서는 어떻게 해야 하는지 세계로부터 배웠다.

적당히 신력을 덜어 구멍 안에 넣은 후, 그것을 굳혀 차원의 격벽을 공고히 하면 된다. 설명은 간단해도 실제로 하자면 꽤 집중을 필요로 하는 작업이었기에, 로렌은 드래곤들을 초병으로 세운 후에 작업에 집중했다.

구멍을 다 막을 때까지 아무런 방해를 받지 않자, 로렌은 한 가지 결론에 이르렀다.

"적들은 아무래도 선택과 집중 전략을 채택한 것 같군."

"뭐? 그게 무슨 소리야?"

"구멍을 세 개 다 사수하는 건 현실적으로 힘드니 하나만 막는데 집중한 것 같다고."

"아하, 그럼 적들도 마지막 구멍 주변에 다 있겠네?"

오하라의 정확한 지적에 로렌은 표정을 굳히고 고개를 끄덕였다.

"각개격파가 편한데, 그렇게 하도록 해주지는 않는군."

적들도 바보는 아니다. 책략을 안 쓰는 게 오히려 이상하다.

어쨌든 이로써 세 개 있던 구멍 중 하나를 막았다. 남은 것은 두 개뿐. 그리고 이 둘 중 하나에 적들의 전력이 집중되어 있을 가능성이 높았다.

"이동하자."

그렇다고 임무를 포기하고 도망칠 생각 따윈 없었다. 당연한 일이었다.

*　　　　　*　　　　　*

두번째 구멍 주변에도 적들은 없었다. 단춧구멍을 연상케 했던 첫 번째 구멍과 달리 꽤 커서, 야구공 정도의 크기였다. 뭔가가 출입한 흔적은 있었으나, 이 구멍에서 나온 존재가 어디로 향했는지는 알 수 없었다.

'어쩌면 돌아갔을지도 모르는 일이지.'

아무도 모르게 이 세계에 잠입해 와 정탐한 후 이 구멍을 통해 돌아갔을지도 모른다. 구멍 주변 지형에 오가는 흔적은 완전히 지워졌지만, 이 구멍에만 출입한 흔적이 남아 있는 것을 보니 그런 생각이 들었다.

'지나치게 희망적인 관측인가.'

그렇다기보다는 로렌으로 하여금 이렇게 생각하도록 일부러 흔적을 남긴 것일지도 모른다. 즉, 이 흔적 자체가 함정일 경우이다.

'이쪽이 가능성이 더 높겠군.'

이 경우의 수를 떠올리자마자 로렌은 골치가 아파짐을 느꼈다.

멸세의 괴물은 그 강력함보다는 그것들이 흩뿌리는 독과 역병, 저주가 더욱 골치 아프다.

물론 지금은 멸망의 때가 아니고, 적 병력이 무제한적으로 투입되지도 않아서 신력이나 빛의 힘, 주술력 등으로 충분히 대응이

가능하기에 그리 치명적이진 않을 것이다.

그럼에도 그것들이 끈질기게 살아남아 로렌이 공격에 나설 때 맞춰 후방 교란에 나설 경우를 생각하면 골치가 안 아플 수가 없었다.

'지금 당장 처리를 해야 하는 게 맞겠어.'

어디로 숨어든 건지도 모르는 적의 모습을 찾아내는 건 쉽지 않은 일이다. 다행히 로렌은 유효할 법한 수단 하나를 가지고 있었으나, 그 방법을 쓰는 건 로렌에게도 부담스러운 일이라 뒤로 미뤘다. 다음 구멍을 조사한 후 사용해도 될 터였다.

어쨌든 로렌은 성공적으로 두 번째 구멍을 막았다. 첫 번째 구멍의 크기가 더 컸기에 보다 더 많은 신력과 집중력, 시간을 투자해야 했으나 로렌에게는 큰 문제가 아니었다.

"자, 이제 가자."

일을 마친 로렌은 한숨을 한 번 푹 내쉬고 말했다. 아무리 큰 문제가 아니라지만 소모가 아예 없는 건 아니었기에, 약간의 피로감이 느껴졌다. 그런 자신을 다시금 북돋기 위해, 로렌은 일부러 힘찬 말투로 드래곤들에게 지시했다.

"오필리아, 코델리아! 모두 인간형으로. 명률법으로 존재감을 감추고 오하라 위에 오르도록. 오하라, 너도 명률법 잊지 마."

드래곤들은 로렌의 지시에 충실히 따랐다. 오하라도 깜박했던 명률법을 다시 걸었고 말이다. 그제야 로렌은 마지막 구멍을 향해 출발했다.

*　　　　*　　　　*

세 번째 구멍 주변의 모습은 가관이었다.

우어어억. 그어어어어.

역병에 걸린 현지 인류, 남방 트롤들이 구멍이 있었던 곳 주변을 배회하고 있었고, 땅은 완전히 독으로 물들어 쓰지 못할 정도로 더럽혀져 있었다. 구멍에 머물러 있었던 것으로 보이는 악마의 흙 사체들이 사방에 흩뿌려진 것이 그 원인이었다.

만약 이대로 방치해 두었다면 역병에 걸린 트롤들이 정신을 잃은 채 방황하여 주변 도시에도 역병을 전염시켰을 것이고, 독도 땅을 타고 내려가 지하수를 오염시키고 수목을 말라 죽게 만들어 이 지역 전체를 죽음의 땅으로 만들었을 것이다.

다행히 로렌은 크게 늦지 않게 여기에 왔고, 방해받지 않고 공들여 정화 작업을 거친다면 아직 충분히 회복시킬 수 있는 수준이었다.

'문제는 저것들이 뭘 노리고 이런 짓을 했을 거냐는 거지.'

이 세계에 구멍을 뚫는 데는 많은 자원을 필요로 한다. 아무리 적들의 정체가 죽은 신들이라지만, 외계에서 인류 의회 몰래 이 세계로 침입이 가능한 구멍을 뚫는 건 결코 녹록한 일이 아니었다.

그렇게 많은 자원을 소모해서, 적들은 이 세계에 아직 회복이 가능한 피해를 입혔다. 이 정도로 만족할 적들이 아니었다. 소모시킨 자원에 비해 효율도 좋지 않았고, 그리 큰 효과도 보지 못했다.

물론 이것을 매몰 비용이라 치고 적들은 그냥 악마의 흙 영혼만 회수한 채 이 세계에서의 작전을 접은 것일 수도 있었다. 그러나 그것이 너무 로렌과 이 세계에 유리한 추측이었기에 로렌은 그 가설을 접었다.

'뭔가가 더 있을 텐데……'

지금까지의 패턴대로라면, 적들은 이것과 연계된 작전을 펼쳤을 가능성이 높았다. 그게 뭔지 당장 떠오르지 않아, 로렌은 마음 한 구석에 불편함을 느꼈다.

원래대로라면 더 피해가 누적되기 전에 지금이라도 당장 정화 작업을 시작해야겠지만, 로렌은 그것이 적들이 바라는 것이라고 생각했기에 섣불리 움직이지 못했다.

'하는 수 없군. 별로 내키지는 않지만……'

결정을 내린 로렌은 짧게 한숨을 내쉬었다.

결국 아껴둔 최후의 수단을 쓸 때가 된 것 같았다.

로렌은 조용히 자신의 진짜 이름을 되뇌었다. 명률의 힘이 흐르자, 그의 몸이 갑자기 부풀어 올랐다. 날개를 펴서 하늘로 날아오르자, 오하라를 포함한 드래곤들이 탄성을 내질렀다.

다른 이유가 아니라, 로렌이 드래곤으로 변신했기 때문이다. 그녀들은 로렌의 드래곤 모습을 감상하길 좋아했다.

하지만 로렌이 드래곤으로 변신한 건 그녀들을 위해서가 아니었다. 다른 목적이 있어서였다. 아무리 로렌이 기사도의 극의를 깨닫고 온갖 보호 각인으로 몸을 보호하더라도 인간인 이상 그 내구력에는 한계가 있었다.

드래곤으로 변신한 건 그 내구력을 끌어 올리기 위해서였다.

"강신(降神)."

본래 강신은 몸에 부담이 너무 커서 사용하기 꺼려지는 능력이었다. 원래대로라면 명률법을 쓴 채로 사용하는 것도 힘들 정도로 집중력도 많이 요구하고.

그럼에도 지금의 로렌이 드래곤으로 변신한 채 강신을 쓸 수 있는 이유는 신이 되었던 적이 있기 때문이다. 신력의 구성에 대한 이해가 깊어지면서 상대적으로 덜 집중하면서도 강신을 쓸 수 있게 되었다.

"시간과 공간의 신, 로렌."

그리고 또 하나의 이유는 강신시킬 신이 바로 로렌 본인이었기 때문이다.

로렌 신은 로렌이 다시 인간으로 되돌아가기로 결정하면서 없어졌지만, 이 세계에서 로렌이라는 신에 대한 기록까지 없어진 건 아니다.

이젠 존재하지 않는 신을 강신시킨다는 게 이상하게 들릴 법하지만, 로렌이 기존에 강신시켰던 멘르바도 어차피 이 세계에선 죽은 신이다. 다를 바가 없었다. 어차피 로렌이 내림받는 건 이 세계의 기억과 시스템일 뿐이다.

"으으으음."

로렌의 드래곤 육체에 신성한 빛이 임했다. 드래곤에 신성이라니! 이 세계에 있어 이보다 더 부자연스러운 표현이 있을까? 신의 연대를 끝낸 건 드래곤의 폭력이었고, 그렇기에 신과 드래곤은 물과 기름 같은 관계였다.

"후욱."

하지만 거친 숨을 몰아 내쉬며 눈을 뜬 로렌의 안광에는 틀림없이 신으로서의 찬란함이 깃들어 있었다.

오하라를 비롯한 드래곤들은 넋을 잃은 채 그 광경에 바라보았다. 그만큼 놀랍고도 믿을 수 없는 광경이었으리라. 아니, 그녀들은 그냥 번쩍번쩍 빛나는 로렌의 모습을 감상하고 있는 것일 뿐인지도 몰랐다.

드래곤들이야 어떻게 반응하든, 로렌은 본래 하려던 일에 집중했다.

"공능: 미래시(未來視)."

시간과 공간의 신인 로렌의 공능인 미래시를 발현하려는 것이 그것이었다.

미래시의 공능은 점쟁이의 예지와는 다르다. 예지는 앞으로 일어날 일을 미리 알 목적으로 행하는 것이지만, 미래시는 앞으로 일어나지 않을 일을 본다.

미래시의 발동으로 인해 관측자가 존재한다는 변수가 개입하는 것만으로 정해진 미래는 무너져 내리고 바뀌어 버리기 때문이다.

일견 아무 쓸모 없어 보이는 공능이지만, 절대 그렇지 않다. 한 번의 3년을 낭비하는 대신, 미래시로 미리 관측해 잘못된 선택을 미연에 방지할 수 있으니까 말이다.

신화(神化)를 도중에 취소하는 바람에 절대 수명이 줄어들어 버리긴 했지만, 그 덕에 로렌은 이 공능을 활용함으로써 시행착오를 획기적으로 줄일 수 있게 되었다.

지금처럼.

로렌이 미래시에 입력한 값은 구멍 주변의 독과 역병만을 해결하고 돌아가 버렸을 경우를 상정한 값이었다.

"…흐음."

미래시 관측을 끝낸 로렌은 공능을 거두고 강신을 접었다. 그의 몸에 임했던 신으로서의 위광(威光)이 한 번의 번뜩임과 동시에 사라졌다. 드래곤의 육체임에도 불구하고 강신의 부담은 커서, 꼬리 쪽의 비늘 수십 개가 떨어져 내렸다.

이마저도 드래곤 하트를 이용해 육체를 극한까지 강화했기에 피해를 이 정도로 줄일 수 있었다. 만약 인간인 채로 강신을 썼다면 한쪽 손 정도는 내줘야 했으리라. 좋은 능력이긴 하지만 자주 쓰기 부담스럽다는 게 단점이었다.

"뭐야? 방금 뭐 한 거야?"

로렌이 인간 형태로 되돌아오자마자, 오하라가 그렇게 캐물었다.

"미래를 보고 왔어."

"뭐? 회귀 주문이라도 쓴 거야?"

"이야기는 나중에 하지."

그렇게 오하라의 입을 다물린 로렌은 바로 빛의 힘을 써 구멍 주변의 독과 역병을 정화시켰다. 단시간에 해결하기 위해 대량의 빛의 힘을 한꺼번에 퍼부었기에 효율은 좋지 않았지만, 그만큼 효과는 확실했다.

"크룩? 카르륵……."

역병에서 해방되어 제정신을 되찾은 남방 트롤들이 아직 빛의 힘을 내뿜고 있는 로렌 쪽을 바라보았다. 그냥 보기에도 신성하고 경건한 그 분위기에, 트롤들은 로렌을 향해 자연히 무릎을 꿇고 손을 겹쳤다.

"크르르, 신이시여……!"

몇 명은 뜨겁게 눈물을 흘리며 통성기도를 하기 시작했다. 만약 로렌이 김진우로서의, 지구의 기억이 없었더라면 그 행위가 그저 야만인의 특이한 관습이라 생각했겠지만, 지금의 로렌은 트롤들의 갑작스러운 행동에 섬뜩함만을 느낄 뿐이었다.

이 세계에서 신들은 죽은 지 오래고 종교도 사라진 지 오래다. 그런데 신을 찾으며 기도하는 자들은 누구에게서 무엇을 배워 이러는 것일까?

"죽은 신들이 대륙 남부에 이런 씨를 뿌려두었을 줄은 몰랐군."

로렌은 혀를 끌끌 차고 역병에서 해방된 트롤들을 모았다.

"너희 주거지로 안내해라."

"주의 명에 따르겠나이다!"

이미 로렌을 신이라고 생각하는 듯, 남방 트롤들은 순순히 그의 말에 따라 로렌 일행을 자신들의 마을로 인도했다.

*   *   *

로렌이 미래시로 본 미래의 광경은 실로 끔찍했다.

구멍만 막고 로렌이 떠난 뒤, 남방 트롤 촌락에서부터 죽은 신 신앙이 천천히 퍼지기 시작한다. 그 뒤틀린 종교는 들불 번지듯 남부 전역에 확산된다.

그렇게 남방 트롤들은 죽은 신들을 신봉해 인신 공양을 자행하고 마물들과 교합해 뒤틀린 존재를 낳아 병력을 늘리며 죽은 신들의 전초기지 역할을 수행했다.

대륙 남부의 주된 인류 종족인 트롤들은 결코 야만인이 아니었으나, 구멍을 통해 들어온 괴물들의 저주로 인해 판단력이 저하된 상태로 세뇌당해 그런 짓을 벌이게 된 것이다.

그 끔찍함도 끔찍함이지만, 로렌이 충격을 받은 이유는 따로 있었다.

"오오, 오딘이시여!"

"발할라로 인도하소서!!"

트롤들이 신의 이름을 외치며 서로를 죽고 죽이는 그 광경보다, 오딘이라는 신의 이름이 로렌에게 충격을 가져다주었다.

오딘.

그 유명한 신의 이름을 모를 수는 없다. 북유럽 신화 세계관의 주신. 지구인이라면 상식 수준으로라도 들어봤을 신의 이름이다.

그렇다. 오딘은 지구의 신이다.

지구의 신인 오딘의 이름을 왜 지구도 아닌 다른 세계인 이곳의, 그것도 죽은 신들에게 저주받아 오염된 남방 트롤들이 입에 올리고 있는 것일까?

일치하는 것이 그저 이름뿐이라면 상관없었다.

그러나 이 남방 트롤들은 오딘이라는 신에게 기도를 바치며 제물을 거꾸로 매달고 마법 문자를 그 시체에 새겼다. 그 마법 문자를 로렌은 알아볼 수 있었다.

한때 김진우로서 탐독했던 오컬트 지식에서 그 문자의 형태를 발견할 수 있었다. 실제로는 고고학적 분야에 속하겠지만. 분명 그것은 스칸디나비아의 바이킹들이 사용했다고 전해지는 고대 문자와 많이 닮아 있었다. 전설에 따르면 그것은 오딘의 룬 문자였다.

누가 이들에게 이런 것들을 가르친 것일까?

'오딘의 주구 외에는 생각할 수가 없지.'

애초에 죽은 신들은 왜 지구를 노린 것일까? 적의 정체를 깨달은 후, 로렌의 뇌리에 새롭게 자리 잡은 의문은 그것이었다. 그 의문에 대한 해답이 바로 이 남방 트롤들이 믿는 신의 이름에 있었다.

오딘 신앙은 지구에서 죽었다. 가톨릭 기사단은 여러 차례에 걸쳐 이교도들을 토벌하기 위해 북유럽을 침략했지만, 그 시도는 무위로 돌아갔다. 그러나 기독교는 천천히 북유럽인들을 물들였고, 결국 국왕부터가 기독교도로 개종하며 오딘의 신앙은 죽었다.

아니, 어쩌면 오딘은 라그나뢰크라 불렸던 신화의 시대에 이미 죽었는지도 모르는 일이다.

어느 쪽이든 오딘은 지구에서 죽은 신의 이름이다.

즉, 로렌의 주적인 죽은 신 무리에 속해 있을 가능성이 아예 없지는 않았다. 아니, 이 트롤들의 꼴을 보아하니 그냥 확실하다고 생각해도 그리 틀리진 않으리라.

그 덕에 로렌도 깨달았다.

'지구에서 죽은 신은 지구를 자기 것이라 생각하고 있겠지.'

죽은 신이 지구를 침략한 이유에 대해서.

답. 지구의 죽은 신들도 적 무리에 합류해 있기 때문에.

아니, 어쩌면 지구 쪽이 주류일 수도 있었다. 지구 출신의 죽은 신은 오딘뿐만이 아닐 터이니. 상대적으로 작은 이 세계에서 죽은 신들보다는 지구에서 죽은 신의 숫자가 더 많을 가능성이 높았다.

로렌은 진절머리가 나 고개를 흔들었다. 흥미로운 정보긴 했으나 유용한 정보는 아니었다. 어쨌든 로렌이 할 일은 바뀌지 않았으니까. 죽은 신들의 마수로부터 이 세계와 지구를 지킨다. 그 대전제는 똑같았다.

어느 쪽이든 이 트롤 부락에 퍼진 오딘 신앙을 그대로 놔둘 수는 없었다. 그냥 놔두면 이 비틀린 신앙과 함께 저주가 널리 퍼져 대륙 남부 전체가 죽은 신들의 영역이 되고 말 테니까.

저주에 걸린 채 죽은 인류의 영혼은 인류 의회의 힘을 불리지 못하고, 오히려 인류의 영계를 오염시키는 원인이 된다. 이러한 저주의 특성 때문에 적들의 침략에 의해 가장 먼저 말라죽는 건 인류 의회가 된다.

더군다나 죽은 신을 섬기는 자의 영혼은 죽은 신에게 끌려가니, 이대로 방치하면 아군은 약해지고 적의 배를 불리는 셈이 된다.

다행히 아직은 저주가 수습할 수 없을 정도로 퍼지지는 않았기에, 로렌이 혼자 뒤처리를 할 만한 정도는 되었다.

정화된 트롤들을 따라 트롤 촌락으로 간 로렌이 목격한 건 그가 미래시에서 본 광경의 축소판이라 할 수 있었다.

마을 입구에는 창에 꿰뚫린 트롤 시체들이 나무 열매처럼 거꾸로 매달려 있었다. 뱃속에서 쏟아져 나온 내장은 나무 아래에 놓여 늑대들의 먹이가 되었고, 까마귀들이 매달린 시체를 포식하고 있었다. 시체마다 룬이 새겨져 있었다. 미래시로 본 오딘에의 인신 공양 그대로였다.

로렌을 마을까지 인도해 온 트롤들은 그 광경에 몸서리치면서 두려워했다. 제정신을 되찾고 자신들이 한 행위에 대해 후회하는 것일까? 그럴 수도 있었다. 하지만 저주에서 벗어났음에도 오딘을 두려워하는 거라면?

'그냥 놔둘 수 없군.'

로렌은 별의 몸을 움직였다. 이제 전격 폭발 정도의 주문은 마력 서킷을 이용하지 않아도 즉시 발동시킬 수 있었다. 그의 의지에 따라 전류가 흘러 빛의 속도로 뻗어나갔다.

짜릉!

제물들이 매달린 나무에 전격이 내리꽂혔고, 곧이어 일어난 폭발에 의해 시체들이 불에 타올랐다. 갑작스러운 폭발에 놀란 까마귀들과 늑대들은 꽁무니 빠지도록 도망쳤다. 이 광경을 보고도 저 짐승들이 신의 사자라 여길 이는 더 이상 없으리라.

"오오, 신이시여!"

제정신을 되찾은 트롤들에게 있어 그 광경은 신이 불경을 저지른 자들을 처벌하는 것처럼 보였으리라. 그들은 그 자리에 엎드려 사죄의 말을 늘어놓으며 오들오들 떨기 시작했다.

그러나 아직 저주에 걸려 있는 트롤들의 생각은 다른지, 격노하여 무기를 뽑아 들고 로렌을 향해 돌격해 왔다.

"발— 할— 라—!"

가장 먼저 달려온, 저주에 걸렸음에도 꽤나 기운차 보이는 트롤 전사를 보고 로렌은 콧방귀를 뀌었다.

전사는 창을 들고 로렌을 찌르려 들었지만, 로렌은 그 일격을 쉽게 피하고 발을 걸어 넘어뜨린 후, 창을 빼앗아 들었다.

넘어진 트롤에게 창을 깊숙이 꽂아 땅에 꿰어버렸음에도, 트롤은 고통의 비명도 지르지 않고 창에서 벗어나고자 버둥거렸다.

"광전사군, 이거 참."

오딘의 전사들은 미쳐서 싸우는 걸로 유명했다. 지구의 옛 전설일 뿐이지만, 이 세계에서 이 꼴을 보니 뭐라 감상을 말하기도 힘들었다. 끌끌 혀를 찬 로렌은 창을 통해 뇌심의 공력을 흘려 트롤 전사를 감전시켜 버렸다.

"끄어어억!"

갑작스러운 고압 전류에 부들부들 떨던 트롤 전사는 곧 축 늘어져 버렸다. 죽인 건 아니었다.

"발할라로 보내줄 수야 없지."

로렌은 싱긋 웃으며 말했다. 그가 그러고 있는 동안 다른 전사들도 로렌에게 덤벼들기 시작했다. 방금 전에 로렌의 무위를 목격했음에도, 그들은 조금도 위축되거나 물러서서 적을 관찰하려 들지 않았다. 그저 돌격, 아무런 전술 없는 돌격을 해올 뿐이었다.

"오딘의 곁으로 가리라—!"

"뭐 이상한 풀이라도 피웠나 보지?"

약에라도 취한 것처럼 보이는 트롤 전사들을 조롱하며, 로렌은 그들을 족족 제압해 땅에다 꿰어버리고 감전시키는 작업을 반복했다. 그에게는 귀찮은 작업일 뿐이었다. 죽여도 되면 한순간 만에 다 끝내 버릴 수 있으나, 죽여서는 안 되었기에 귀찮음을 부담했다.

'죽이면 발할라로 갈 테니까.'

이대로 죽어도 트롤들이 사후에 당도할 곳은 진짜 발할라가 아니다. 그저 죽은 신인 오딘의 양분이 되어 소멸할 테니까. 하지만 오딘은 그들의 영혼을 위장 속에 넣고 완전히 소화시켜 버리기 전에 발할라의 환상이라도 보여줄지도 모르겠다.

그런 의미에서, 그들에게 예비된 발할라란 오딘의 위장 속이라 해도 좋았다.

로렌은 트롤들의 팔다리를 부러뜨리고 그들이 든 조잡한 창을 빼앗아 그것을 그들에게 찔러 박았다. 그리고 감전시켜 움직이지 못하게 한다.

그 일련의 작업은 마치 지구의 산업 시대 공장에서 컨베이어 벨트로 돌아가는 생산 라인에서 행해지던 그것과 유사했다.

단번에 섬멸시켜 버리는 것에 비해 몇 배의 시간과 수고가 들었지만, 그렇다고 아주 오래 걸린 것은 또 아니었다.

작업량이 많았다면야 하루 종일 그러고 있었을지도 모르지만, 로렌에게 트롤 한 무더기는 그리 버거운 작업량이 아니었다.

잠시 후, 그 자리에 움직일 수 있는 트롤 전사는 없었다.

물론 모두 살아 있긴 했지만 산 채로 창에 꿰인 채 고압 전류에 감전당한 상태라 손가락 하나 움직일 수 없을 터였다. 설령 감전 상태에서 벗어났다고 해도 팔다리가 부러져 제대로 몸을 가누지도 못할 거고, 부러진 팔다리를 억지로 움직인다 한들 그 전에 창에 꿰인 몸을 빼내야 한다.

평범한 인류 종족이라면 이 시점에서 이미 생사의 갈림길에 놓여 있었을 터이나 상대는 강인하기로 유명한 종족인 트롤인 데다 오딘에 의해 광전사가 된 자들이다.

이 정도로는 죽지 않을 뿐더러, 정신조차 잃지 않았다.

그렇기에 귀는 열려 있다.

로렌은 뚜벅뚜벅 앞으로 걸어 나가 자신이 제압한 트롤들 앞에 섰다.

그러고는 짐짓 위엄 있는 말투로, 이렇게 선고했다.

"너희는 발할라에 갈 수 없다."

움찔.

움직일 수 없었을 터인 트롤들의 손가락 끝이 파르르 떨렸다.

그만큼 그들이 로렌의 선고로 받은 충격이 컸기 때문이다.

오딘교의 교도들에게 있어 발할라에 갈 수 없다는 말은 곧 죽은 후에 갈 곳이 사라진다는 의미다. 그들에게 있어 그보다 더 무서운 일은 없다.

그런 오딘의 가르침은 적어도 이 세계의 트롤들에게 있어서는 명백한 선동이고 날조다. 왜냐하면 그들의 사후에는 인류 의회라는 사후 세계가 예정되어 있기 때문이다. 물론 그 사후 세계도 결코 녹록치 않겠지만 말이다.

"너희는 약하다. 오딘은 약한 전사를 싫어하지. 너희는 오딘으로부터 버려졌다. 오딘은 더 이상 너희를 지켜보지 않는다."

사실 로렌은 그냥 생각나는 대로 떠들고 있을 뿐이었지만, 로렌이 말하는 단어 하나하나가 트롤들의 마음을 꿰뚫고 찢어발기고 있었다. 창에 꿰뚫려 바들바들 떨고 있을 뿐인 자신들을 보고 오딘이 기꺼워할 리 없다는 지극히 논리적인 결론에 그들도 이르렀다. 그렇기에 로렌의 말은 설득력이 있었다.

"이 이후 너희가 얼마나 강한 적을 상대하다 죽어도 발할라로 데려갈 발키리를 보내지 않을 것이다. 그 어떤 제물을 바쳐도 오딘은 마음을 돌리지 않을 것이다. 너희의 신앙은 이미 끝났고, 아무리 열심 열성으로 오딘을 섬겨도 아무것도 보답받지 못할 것이다."

훌쩍거리는 소리가 들리기 시작했다. 결국 절망을 버티지 못하고 마음이 무너져 내린 탓이었다. 강인한 트롤 전사답지 않은 행동이었으나, 뭐 어떤가. 이미 오딘은 그들을 지켜보고 있지 않은데.

물론 그건 로렌의 날조였지만, 트롤들은 로렌이 말한 대로 생각하고 있었다.

"그러나 나는 다르다."

아까까지와는 사뭇 다른 온화한 목소리로 말했다.

로렌의 몸 주변에는 눈부시도록 밝지만 부드럽고 따스한 빛이 가득 떠올라 있었다. 그것은 척 보기에도 신성한 빛이었다.

"오, 오오……!"

이미 저주에서 풀려 로렌을 이 마을까지 인도한 트롤들이 눈물을 흘리며 그 자리에 주저앉아 기도하기 시작했다.

창에 꿰뚫린 트롤 전사들은 멍한 눈초리로 그런 동족들을 바라보고 있었다. 그것도 그리 오래 지속되지는 않았다. 트롤 전사들의 눈동자도 로렌 쪽을 향했고, 그들 자신도 모르게 눈물을 흘리기 시작했으니까.

로렌이 발하고 있는 빛은 엘리시온의 신력인 빛의 힘이다. 트롤들의 지능을 낮추고 광기에 물들였던 옛 신의 저주가 풀려가고 있었다. 그 온화한 힘은 그들의 저주를 푸는 것에 그치지 않고, 그들의 상처를 치유하고 고통을 쫓아내고 있었다.

"내 이름은 로렌. 오딘 따위를 믿느니 내 이름을 불러라. 나는 너희가 약하다는 이유로 버리지 않으며, 피와 상처, 고통과 죽음을 원하지도 않는다."

북유럽에서 오딘이 죽은 이유가 무엇인가. 어째서 기독교가 자리 잡고 북구신화를 그저 옛이야기에 불과하도록 만들었는가.

그것은 오딘을 비롯한 북구신화의 다신교가 인간에게 가혹했기 때문이다. 인간들은 자신들에게 더 유리한 종교를 택했다. 그것이 북구신화가 죽고 기독교가 살아남은 이유였다.

로렌이 하려는 것이 바로 그것이었다.

로렌은 신으로 돌아갈 마음이 없으나, 한 번 종교란 걸 알게 된 트롤들을 다시 무신론자로 되돌리는 것이 얼마나 어려운지는 잘 알았다.

그러느니 그냥 자신을 믿게 하는 것이 더 간단했기에 편한 방법을 취했을 따름이었다.

누군가가 말하지 않았는가? 종교는 인민의 아편이라고.

로렌은 그 말에 완전히 찬동하지는 않지만, 적어도 기독교도를 무신론자로 돌리는 것보다는 가톨릭을 믿도록 만드는 게 더 쉽다는 건 그도 잘 알고 있었다.

"신이시여! 로렌 신이시여!!"

"위대하신 이여! 찬양받기에 합당하신 이여!!"

트롤 전사들의 몸에서 창을 동시에 뽑아내는 이적을 보이자, 자유로워진 트롤 전사들은 그 자리에 엎드려 로렌의 이름을 찬양하기 시작했다. 물론 그 이적은 로렌이 정신 능력을 활용했기에 일어난 것이었으나, 그 사실은 트롤들에게는 그리 중요하지 않았다.

그 종교적 열정은 이미 로렌의 신자가 되어 있던 트롤들보다도 더해, 자신의 옷을 찢으며 로렌을 부르짖는 이마저 생길 정도였다.

창을 뽑아낸 건 사실 신력도 무엇도 아니고 그냥 염동력이었지만, 정신 능력에 대해 잘 모르는 트롤들에게는 충분히 신의 이적처럼 보였으리라. 물론 빛의 힘으로 그들의 상처가 깨끗이 치유된 것도 한몫했을 거고.

[자, 모두들, 드래곤 폼.]

로렌이 그렇게 텔레파시로 지시하자, 오하라와 오필리아, 코델리아는 모두 동시에 명률법을 풀어 드래곤의 모습으로 돌아왔다. 거대한 드래곤들의 모습은 그것 자체로 대단한 위압감을 발휘했다.

로렌은 오하라의 등 위에 올라탔다. 의도된 연출이었다. 이토록 무시무시한 존재인 드래곤을 말이나 소 부리듯 부리는 모습을 보여주면 트롤들은 어떤 반응을 보일까?

"오오오오!"

"신이시여!"

열광의 도가니가 된 광장에서 로렌은 트롤들에게 외쳤다.

"내 그대들의 죄를 사하노라! 잘못된 신을 믿은 죄는 씻어졌으니, 다시는 같은 죄를 반복치 말라!!"

트롤들은 모두 함께 감격에 울부짖으며 로렌의 이름을 외쳤고, 로렌은 오하라를 비롯한 드래곤들에게 비행을 명령했다. 어느 정도 고도를 올린 후에나 다시금 명률법을 쓰도록 해 모습을 감춰버렸다. 트롤들에게 그 광경은 마치 신이 다시 하늘로 돌아간 것으로 보였으리라.

*　　　　*　　　　*

로렌이 제압한 트롤 전사들은 예상컨대 마을에서 가장 뛰어나고 용감한 전사들이었으리라. 그렇지 않다면 이미 정화된 트롤 무리를 이끌고 와서 번개를 떨어뜨려 오딘에게 바친 제물들을 불태운 로렌을 향해, 그토록 자신만만하게 덤벼들 리 없었으니까.

물론 그들이 그토록 용감 무모 했던 것은 저주로 인해 지능이 떨어지고 마약 성분이 포함된 풀의 연기를 맡아 취한 탓도 없지는 않겠지만, 그래서 더더욱 그들 스스로가 주도적으로 복잡한 기만

책을 쓰지는 않았으리라 예상할 수 있었다.

그런 트롤 전사들이 오딘교를 버리고 로렌교에 귀의했으니, 로렌이 미래시로 본 대로 상황이 흘러가지는 않을 터였다.

그럼에도 로렌은 완전히 안심할 수는 없었다. 트롤 마을에 오딘 신앙을 퍼뜨린 괴물, 오딘의 주구가 있을 테니까. 그놈이 다시 개입한다면 기껏 제압한 오딘 신앙에 다시 불이 지펴질 우려가 있었다. 그래서 꽤 꼼꼼히 주변 탐색을 강행했다.

탐색 결과, 로렌은 맥 빠지는 결론에 이르렀다.

오딘의 주구로 짐작되는 괴물의 시체를 발견했다. 그 시체의 영혼은 이미 빠져나가 있었다. 스스로 목숨을 끊은 흔적이 명백했다.

그 작은 구멍을 빠져나온 괴물치고는 너무 강력한 저주를 쓴다 싶었는데, 아무래도 자신의 생명을 제물로 바치고 강력한 저주를 실행한 것 같았다. 그 탓에 시체에서는 지독한 역병과 저주가 퍼져 나오고 있었다.

하기야 로렌이 악마의 흙을 죽여 그 영혼을 묶어두고 심문한 후 소멸시킨 걸 죽은 신들도 알아차렸을 가능성은 충분했다. 그러니 로렌에게 정보를 더 주기 전에 미리 자결토록 한 후 영혼은 회수한 것일 터였다.

두 번째 구멍 주변에는 아무 흔적도 남지 않았는데, 구멍 자체에만 출입 흔적이 남은 것도 그 탓이리라. 영혼만 날아가 버린 것이니, 다른 흔적이 남지 않을 법도 했다.

어쨌든 로렌은 괴물의 시체를 회수하고 시체가 놓였던 땅을 정화했다.

"휴, 이제 다 끝났군."

그리고 다시 세 번째 구멍이 생긴 곳으로 돌아가 구멍을 막은 후, 정화 작업을 마친 로렌은 그렇게 선언했다. 이로써 후환은 완전히 제거한 셈이 되었다.

죽은 신들이 인류 의회의 눈을 피해 새로운 구멍을 뚫는 건 결코 녹록치 않은 작업이 될 것이다. 로렌이 이 사실을 통보할 것이고, 감시를 제대로 하지 않은 인류 의회도 질책할 테니 말이다. 적어도 예정된 멸망의 때까지는 감시의 끈이 늦춰질 일은 없을 터였다.

"자, 돌아가자."

대륙 남부에서 할 일도 끝났다. 이제 돌아가 멸망의 때를 대비해 힘을 쌓는 것만이 남았다.

*　　　　*　　　　*

―실패했군.

어둠 너머의 공간. 죽은 신들이 자리하는 곳. 옥좌에 앉은 자가 말했다.

―많은 변수를 만들었지만 전부 소용없었군. 잠깐 흐트러졌던 운명의 궤도는 원래대로 돌아와 다시 정해진 흐름대로 흘러가고 있어.

정해진 흐름대로. 벗어날 수 없는 파멸의 운명을 향해.

그녀는 부르르 떨었다. 분노와 공포가 그녀의 몸과 마음을 흔들리게 만들어놓았다.

그녀는 과거 멘르바라 불렸다. 많은 신도가 그녀를 찬양하며 공양물을 올렸다. 그러나 지금은 아무도 그녀의 이름을 기억해 내지 못한다.

'그 세계'에 있던 마지막 신자의 목숨이 끊어지는 것을 멘르바는 어렴풋이 느꼈다.

─나의 창조물조차 나를 배신하는군…….

마지막 신자는 그녀의 창조물에 의해 살해당했다. 그 마지막 신자는 이성도 감정도 모조리 소멸당한 채, 순수한 힘의 덩어리가 되어 멘르바에게로 돌아왔다. '그 세계'에서는 황제였던 자라고는 하나, 죽은 이들의 세계에서 살아 있을 때의 지위 따위는 아무런 의미가 없다.

그저 영혼 하나 분량의 힘, 그게 전부였다.

멘르바는 입맛을 다셨다. 영혼 하나를 사탕 빨아 먹듯 핥아 먹는 데 만족할 그녀는 아니었다. 인류 전체를 몰살하고 그 피로 목욕을 해야 비로소 그녀의 욕망은 채워지리라.

과거, 그녀가 그 세계를 다스리던 때, 그녀는 신자들이 올린 따뜻한 피와 살점을 질리도록 맛보았다. 당시에는 지겹다 느꼈던, 제물에서 뿜어져 나오는 피의 온기가 지금은 미치도록 그리웠다.

─그건 내 것이었어!

멘르바는 히스테릭하게 외쳤다.

─아니, 지금도 내 것이야!!

그렇기에 되찾으러 갔다. 아니, 되찾으러 가고자 마음만 먹었다. 실제로는 아무것도 하지 않았다. 그런데 갑자기 찾아온 멸망의 운명이 그녀를 파멸로 몰아넣고자 하고 있었다. 그녀는 그 파멸의 이름을 안다.

―로렌……!

로렌. 파멸의 이름. 일개 인간의 이름.

멘르바가 그녀의 것이었던 세계에서 쫓겨났을 때는 그래도 상대가 드래곤이기라도 했다. 그런데 인간? 인간이 이 어둡고 차가운 우주 끝자락에 놓인 볼품없는 옥좌를 부수러 온다고?

그것은 개미와 같은 존재다. 심심할 때는 질릴 때까지 짓밟아 죽이고, 쓸어다 집어 먹어도 아무런 해가 되지 않을 먼지 같은 존재였다.

그런 인간이 그래도 한때는 위대한 신이었던 멘르바의 비참한 마지막 보루에까지 찾아와, 기어코 존재의 최후를 강제한다고?

믿어지지 않는 일이나 실제로 그녀는 몇 번이고 최후를 경험했다. 정확히는 경험할 뻔했다.

그렇기에 이렇게 파멸을 피하려 발버둥치는 것이다. 처음 몇 번 파멸할 뻔했을 때는 이 모든 것이 질 나쁜 환상이며 꿈인 줄 알고 아무것도 하지 않았다.

그러나 지금은 현실을 받아들였고, 그녀는 추할 정도로 몸부림치고 있었다.

로렌을 신으로 만들어 올리려 했던 것도 그 일환이었다. 로렌이 신이 되었던 때는 모든 것이 해결되었다 믿었다. 그러나 그것은 신에서 인간으로 다시 되돌아가 버리고 말았다.

―필멸자가 영생체로의 변화를 거부하고 필멸자로 되돌아가다니.

아직도 믿어지지 않아 그녀는 목으로 연결되지 않은 머리를 흔들었다. 예를 들어 개미에서 사람이 되었다면 그 사람이 개미로 돌아가려고 할까? 결코 그러지 않을 것이다. 그러나 로렌이라는 이름의 파멸은 그 선택을 했다.

—있을 수 없는 일이야.

멘르바는 절망했다. 한때는 희망을 맛보았기에, 그녀의 마음 위에 다시 내려앉은 절망의 무게는 더욱 무거웠다.

—…이대로 시간을 되돌릴까.

차라리 그편이 나아 보였다. 어차피 찾아올 파멸을 다시 한 번 맛보느니, 지금 바로 시간을 되돌려 다른 가능성을 찾는 게 더 나을 수도 있었다.

그 가능성이라는 게 있다면 말이다.

멘르바는 혼자 힘으로는 '다른 가능성'이라는 걸 찾을 수 없으리란 걸 잘 알았다. 그녀는 이미 서른 번을 실패했고, 서른 번이나 파멸을 맛봐야 했다. 그녀의 마음은 꺾일 대로 꺾여 더 이상 꺾일 곳도 없을 정도였다.

—끝났어! 이미 끝났어!!

광기에 사로잡혀 멘르바는 울부짖었다. 텅 빈 공간에 그녀의 목소리가 울려 퍼졌다.

—기다리게.

멘르바의 공간에 다른 존재의 의지가 울려 퍼졌다.

한쪽 눈은 짜부라지고, 다른 한쪽 눈에서는 귀광이 흐르는 사내의 모습. 목과 한쪽 발이 묶여 거꾸로 매달린 그 존재의 모습에 멘르바의 눈매가 파르르 떨렸다.

—오딘!

멘르바는 씹어뱉듯 그 존재의 이름을 불렀다.

—실패했군, 멘르바.

오딘이라 불린 자가 목이 잔뜩 졸려 혀를 내밀고 있음에도 말할 수 있는 것은 이 대화가 의지만으로 이뤄지고 있기 때문이다.

―네가 욕심을 부려서다.

멘르바가 으르렁거렸다. 산 자의 내장을 맛보고자 했던 건 오딘도 마찬가지였다. 비록 계획은 실패했어도 오딘은 어느 정도 배를 채웠으나, 멘르바는 그러지 못했다. 멘르바가 하는 건 책임 전가가 아니라 그런 그에 대한 질투였다.

그런 멘르바의 내심을 아는지 모르는지, 오딘은 그녀의 시선을 피하며 둘러대듯 말했다.

―파멸의 운명을 피하는 것부터 생각하자고. 우리에게는 아직 기회가 남았다.

―기회? 그런 게 있나?

궁금해서 묻는 것이 아닌, 조롱과 체념이 뒤섞인 목소리였다.

―있을 거다. 네가 말해준 거다, 멘르바.

그러나 오딘은 아직 체념하지 않았다.

라그나뢰크를 피하고자 스스로를 매달아 자신에게 제물로 바친 자다. 그리 쉽게 포기할 리는 없었다.

―지구.

그 운명의 끝이 결국 죽음과 종말이었다 한들.

―본래 나의 것이었던 그 행성에 답이 있을 것이다.

오딘의 외눈이 빛났다.

*　　　*　　　*

릴리트 릴림으로부터 페르샨 황제, 샤한샤의 암살에 성공했다는 보고가 돌아온 것은 로렌이 대륙 남부에서의 모든 일을 끝내고 브뤼델로 돌아가고 있던 때의 일이었다.

그때 로렌은 새로 합류한 드래곤들, 오필리아와 코델리아에게 토르코니아의 특산 향토 요리를 맛보여주고 있던 터였다.

그냥 로렌 본인이 여기까지 온 김에 맛있는 걸 먹고 싶어서가 아니라, 드래곤들에게 인류 문명에 대한 애착을 조금이라도 심어주기 위한 조처였다.

'사실 겸사겸사지.'

로렌은 스스로를 기만하려다 그만두었다. 자신의 내면에 도사린 욕망을 부정하기엔 토르코니아 요리는 너무 맛있었다.

"맛있어!"

"맛있어!"

"맛있어!"

다행히 이 요리를 맛있다고 느끼는 건 로렌뿐만이 아니었다. 수천 년씩 살아온 주제에 어휘 능력이 그것밖에 안 되냐고 묻고 싶어질 정도로 일률적인 반응을 보이며, 세 마리의 드래곤은 식도락에 여념이 없었다.

그렇게 일행이 모두 위장을 가득가득 채우고 있을 때, 음식점 문이 벌컥 열리며 낯익은 얼굴이 들어왔다.

한참 동안 음식에만 정신이 팔려 있던 드래곤들은 그 얼굴을 뒤늦게 확인하고 낯빛이 납빛으로 변했다.

"흐, 흡혈귀!"

"꺄아아아아악!!"

마치 지구의 고전적인 고딕 호러 영화의 무고한 피해 여성과 같은 드래곤들의 반응을 본 척 만 척한 채, 릴리트 릴림은 로렌에게 다가와 고개를 깊숙이 숙이고 이렇게 보고했다.

"임무를 완료했습니다, 주인님."

"그래, 수고했다."

로렌은 고개를 끄덕이고 그녀를 위해 의자 하나를 비워주었다.

"주인님?"

"주인님이라고?"

오필리아와 코델리아는 대경실색한 채 로렌과 릴리트 릴림의 얼굴을 번갈아 보았다.

원래 로렌은 릴리트 릴림이 자신을 주인님이라고 부르는 걸 싫어했지만, 지금은 그런 눈치를 보이지 않았다. 위화감을 눈치챈 건 드래곤들 중에는 오하라 정도였지만, 그녀도 눈치가 있는지 아무 말도 하지 않았다.

원래 오필리아와 코델리아, 이 두 드래곤을 영입한 건 릴리트 릴림이 먼저다. 그리고 릴리트 릴림은 꽤나 강압적인 수단을 썼다. 두 드래곤의 피를 빨아 예속화시킨 게 그것이었다.

그렇다 보니 두 드래곤의 릴리트 릴림에 대한 감정은 좋을 수가 없었다. 아무리 릴리트 릴림 본인이 마왕의 공격에 당해 위험해 처했을 때 예속화를 풀어 도망 보내주었다고 하더라도 말이다.

하지만 이제는 같은 군문에서 일해야 할 동료들이다. 나쁜 감정을 오래 품고 있어서 좋을 리가 없었다.

그래서 로렌이 작은 꾀를 낸 게 이것이었다.

릴리트 릴림이 드래곤들에게 예속화를 건 게 로렌의 명령에 의

한 것이었다는 사소한 날조.

사실 릴리트 릴림이 무슨 수를 써서 드래곤들을 동료로 끌어들일 건지에 대해서, 로렌은 간섭하지 않고 완전히 자율적으로 움직이도록 허락했다. 그러나 로렌은 그녀가 어떤 방법을 쓸 건지 미리 알고 있었으면서도 묵인했으니 완전히 날조인 것도 아닌 셈이다.

이 방법을 쓰면 드래곤들의 로렌에 대한 호감도가 조금 내려갈 위험이 있었지만, 그거야 큰 문제가 될 수 없었다. 지금도 드래곤들은 지나치게 로렌을 좋아했으니까. 오히려 적절하게 낮출 필요가 있을 정도였다.

하지만 로렌의 이 작은 음모는 곧바로 역효과를 드러냈다.

"신의 흙조차도 자기 마음대로 다루다니!"

"자기, 멋져! 세상에 이보다도 더 멋진 남자가 있을까?!"

드래곤들의 호감도가 오히려 높아지는 결과를 낳았다.

"내 그럴 줄 알았지."

오하라만이 이 결과를 예측한 듯, 킥킥 웃으며 맥주를 마실 뿐이었다.

*　　　　*　　　　*

그러나 로렌이 그 작은 음모로 인해 손해만 본 건 아니었다. 일행이 브뤼넬로 비행하는 동안, 놀랍게도 릴리트 릴림과 오필리아, 코델리아, 이 셋의 사이가 꽤나 친해지는 효과가 발생했으므로.

"이번 싸움이 끝나면 난 꼭 로렌 님의 알을 낳고 말 거야!"

"나도, 나도!"

오필리아와 코델리아가 이렇게 운을 떼우면, 릴리트 릴림은 이렇게 받았다.

"이해해. 나도 만약 번식할 방법이 있었다면 어떻게든 주인님의 유전자를 받아 번식하려고 했을 거야."

릴리트 릴림의 그 말에 오필리아와 코델리아는 또 호들갑스럽게 말한다.

"저런, 넌 알을 못 낳는구나!"

"그런데 유전자가 뭐야?"

본래 거의 원수 사이나 다름없던 셋의 대화라고는 믿기지 않을 정도로 화기애애했다. 로렌으로서는 귀를 막고 싶어질 법한 이야기이기는 했지만 말이다.

그러다 간혹 이야기에 질리면 오필리아가 넌지시 오하라에게 이런 제안을 하곤 했다.

"…오하라, 교대할래?"

"아니."

오하라의 대답은 단호했다. 로렌의 엉덩이를 다른 암컷 드래곤 등 위에 얹어놓을 수 없다는 이상한 이유 때문이었다. 로렌으로서는 그 이유에 대해 알고 싶지도 않았지만 오하라가 큰 소리로 몇 번이고 이야기했기에 강제로 알게 되었다.

단호한 오하라의 태도에 코델리아는 로렌을 등 위에 태우고 나는 이 역할을 이양받기를 진작 포기했지만, 오필리아는 아직 미련이 남았는지 몇 시간이 지날 때마다 한 번씩 다시 제안하곤 했다.

"이제 지치지 않았어?"

"아니."

이런 식으로 말이다.

그 와중에 릴리트 릴림은 양념치킨이 얼마나 맛있는지 대해 드 래곤들에게 설파하고 있었고, 코델리아는 침까지 질질 흘려가며 양념치킨에 대한 기대감을 부풀렸다.

어쨌든 그 덕에 브뤼델까지의 여로는 순조로웠다.

*   *   *

브뤼델로 돌아온 로렌은 드래곤들과 릴리트 릴림을 자신의 저 택으로 데려와, 우선 양념치킨을 배 터지도록 먹였다. 다행히 드래 곤들은 양념치킨을 마음에 들어 했다. 토르코니아 요리보다도 맛 있다는 그들의 감상에 로렌은 일종의 쾌감마저 느꼈다.

"자, 그럼 다가올 최후의 전투에 대비해야지."

로렌은 이미 오필리아와 코델리아를 육성해 본 경험이 있었다. 그렇기에 둘을 어떻게 훈련시켜야 할지에 대해서는 가닥이 잡힌 상 태였다. 그런데 이렇게 열렬하게 의욕을 불태우는 오필리아와 코델 리아를 육성해 본 건 로렌으로서도 처음이었다.

"저, 열심히 할게요! 강해지겠어!! 강해져서 살아남아야 당신의 알을 낳을 수 있을 테니까!"

"꼭 이기고 돌아와서 나랑 알 낳자!!"

드래곤들이 이렇게까지 열심인 이유를 잘 아는 로렌은 다소간 의 부담과 죄책감을 느꼈지만 뭐, 좋은 게 좋은 거라 할 수 있었다.

어쨌든 두 드래곤의 스승 노릇을 맡아줄 인물은 하나밖에 없었 다. 릴리트 릴림이 바로 그 인물이었다. 사실 그녀는 인물이 아니지만 그거야 뭐, 어쨌든. 오필리아는 릴리트 릴림에게서 마안 능력을, 코넬리아는 마성 통제 능력을 배우기로 했다.

원래는 꽤나 험악한 분위기였을 교육과정이었을 터지만, 이번에는 두 드래곤과 릴리트 릴림의 관계 설정이 우호적으로 된 덕인지 꽤 화기애애한 분위기에서 교육이 진행되었다. 그런 그들의 분위기에 로렌도 한시름을 놓았다.

이로써 대륙 남부에서의 사후 처리는 다 끝났다.

*　　　　　*　　　　　*

로렌은 루크가 뭘 잘 배우고 있는지 궁금해져 바투르크의 기사 양성소에 들렀다.

"로렌!"

로렌이 찾아왔다는 소식을 들은 슬레인이 뛰어와 호들갑을 떨었다.

"어디서 이런 인재를 주워 온 거야?"

"인재? 누구?"

"루크 말이야!"

보기 드물게 흥분한 상태로 슬레인은 로렌이 새로 데려온 동료의 이름을 외쳤다.

"그놈, 용사의 재능이 있어."

"뭐? 아, 진짜?"

로렌은 슬레인에게서 용사의 능력을 전수받던 시절을 떠올렸다. 당시의 슬레인은 로렌을 채근하지는 않았지만, 지금처럼 흥분하지도 않았다. 그러던 그가 루크를 보고 전혀 다른 반응을 보이는 걸 보니 루크의 재능은 진짜였던 듯했다.

"그럼 루크를 네게 부탁해도 될까?"

"그 말만을 기다렸어."

슬레인은 콧김까지 내뿜으며 고개를 두 번이나 끄덕였다.

"아, 그렇지. 인류 의회에서 네게 남부의 '구멍' 문제를 해결해 줘서 고맙다는 인사를 전해달라더군."

슬레인은 지나가는 투로 말했다. 로렌은 그의 이야기에 피식 웃었다.

"맨입으로?"

"물론 인류 의회는 적절한 보상을 약속했어."

"달아두도록 하지."

로렌은 태연스레 말했다.

"우리가 승리한 후에는 인류 의회도 여유가 생길 테니, 그때 잔뜩 받아먹도록 하겠어."

그런 로렌의 말에, 슬레인도 만족스러운 듯 고개를 끄덕였다.

"좋은 태도야."

"그렇지?"

둘은 같이 낄낄대며 웃었다.

"아, 그리고."

슬레인의 눈빛이 요사스럽게 빛났다.

"원로원의 숙청에 성공했어."

"벌써?"

로렌은 내심 놀라 되물었다. 고개를 끄덕이는 슬레인의 모습에,

로렌은 자신이 그를 이제껏 과소평가했음을 인정해야 했다.

"인류 의회의 한정된 자원을 임의로 사용할 권한을 가진 비밀 조직, 그것도 의회보다도 높은 권한을 부여받았다니. 이런 암적 존재가 의회에 존재했었다는 걸 폭로하는 것만으로 충분했어. 그 이상의 책략은 필요 없더군."

슬레인의 별로 자랑스럽지도 않다는 태도에 로렌은 헛웃음을 흘렸다.

"아니, 그건 네가 주도했기에 그렇게 된 거야. 예카테리나라도 그렇겐 못 했을걸?"

"그럴까?"

"그래."

로렌은 아직도 자신의 힘을 확신하지 못한 슬레인의 가슴을 두들기며 웃었다.

각 당파의 최고의원들은 원로원에 빚이 있거나 향후에 전관예우를 받기로 약속되어 있었다. 그렇기에 단순한 정치적 책략으로서는 원로원을 없앨 수 없었다.

필요한 것은 혁명이었다. 아래에서의 혁명. 당파를 초월해 모든 일반 당원들과 의원들이 판 그 자체를 뒤집지 않으면 이루기 힘든 일이었으리라.

그러나 슬레인은 그 어려운 일을 너무나도 쉽게 해치웠다. 그저 그가 입을 벌리는 것만으로 모든 일이 해결되어 버렸다.

지금에 와서야 로렌은 왜 인류 의회의 주류 세력들이 슬레인 구출에 망설였는지 좀 알 것 같았다. 더없이 순수하고 고결한 인류의 구원자인 그에게는 어마어마한 발언권이 주어지는 동시에 그 어떤 정치적 책략도 통하지 않는다. 누구도 그를 마음대로 움직일 수는 없으리라.

세공이라도 하듯 조심스럽게 세력 간의 균형을 맞춰가며 자신의 이득을 추구하는 정치가들이 가장 꺼릴 타입의 인간이었다.

어쨌든 이로써 슬레인은 스스로의 힘으로 자신을 수천 년 동안이나 이계에 방치해 온 인류 의회의 구태 세력에 대한 복수에 성공했다. 슬레인 본인은 별 원한이 없는 모양이나, 로렌은 통쾌함에 껄껄 웃었다.

"뭐, 물론 인류 멸망이 예정되어 있다는 특수 상황이 있었기에 가능한 일이긴 할 거야. 아니었다면 최고의원들이 최소한도의 반항이라도 해봤을 테니까."

"역시 그렇지."

슬레인은 그제야 앞뒤가 맞아들었다고 좋아했다. 어이가 없었지만 내색은 하지 않았다. 슬레인은 공을 세웠다. 그렇다면 칭찬을 해줘야 했다.

"어쨌든 잘했어. 이로써 인류 의회의 역량은 인류와 이 세상을 지킨다는 아젠다하에 집중되게 될 거야. 당연히 인류에게 좋은 일이지."

로렌의 칭찬에 슬레인은 환하게 웃었다. 이럴 때는 외모 그대로 나이의 소년 같아 보였다.

80장
건곤일척

1년의 세월이 지났다.

단 1년 만에 로렌의 군세는 지난 26회 동안의 3년을 통틀어 가장 강력한 전력을 손에 넣었다. 원래대로라면 2년 넘게 걸릴 성장 시간을 절반 가까이 단축한 것이다.

"이게 다 네 덕분이야, 라푼젤."

"어, 뭐가?"

엘리시온의 여신격이 소멸한 후, 그 신력은 모조리 라푼젤의 것이 되었다. 기존에는 엘리시온의 경이를 통해 손에 넣었을 빛의 힘을 이번에는 라푼젤이 직접 투사할 수 있게 된 것이다. 그리고 이 효율은 배 이상이었다.

라푼젤이 머무는 도시에선 인간마저도 잠을 잘 필요가 없었다. 식사를 안 해도 상관없었고, 한 달 정도라면 물을 마시지 않아도 생존이 가능했다.

파티마에서도 엘리시온의 경이가 안치된 중심부 쪽에서나 얻을 수 있는 효과가 브뤼델 도시 전역에 적용되고 있는 셈이었다.

다른 것들도 있지만, 무엇보다도 인상적인 효과는 이것이었다.

"소변이 안 나와……."

라푼젤의 축복 덕에 체내의 노폐물이 극단적으로 감소해 버려서, 배설 활동의 필요성이 줄어들었다.

"소변이 안 나오는 게 내 덕분이야?"

"이야기가 그렇게 되나?"

하지만 틀린 말은 아니었다. 체내의 노폐물이 극단적으로 줄어들었다는 건 그저 배설을 할 필요가 줄었다는 것에서 끝나지 않는다. 피로 물질이 잘 생성되지 않기에 휴식을 취할 필요도 줄었고, 그 말은 곧 쉬지 않고 훈련에 매진할 수 있다는 것으로 이어지니까.

로렌의 입장에서 말하자면, 위험한 도박에 걸어본 보람이 있다고 할 수 있었다.

"그래도 이 정도로 만족할 수는 없지. 우리는 더 강해져야……."

로렌이 거기까지 말했을 때였다.

"로렌."

조용히 있던 슬레인이 갑자기 입을 열었다. 바투르크의 가르침으로 인해 이미 승화의 경지에 오른 그는 로렌으로부터 영능을 배우기 위해 그의 저택에 와 있던 참이었다. 스승과 제자가 뒤바뀐 셈이지만, 둘 모두 크게 신경을 쓰지는 않는다.

"인류 의회에서 연락이 왔어."

"그래? 뭐래?"

"적들이 쳐들어왔다고 하는군."

그 사실을 고하는 말투가 너무나도 평온해서, 로렌은 순간적으로 슬레인이 화장실 다녀오겠다고 말한 줄 알았다.

"뭐라고?"

로렌은 당황을 애써 숨겼다. 아예 예상하지 못한 경우의 수는 아니었다. 이번 회차에서 적들의 움직임에는 변화가 많았다. 본래 3년 후로 계획되어 있던 침공 계획이 얼마간 앞당겨질 가능성이야 염두에 두고 있었다.

그런데 회귀 시점에서 1년이 지난 지 얼마 되지도 않은 지금 침공이라니. 이것만큼은 로렌도 예상하지 못했다.

'그만큼 적들도 필사적이란 소리겠지.'

좋게 해석하면 그렇다. 로렌과 마찬가지로 적들도 시간을 되돌려 가며 예정된 멸망을 막아보려 노력하고 있고, 앞당겨진 침략 시점은 그 시도의 일환이라고 해석하면 말이다.

"지금 인류 의회가 막아내고는 있지만, 얼마 못 버티겠다고 하네."

"얼마나 버틸 수 있대?"

"사흘."

사흘이 지나면 인류 의회의 자원이 소진되고, 이 세계에 멸세의 괴물들이 직접 모습을 드러낼 것이다.

"미래시를 꾸준히 쓰고 있는 데도 이런 일이 생기는군."

로렌은 씁쓸하게 뒷머리를 긁었다.

시간과 공간의 신인 로렌의 능력은 어디까지나 이 세계에 한정되어 발휘된다. 이 세계 밖으로 나가면 그저 그런 신격 하나로 격하되는 것이다. 그것이 그가 신화를 거부한 이유 중 하나이기도 했다.

만약 적들이 인류 의회의 방어를 뚫고 들어왔다면 그제야 미래시에도 영향이 나타났을 것이다. 그때가 되면 늦다. 인류는 강제로 방어전에 돌입해야 한다. 공격을 대전략으로 삼고 있는 지금의 육성 상태로 말이다.

다행히 인류 의회가 먼저 적들의 공격을 감지했기에, 세계의 경계선 외곽에서 적들을 격퇴하고 역습에 나설 여지가 생겼다.

"남은 시간이 빠듯하군."

브뤼델에 남아 있는 병력은 소집할 수 있지만, 멀리 나가 있는 병력까지 소집하기에는 시간이 부족했다. 리콜로 불러올 수는 있겠지만 전쟁을 앞두고 정신력을 지나치게 낭비하는 건 별로 좋은 선택이 아니었다.

선택과 집중이 필요한 시점이었다.

*   *   *

로렌은 과감하게 브뤼델 바깥의 병력을 남겨두기로 했다. 일단은 적 공격군을 세계 경계 외곽에서 소멸시키고 다시 합류한다는 대전략을 세웠다.

바투르크의 기사 양성소와 브뤼델 대학의 인원들에게 즉시 소집령을 내리고, 드래곤들도 모아들였다. 차후 합류할 인원들을 위해 방주의 선원을 남겨둬야 했기에, 탈란델의 연구소에서 란체 드워프 절반은 남겼다.

다급하게 추려낸 것치고는 병력 질이 꽤 높았다. 지난 1년간의 수련이 헛되지 않았다는 증거였다.

다시는 돌아올 수 없는 길이 될지도 모른다. 그렇기에 약소하나마 주변을 정리하고 작별 인사를 나눌 시간은 주어졌다. 아무리 강력한 병사라도 사기가 낮으면 제 힘을 발휘하지 못한다. 필요한 수순이었다.

그 덕에 꽤 서둘렀음에도 불구하고 병력의 집결에만 이틀이 소모되었다. 인류 의회가 사흘이라는 시간을 내걸기는 했지만, 한계까지 시간을 남길 필요는 없었다. 인류 의회의 가용 자원도 한정되어 있었고, 쉬이 보충할 수 있는 성질의 자원도 아니었으므로.

"우리는 이 세계를 지키기 위한 싸움에 나선다!"

단출하나마 출정식을 가지는 것도 사기 관리를 위해서였다. 적어도 무엇을 위해 저 끔찍한 괴물들과 싸워야 하는지 정도는 다들 알아야 했다.

"이 세계는 현 인류의 것이다. 우리의 것이며, 나의 것이며, 그대의 것이다. 그런데 우리의 세계를 노리는 것들이 있다. 우리의 죽음을 비료로 써 자신들의 양분으로 하고자 하는 놈들이 있다!"

베르테르, 알베르트, 샤를로테. 로렌의 직계 제자들을 위시로 하는 브뤼델 대학의 마법사들을 돌아보며 로렌은 외쳤다.

"그것들은 오로지 우리의 죽음만을 바란다. 우리의 파멸이 그들을 기쁘게 할 것이며, 우리의 생존은 그들에게 노여움을 가져다 줄 것이다. 그렇기에 그것들과의 대화나 타협은 있을 수 없는 일이며, 우리에게는 싸워 승리하는 방법밖에 남아 있지 않다!"

바투르크, 구유카르크, 몽카르크, 수부타르크. 로렌의 오크 기사들. 그리고 그들이 키워낸 젊은 기사들. 그들은 불타는 전의를 숨기지 않은 채 로렌의 연설을 듣고 있었다.

"우리의 지난 1년은 헛되지 않았다. 지난 1년간, 그대들은 내가 기대한 것 이상의 성과를 거두었다. 그대들은 더욱 강해지기 위해 고된 훈련을 버텨냈으며, 원하던 것을 이루었다."

토론토, 밴쿠버, 퀘벡, 몬트리올. 탈란델이 키워낸 우수한 각인기에 명장들. 로렌은 그들과 전장에서 만났으나, 이제는 그들과 함께 전장으로 향할 것이다.

"우리는 인류의 검이자 방패로서 기능할 것이다. 왜 우리가 나서야 하는지는 명확하다. 그대들은 인류 중 가장 강력한 검이며, 가장 단단한 방패이기 때문이다. 이 중요한 임무를 맡을 이들은 가장 우수해야 하며, 그대들이 바로 그 가장 우수한 이들이기 때문이다!"

슬레인, 루크. 옛 시대의 인류 용사와 현 시대의 인류 용사. 명확히 하자면 로렌도 용사 능력을 사용할 수 있으니 그 또한 용사에 포함되겠지만 그는 스스로를 용사라 생각하지 않았다. 어쨌든 이들에게는 다른 이유가 필요하지 않다. 인류를 지키기 위해 이거면 충분했다.

"무엇보다도 우리에게는 '나의 것'을 지킨다는 명확한 목표가 존재한다. 나의 것을 빼앗기 위해 나를 죽이려는 자에게 돌려줄 것은 오직 하나뿐이다."

마리, 리처드. 바스타드인 이들은 현 인류의 이 세계를 증오해도 이상하지 않음에도 로렌과 함께 검을 들어주겠다고 선언해 주었다. 고마운 일이나, 감사만으론 부족하다. 이들에게는 또 다른 동기 부여가 필요하리라.

"우리의 적에게 죽음을! 파멸을!"

스칼렛, 멜라니, 오하라, 그리고 오필리아와 코넬리아까지. 드래곤들에게는 무언가를 배우고 이루려는 욕망이 존재하지 않는다는 통설이 부정된 1년이었다. 본래부터가 파괴에 특화된 종족인 드래곤일진대 노력으로 인한 성장까지 부가되었다. 이들은 충분히 활약할 것이다.

"우리의 운명은 적들과는 다를 것이다. 우리는 승리하고, 지키고, 생존할 것이다!"

라푼젤. 그녀를 이 전쟁에 데려가야 하나 고민했으나, 데려가는 것이 맞았다. 데려가지 않는다는 선택이 떠오른 것 자체가 이기심이다. 그녀 또한 의욕으로 가득 찬 눈동자로 로렌을 올려다보고 있었다.

"출진하라!!"

로렌은 검을 빼 들어 외쳤다. 모든 이가 각자의 무장을 들어 그의 외침에 호응했다.

이로써 주사위는 던져졌다.

카이사르처럼 이기고 돌아오리라.

로렌은 다짐했다.

*   *   *

로렌 일행이 탄 두 척의 방주는 하늘을 날아 바다로 나아갔다.

방주가 어느 정도 대양으로 나아가자, 로렌은 자신의 어깨 위에 타고 앉은 페이 퀸 귀네비어에게 말했다.

"각 방주의 조타수들에게 차원 도약 장치를 가동하라고 지시해 줘."

"알겠어요!"

페이 퀸 귀네비어는 자신을 중심으로 짠 페이 네트워크를 가동해 로렌의 지시를 각 방주의 조타수들에게 전달했다. 조타수들의 어깨 위에도 페이들이 앉아 있기에 가능한 일이었다.

로렌이 직접 텔레파시를 써서 전달해도 되는 내용이지만, 더 효율적인 방법이 있는데 쓰지 않을 이유가 없었다.

차원 도약 장치를 가동하자, 방주 주변의 차원 좌표가 어긋나면서 공간이 일렁이고 있었다. 방주 자체에는 차원 계수 안정화 장치가 달려 있었기 때문에 차원 이동 멀미를 걱정할 필요는 없었다.

다음 순간, 로렌 일행은 세계의 바깥 차원으로 나와 있었다.

"와아……!"

누가 먼저 터뜨린 건지 모를 탄성이 들렸다. 이 세계의 우주도 지구 세계의 우주처럼 시커멓다. 그리고 발밑에는 태양빛을 반사하고 있는 로렌 세계의 모습이 보였다.

"정말로 이 세계는 하나의 공이었군! 몰랐어!!"

"마법사들이 그렇게 말했을 땐 그냥 개소리라고 생각했는데……!"

인류 의회가 지키고 있는 '세계'는 대륙 하나뿐이었기에, 다른 대륙의 모습은 차원 도약을 통해 방어선 바깥으로 나와야 비로소 관측할 수 있었다. 이마저도 사전에 인류 의회의 인증을 받아두었기에 가능한 일이었다. 보통이라면 차원 도약 자체가 막힌다.

그리고 그 금지된 차원 도약을 시도하고 있는 흉측한 것들의 모습이 저 멀리에서부터 보였다.

그것들의 모습을 가장 먼저 발견한 건 로렌이었다. 아니, 정확히는 알고 있었다. 이 작전에 한두 번 임해본 게 아니니 말이다.

"전투 준비."

[전투 준비]

로렌의 지시를 페이들이 광역 정신파로 퍼뜨렸다. 우주에서부터 자신들의 고향을 내려다보느라 정신없었던 병력들의 풀어진 분위기가 단번에 단단히 죄여졌다.

"전투 목표, 적의 선발대를 격멸."

적들 또한 로렌 일행을 발견했다. 저것들도 일사불란하게 전투 준비를 하는 걸 보니, '서른 번 반복했다'던 악마의 흙의 증언이 그리 틀린 것만은 아닌 것 같았다.

로렌은 영혼 창고에서 열두 드워프 왕의 도끼들을 좌르르륵 꺼내 들었다. 동시에 금강의 격과 천수의 격을 동시에 전개해 도끼들을 각 각인의 팔들로 집어 들었고, 그것을 즉시 라부아지에류 비검술을 이용해 던졌다.

퍼퍼펑!

가장 앞서서 날아오던, 오징어 머리를 따로 떼어놓은 것같이 생긴 것들이 도끼에 맞아 터져 나갔다.

로렌은 저것들의 이름을 스퀴드 헤드(Squid Head)라 지었다. 말그대로 오징어 대가리들이다. 지구의 언어인 영어로 지은 이름이라 로렌 세계의 주민들은 바로 알아듣진 못하겠지만 말이다. 오징어 대가리라고 직접적으로 말해주면 저것들을 얕볼 수도 있기에 일부러 그렇게 이름을 지었다.

내구력이 약한 놈들이지만 방심하면 안 된다. 자폭하면서 저주를 퍼뜨리는 놈들이니까. 그것도 가장 골치 아픈 저주 중 하나인 기억 혼탁화의 저주다. 저주의 사거리에 들어오기 전에 미리미리 터뜨려 놔야 한다.

"마법사들, 연쇄 화염 폭발 준비."

로렌의 나지막한 목소리는 곧장 귀네비어를 통해 각 방주의 마법사 부대에 전달되었다. 마법사들이 정해진 자리로 가 화염 폭발을 장전했다.

로렌이 데리고 온 마법사들은 모두 레윈이 저술한 마법의 정석을 읽고 별의 영역에 도달한 고위 마법사들뿐이었다. 비록 로렌과 달리 아직 화염 폭발을 쓰는 데는 서킷의 도움이 필요하다고는 하나, 그렇다 해도 주문의 장전에는 1초도 채 걸리지 않는다.

"발사."

쿠콰콰쾅!!

연속적으로 발사된 화염 폭발의 화망(火網)에 스퀴드 헤드들이 족족 걸려 터져 나갔다. 그사이에 자신에게 돌아온 열두 드워프 왕의 도끼를 잡아채면서, 로렌은 다음 지시를 내렸다.

"다음 장전, 발사."

쿠콰콰쾅!!

연속적인 화염 폭발을 뚫지 못한 스퀴드 헤드들은 단 한 개체도 저주를 발동시키지 못하고 소멸되었다.

"오오오오!"

상황이 유리하게 돌아가는 것처럼 보였는지 아군의 사기도 올랐다.

문제는 스퀴드 헤드들이 괴물조차 아니라는 거였다. 저것들은 괴물의 투사체에 불과했다.

스퀴드 헤드를 쏜 건 스퀴드 슈터(Squid Shooter)라는 괴물이다. 스퀴드 헤드를 수백 배 거대화한 것 같은 괴물로, 스퀴드 헤드 무리는 인간 군대로 치면 궁병이 쏜 화살 정도 위치다.

화살을 쳐내면서 승리를 기뻐하는 건 좀 아닌 것 같긴 했지만, 사기가 오른 아군에게 굳이 찬물을 끼얹을 필요는 없었다.

스퀴드 헤드를 발사한 괴물, 스퀴드 슈터는 다음 공격을 준비하고 있을 터였다. 보통은 스퀴드 헤드를 통한 교란 작전이 먹히지 않으면 바로 돌격 공격을 감행할 텐데, 이번에는 이상하게 머뭇거렸다.

'확실히 이번 회차는 지난번들하고는 많이 다르군.'

이전까지는 괴물들은 거의 항상 똑같은 방식으로 움직였다. 이런 변수가 생기는 건 적들 측에서도 변수 창출에 고심하고 있기 때문이리라.

'시간을 끌면서 무슨 짓을 하려고 있는지는 모르지만, 굳이 시간을 줄 필요는 없지.'

로렌은 마법 서킷에 마법 화살을 장전했다. 평범한 마법 화살은 아니었다. 보통 마법 화살이라면 서킷에 장전할 것도 없이 별의 몸으로만 머신건처럼 두다다닥 쏴댈 수 있는 로렌이 굳이 서킷에 마력까지 밀어 넣으며 주문을 장전하는 데는 이유가 있었다.

"매직 미사일."

로렌은 나지막하게 중얼거렸다. 해석하면 그냥 마법 투사체라는 의미의 영어 단어이지만, 로렌이 지금 내쏘려는 주문의 성질은 조금 달랐다.

마법으로 만들어낸 대함 미사일.

슉.

거대한 빛의 화살이 어물쩍거리고 있는 괴물, 스퀴드 슈터를 향해 거의 소리도 내지 않고 날았다.

끼에에에엑.

괴물의 비명 소리가 들리는 듯했다. 지구 세계의 우주라면 어차피 진공 상태라 소리 따위 들리지도 않겠지만, 이 세계의 우주는 지구 세계와 달리 매질이 존재했기에 실제로 비명을 질렀다면 소리가 들릴 법도 했다. 하지만 실제로 비명 소리가 들린 건 아니었다.

괴물의 이름은 스퀴드 슈터. 이제는 정이 들 만큼 로렌은 저 괴물을 자주 봐왔다. 저 징그러운 구멍 숭숭 뚫린 둥그런 고깃덩이를 회귀를 반복할 때마다 상대하지 않은 적이 거의 없으니 말이다. 그리고 단 한 번도 죽이는 데 실패한 적이 없다.

펑.

쿠구구궁.

매직 미사일이 스퀴드 슈터에 적중하며, 거대한 폭발이 일어났다. 스퀴드 슈터의 몸이 폭발로 인해 찢겨져 조각조각 흩어지는 모습이 여기서도 보였다.

"와아아아아!!"

방주의 아군들이 사기충천해 소릴 질렀으나, 로렌의 표정은 굳어 있었다.

'이 일격으로 처치하지 못한 건 처음이로군.'

육안으로 보면 수백 조각의 육편으로 나눠진 것처럼 보이는 스퀴드 슈터지만, 영안으로 관측해 보면 멀쩡했다. 죽은 척하는 것에 불과했다.

본래 스퀴드 슈터는 매직 미사일 한 방을 버티지 못한다. 그런데 이 일격을 버텨냈다는 건 로렌이 어떤 공격을 가해올지 미리 알고 대비했다는 의미밖에 안 됐다.

'아마 방어용의 축복 따위를 받았겠지.'

괴물의 배후가 죽은 신들이란 걸 알게 된 지금은 그러한 연상이 자연스럽게 이뤄졌다.

"뭐, 어쨌든."

로렌은 다음 매직 미사일을 날렸다. 첫 매직 미사일을 쏜 직후 곧장 준비해 뒀던 추격타였다. 로렌이라고 바보는 아니다. 적들이 패턴을 바꿔올 걸 빤히 아는데, 이번에도 예전처럼 매직 미사일 한 발로만 처치할 수 있을 거라 믿지 않았다.

슈슈슉.

뒤이어 날아오는 매직 미사일을 확인한, 죽은 척을 하고 있던 스퀴드 슈터가 당황하는 기색을 역력히 보이며 육편 조각들로 이뤄진 몸을 허우적거렸다.

그러나 반응이 조금 늦었다. 하긴 어차피 회피 기동을 했더라도 매직 미사일에 부여해 두었던 자동 추적 능력이 발동했을 테니 제때 반응했어도 달라질 건 없었다.

펑. 쿠구구궁.

다음 매직 미사일이 스퀴드 슈터에 적중했다.

"흠, 매직 미사일에 면역을 갖게 하는 축복은 아닌 것 같군."

아무래도 공격 한 번을 막아주거나 내구력을 끌어 올리는 종류의 축복이었던지, 뒤이은 두 발째의 매직 미사일은 버티지 못하고 스퀴드 슈터는 소멸해 버렸다.

방주 승무원들은 승리감에 도취되어 환호성을 지르고 있었다. 그러나 로렌은 그들과 함께 기뻐할 수는 없었다.

'너무 쉬운데.'

로렌은 그 즉시 시간을 멈췄다. 이유 같은 건 없었다. 굳이 따지자면 그냥 사소한 위화감이 작용한 결과라고 해야 할까.

멈춰진 시간 속에서 고개는 돌릴 수 없었기에, 클레어보이언스로 후방을 관측했다. 그러자 어느새 방주 가까이 다가온 또 다른 괴물의 모습을 확인할 수 있었다.

'기본적인 전술이군.'

한쪽에서 주의를 끄는 동안 다른 방향에서 기습. 기본적이지만 효과적인 전술이다. 모르고 당했더라면 이 기습에 큰 피해를 입었으리라.

로렌이 이 기습을 사전에 눈치챈 것도 우연에 가까웠다. 어떤 의미에서는 괴물들과 죽은 신들에 대한 기묘한 신뢰가 낳은 우연이라고도 할 수 있으리라. '이렇게 쉽게 끝날 리 없다'라는 믿음.

괴물의 정체는 레그리스 옥토퍼스(Legless Octopus). 말 그대로 다리가 안 달린 문어 같은 놈이다. 매끈하고 거대한 구체의 머리 부분 아래에 스커트처럼 생긴 동체를 달고 다니며, 스커트 아래에는 새끼처럼 보이는 미니 레그리스(Mini Legless)들을 가득 숨기고 있다.

몸을 숨기고 접근해서 기습을 취하는 게 특기인 놈으로, 그 은신 능력은 로렌조차도 간파하기 어려울 정도였다. 로렌이 이놈의 기습을 발견한 것도 시간을 멈추고 찬찬히 주변을 살폈기 때문이다.

적에게 충분히 접근하면 먹물처럼 보이는 독 안개를 확 뿜어내며 미니 레그리스 떼를 적들에게 흩뿌리는 게 기본 공격 패턴이다.

독 안개는 한 방울만 흡입해도 3초 만에 즉사하는 극독으로, 이 상태에서 생명력이 높은 기사들이 저항하더라도 마비를 피할 수 없다. 그렇게 굳어버린 적을 미니 레그리스 떼가 산 채로 우득우득 씹어 먹는다.

그런 공격 패턴 탓에 기습을 당하면 상당히 위협적인 적이다. 반대로 말하자면 독 안개를 뿜어내기 전에 발견해서 처리하면 그리 위협적인 적은 아니다.

로렌은 별의 몸들을 움직여 대응에 나섰다. 마심의 공력을 가득 채워놓은 별의 몸들은 기사단장급의 기사도를 구사할 수 있다.

슉슉.

별의 몸으로 이뤄진 분신들이 로렌의 의지에 따라 팔과 다리를 내뻗어 레그리스 옥토퍼스를 가격했다. 칼이나 창을 들려주고 싶지만 무기를 들게 하면 멈춰진 시간 속에서 움직일 수 없게 되니 다른 방법이 없었다.

'음……! 한계로군!!'

로렌은 더 이상 시간을 멈춰두고 있을 수 없음을 직감적으로 깨달았다. 아직 레그리스 옥토퍼스를 죽일 만한 피해를 입히지 못한 상태였다.

푸학!

시간이 다시 움직이자, 멈춰진 시간 속에서 누적시켰던 피해가 단번에 들어갔다. 그 때문에 레그리스 옥토퍼스는 의도하지 않은 방향으로 독 안개를 뿜어냈다.

"기사들, 백병전에 돌입하라."

로렌은 다급한 마음에, 하지만 말투만은 냉철하게 지시를 내렸다. 갑자기 나타난 레그리스 옥토퍼스의 존재에 놀라는 것도 잠시. 기사들은 칼을 뽑아 임전 태세를 갖췄다.

아니나 다를까, 미니 레그리스 떼가 멋대로 레그리스 옥토퍼스의 스커트에서 기어 나와 방주 위의 인간들을 덮쳤다.

미니 레그리스는 레그리스 옥토퍼스의 새끼도 아닐뿐더러, 생명체조차 아니다. 그저 미리 입력된 프로그램에 따라 움직이는 기계와 같이 살육을 자행할 뿐인, 말하자면 드론 같은 것들이다.

"죽여라!"

그러니 엄밀히 말하자면 기사들의 그런 기합성은 근본부터 틀려먹었다. 기합성은 틀려먹었지만, 검로는 그렇지 않았다. 검을 한번 휘두를 때마다 미니 레그리스가 하나 이상씩 터져 나갔다.

분명 아군의 피해도 있었으나, 부상을 입은 이들에게는 마법사들이 붙어 회복 주문을 사용해 주니 피해가 누적되지는 않았다.

그 와중에 레그리스 옥토퍼스는 말로 형용할 수 없는 기괴한 비명을 내지르며 도망치기 시작했다. 그 꼴을 그냥 두고 볼 로렌이 아니었다.

"성광 폭발."

로렌은 그 뒤통수에다 대고 사중 융합 주문인 성광 폭발을 꽂아주었다.

쨔르릉!

끔찍한 폭발이 일어났고, 다음 순간 레그리스 옥토퍼스의 모습은 흔적도 없이 사라져 버리고 말았다. 이번에는 은밀 능력으로 몸을 숨긴 게 아니라, 시체도 안 남기고 폭사한 것에 불과했다. 살점 타는 냄새가 매캐했다.

"이건 예상 못 했던 것 같군!"

이번만큼은 로렌도 통쾌하게 소리 질렀다. 이렇게 피해 없이 레그리스 옥토퍼스를 잡아낸 건 로렌으로서도 처음이었다.

숙주인 레그리스 옥토퍼스가 소멸함에 따라 미니 레그리스 떼도 움직임을 멈추고 그 자리에 축 늘어졌다. 기사들은 긴장을 늦추지 않은 채 칼끝으로 움직이지 않게 된 미니 레그리스를 찔러보거나 하고 있었다. 이제야말로 환호성을 질러야 되는 때임에도 말이다!

"부대 전진! 목표는 적 본대! 전속력으로 전진하라!!"

그제야 승리를 확신한 아군들이 소리를 왁 지르고 자기 위치를 찾아 달려갔다. 방주에 각인의 힘이 흐르며, 강렬한 추진력을 발휘해 앞으로 나아가기 시작했다.

세계의 벽에다 주둥이를 박고 머리만 회전시키고 있는 거대한 괴물의 모습이 보였다.

그 거대함은 다른 두 괴물에 비해 차원이 달랐다. 스퀴드 슈터는 좀 작은 편이라 그 크기가 드래곤만 했고, 레그리스 옥토퍼스는 로렌이 타고 있는 방주만 했다면 저 괴물은 말 그대로 산만 했다.

그래서 로렌은 저 괴물의 이름을 드릴 마운틴(Drill Mountain)이라 붙였다.

그냥 거대한 고깃덩어리일 뿐이었다면 별 위협이 되지는 않았겠지만, 드릴 마운틴은 무시무시하게 단단해서 어지간한 공격으로는 흠도 못 낸다.

그 어떤 방해에도 개의치 않고 꿋꿋하게 세계에 구멍을 내는 것에만 집중하는 저돌성은 실로 위협적으로, 드릴 마운틴을 저지하는 게 멸세의 괴물들과의 전투에서 첫 관문이자 고비라 해도 과언이 아니었다.

처음 몇 번은 도저히 저 괴물을 저지할 수 없어 세계의 벽이 뚫리는 건 기정사실화하고 전략을 짰을 정도였다.

그러나 그때와 지금은 상황이 다르다.

지금은 인류 연합의 협력을 받아 이른 시기에 적의 침략을 알아챌 수 있었던 데다, 스무 살도 채 되지 않은 시기에 다섯 개의 서킷을 여는 데 성공했으니 말이다.

로렌은 희대의 대마법인 오중 융합 주문, 파멸의 낙일을 준비했다.

로렌이 주문의 완성에 집중력을 쏟아붓자, 그의 모든 서킷에 정제된 마력이 삽시간에 차올랐다. 서킷은 피스톤처럼 마력을 내뿜었고, 그 마력으로 이뤄진 또 하나의 태양이 로렌의 정수리 위에 떠올라 점점 커지기 시작했다. 끔찍한 파멸을 선사할 태양이!

그때였다.

"……!"

레그리스 옥토퍼스가 다섯 마리나 갑자기 나타나, 방주에 독 안개를 확 뽑어낸 것은.

"으아아악!"

"끄아아악!!"

삽시간에 방주 위에 지옥도가 펼쳐졌다.

"크윽!"

로렌은 재빨리 파멸의 낙일 주문을 취소하고 시간을 멈췄다. 시간을 멈춘 지 오래되지 않아, 이번에는 그리 길게 멈추고 있을 수는 없었다.

'방심했어!'

레그리스 옥토퍼스보다 더 은밀 능력이 높은 괴물은 없다. 그래서 레그리스 옥토퍼스를 죽인 후, 아무래도 그 전보다는 경계를 덜할 수밖에 없었다.

그런데 레그리스 옥토퍼스가 또 나타나다니. 그것도 다섯 마리나!

이제까지 같은 괴물이 여러 개체 나온 적은 없었다. 모든 괴물은 개체마다 다 특성이나 성질이 달랐다.

즉, 이번에 이변이 일어난 것이다.

'왜 같은 괴물이 여섯 개체나 있지?'

로렌은 반쯤 패닉에 빠져 생각했지만, 답은 곧 나왔다.

오히려 이제까지가 이상한 거였다. 적들의 배후가 죽은 신들이라면 말이다. 저들이 로렌 세계의 주인이었을 때, 그들이 부리던 하인이나 노예는 인류나 드래곤들 같은 '종족'이었다. 대량생산이 가능하다는 의미다.

목적에 맞는 가장 합리적인 디자인이란 건 존재하게 마련이다.

대량생산을 할 수만 있다면, 그 가장 합리적인 디자인의 괴물을 양산하는 게 더 효율적일 터였다.

오히려 왜 이제까지 그러지 않았는지가 더 이상했다.

'그러지 않아도 됐었으니까.'

효율성 같은 건 생각할 필요도 없이, 그냥 아무 괴물이나 던져 대도 로렌의 세계를 파멸시킬 수 있었으니까.

하지만 이제는 상황이 달라졌다. 온갖 변수를 다 추가해 보면서 계속해서 도전을 반복하는 건 로렌 쪽이 아니었다. 이제는 저들이, 죽은 신들이 도전자의 위치가 되었다.

그들은 시행착오를 반복하면서 가장 합리적인 디자인을 찾았고, 이번에 대량생산하여 작전에 투입하기로 결정한 것일 터다.

대량생산된 건 레그리스 옥토퍼스뿐만이 아니었다. 드릴 마운틴의 거대한 육체 뒤에 숨어 있던 스쿼드 슈터들이 기어 나와 스쿼드 헤드 무리를 쏘아내려는 모습이 보였다.

지금은 시간이 멈춰져 있어 움직이지 않는 것처럼 보이지만, 로렌의 시간이 다시 움직이기 시작하면 스쿼드 슈터들도 격렬하게 스쿼드 헤드 무리를 토해낼 것이다.

모르는 채 당했더라면 엄청난 피해를 입었을 터였다. 아니, 이미 엄청난 피해를 입었다.

시간이 다시 움직이기 시작한 후 즉시 대응하지 않으면 레그리스 옥토퍼스의 독 안개에 맞은 마법사들이 몇 초도 지나지 않아 즉사해 버릴 것이다.

로렌은 별의 몸 분신을 보내 접근한 레그리스 옥토퍼스들의 독 안개 살포 기관을 노려 공격하기로 결정했다. 화력을 한 놈에게 집중시켜 일단 숫자를 줄이는 것도 생각은 해봤지만, 그랬다간 나머지 네 마리에게 독 안개 공격을 허용해야 했다.

적어도 이 이상 독 안개를 뿜어내지 못하게 막아야 했다.

퍼버버버벅!

마심의 공력으로 강화된 별의 분신들이 멈춰진 시간 속을 총알처럼 움직이며 정확히 레그리스 옥토퍼스의 원통형 독 안개 살포 기관을 부러뜨리거나 꺾어놓았다.

시간을 멈추고 있는 건 여기까지가 한계였다.

다시 시간이 움직이기 시작하자 다시금 비명 소리가 방주 위를 가득 채웠으며, 그 혼란 속을 비집고 미니 레그리스 떼가 인간들을 뜯어 먹기 위해 입을 쩌억 벌리고 있었다.

그리고 몇 초 지나지 않아 스쿼드 헤드 무리가 날아올 것이다.

이를 갈고 있을 시간은 없었다. 로렌은 즉각 라퓐젤에게 외쳤다.

[지금!]

텔레파시를 길게 보낼 필요는 없었다. 라퓐젤은 다행히 패닉에 빠지지는 않은 듯, 로렌의 지시가 떨어지자마자 엘리시온의 빛을 발했다.

빛의 힘에 의해 즉사 직전에 놓인 마법사들이 회복되었고, 기사들도 마찬가지였다. 마비에서 풀려난 기사들은 미니 레그리스들을 베어 넘기기 시작했고, 마법사들도 그들을 지원하려고 했다.

[마법사 부대, 화염 폭발 조준!]

로렌은 그런 마법사들에게 연쇄 화염 폭발을 준비하라고 지시했다. 퀸 페이 귀네비어의 텔레파시는 곧장 모든 마법사에게 로렌의 명령을 전파했다. 목표는 지금 막 방주를 향해 날아오고 있는 스쿼드 헤드들!

[쏴라!]

다행히 늦지 않았다. 단 1초만 늦었어도 배 위에 기억 혼탁의 저주가 흩뿌려질 뻔했다.

그렇다고 이걸로 위기가 완전히 해소된 건 아니었다. 아직 레그리스 옥토퍼스 다섯 마리가 들러붙어 있었고, 다시 독 안개를 내뿜을 준비를 하고 있었으므로.

아무리 로렌이라도 다섯 마리를 동시에 상대할 수는 없다. 이미 집중력을 상당량 소모한지라 다시 한 번 시간을 멈출 수도 없다. 그러니 이럴 땐 다른 이들의 힘을 빌려야 한다.

[드래곤 부대!!]

로렌의 텔레파시를 받은 스칼렛, 멜라니, 오하라, 오필리아, 코델리아, 다섯 마리로 구성된 드래곤 부대가 명률법을 풀고 본 모습으로 돌아와 각자 레그리스 옥토퍼스를 한 마리씩 맡았다.

"어딜!"

"감히!"

스칼렛과 멜라니가 가장 선두에 나서 날아오른 기세를 살려 그대로 레그리스 옥토퍼스들을 들이받았고, 다른 드래곤들도 그 뒤를 따랐다.

이미 독 안개를 살포하지도 못하게 되었고 미니 레그리스 떼도 소모했다. 드래곤들의 육탄 공세로 인해 방주에서 밀려난 레그리스 옥토퍼스들은 더 이상 방주를 위협하지 못했다.

"크갸가가가가가가!!"

그러자 레그리스 옥토퍼스들은 스커트 아래에 숨겨진 원형의 끔찍한 입으로 기괴한 비명 소릴 내지르며 촘촘히 난 날카로운 이빨로 드래곤들을 뜯어 먹으려 들었다.

드래곤들은 그 본능에 새겨진 전투 감각을 활성화해 단숨에 곡예 비행을 하며 레그리스 옥토퍼스들의 공격을 피하고는 입을 쩌억 벌렸다.

"제 아름다운 브레스를 봐요, 로렌!"

"나도 안 질 거야! 활약할 거야!!"

쿠콰콰콰.

오필리아와 코델리아가 그렇게 외쳤고, 그래서 그냥 아무 말 없이 브레스를 쏘기 시작한 오하라보다 브레스를 토하는 타이밍이 약간 늦긴 했으나 전세에는 별 영향을 끼치지 않았다.

브레스 공격이 고통스러운 듯 움찔거리는 레그리스 옥토퍼스들. 반대로 말하면 그것들이 브레스에도 아직 죽지 않았음을 뜻한다.

드래곤들은 날카로운 발톱을 꺼내 움직임이 둔해진 레그리스 옥토퍼스들을 갈기갈기 찢었다. 머리처럼 보이는 몸통이 찢어져 안의 내장이 흘러나오기 시작했다.

"끼에에에에엑!!"

"으아, 시끄러워!!"

내장이 터져 안에 있던 독가스도 함께 흘러나오기 시작했기 때문에, 드래곤들은 독가스를 피하며 다시 브레스를 내뿜었다.

"크기야 같다 한들, 저놈들 하나하나가 드래곤들에 필적하는 건 아니지."

드래곤들이 레그리스 옥토퍼스 무리를 제압해 위험 요소를 제거하는 걸 확인한 로렌은 시선을 돌려 제2파를 준비 중인 스퀴드 슈터들을 바라보았다.

"흥!"

순식간에 매직 미사일 주문을 완성한 로렌은 바로 마법을 발사했다.

쾅!

"쳇!"

가장 앞에 배치되어 있던 스쿼드 슈터 두 마리 모두 매직 미사일을 맞고도 살아 있다. 아무래도 모든 스쿼드 슈터들이 매직 미사일에 대한 저항성을 축복으로 받은 것 같았다. 쯧, 하고 한 번 혀를 찬 로렌은 바로 다음 전술 행동으로 넘어갔다.

'하나하나 잡기엔 숫자가 너무 많아!'

별로 강한 괴물은 아니지만 부대 단위로의 운용에는 적격이라는 점이 죽은 신들의 마음에 들었는지, 스쿼드 슈터의 수는 우글거릴 정도였다.

"베르테르, 넌 마법사들을 지휘해라. 스쿼드 헤드들이 날아올 때마다 연쇄 화염 폭발로 떨어뜨려!!"

"알겠습니다!!"

베르테르에게 마법사들의 지휘권을 넘기고, 로렌은 바로 다음 매직 미사일을 준비하며 그 휘하 중 가장 뛰어난 여제자의 이름을 불렀다.

"샤를로테!"

샤를로테는 로렌이 자신의 이름을 불러준 것에 환한 미소를 띠며 순식간에 매직 미사일 주문을 완성했다. 변함없이 배운 걸 실행하는 것만큼은 가장 뛰어난 제자였다. 다른 제자들은 아직도 따라 못 하는데 말이다.

로렌은 준비해 두었던 매직 미사일을 발사했다. 그의 타이밍에 맞춰, 샤를로테가 뒤이어 매직 미사일을 쏘았다. 두 매직 미사일이 연쇄 작용을 일으키며 거대한 폭발을 일으켰다.

이번에 연쇄 매직 미사일을 쏜 건 어디까지나 스퀴드 헤드를 유폭시키고 다음 주문을 준비할 시간을 벌기 위해서였다. 스퀴드 슈터들을 마무리할 주문은 따로 있었다.

"성광 폭발."

쿠콰!

사중 융합 주문의 폭발력은 스퀴드 슈터 떼를 휩쓸고도 남아, 그것들이 엄폐물로 삼고 있던 드릴 마운틴까지 기울어질 정도였다. 샤를로테는 반짝거리는 눈동자로 로렌을 바라보았지만, 그럴 여유는 없었다.

드릴 마운틴은 기괴한 비명을 내지르면서도 머리를 회전시키는 걸 멈추지 않았다.

"샤를로테."

로렌의 나지막한 부름에 화들짝 놀란 샤를로테는 바로 다음 매직 미사일 주문의 구성을 시작했다. 그녀가 주문을 완성시키기까지 필요한 시간은 로렌보다 길었기 때문에, 로렌은 그 틈을 타 다른 주문을 또 한 발 장전해서 발사했다.

전격 폭발. 서킷에는 매직 미사일이 구성되어 있기에 별의 몸만으로 발사할 수 있는 주문을 골랐다. 더군다나 이 주문에는 사소한 부가 효과가 존재했다. 목표를 정하지 않고 던지면 주변의 생명체에게 달라붙는 성질이 바로 그것이었다.

빠지지직.

뇌전이 허공을 가르며 날아가다가, 갑자기 궤적을 바꿔 보이지 않는 뭔가에 적중했다. 로렌은 그게 뭔지 굳이 파악하려 애쓰지 않고 바로 열두 드워프 왕의 도끼를 집어 던졌다.

은밀히 방주로 접근하고 있던 또 다른 레그리스 옥토퍼스 여섯 마리의 머리에 도끼가 퍼버벅 박혔다. 그냥 도끼를 던지는 것만으로 터뜨릴 수 있는 건 스퀴드 헤드 정도다. 위력이 부족했다. 그래서 로렌은 도끼에 새겨진 고대 각인을 발동시켰다.

즉사의 각인!

끼에에에에에엑!!

레그리스 옥토퍼스들은 끔찍한 비명을 지르며 즉사했다. 이 정도 괴물들을 단번에 죽이려면 각인의 힘을 많이 소모해야 하기에 어지간하면 아껴둘 선택지였지만, 지금은 상황이 워낙 혼란스러워 어쩔 수 없었다.

그새 샤를로테가 주문을 완성했고, 로렌은 서킷에 장전된 매직 미사일을 던졌다. 또 한 번의 연쇄 매직 미사일이 작렬했다. 매직 미사일에 기본적으로 부여된 유도 성능이 섬광 폭발의 범위 외곽에 있어 살아남은 스퀴드 슈터들의 목숨을 앗아갔다.

"계속 쏴, 샤를로테!"

이제 굳이 연쇄 효과를 노릴 필요도, 연사해서 화망을 형성해야 할 필요도 없어졌다. 자잘한 스퀴드 헤드들은 베르테르가 지휘하는 마법사 부대가 처리할 것이니.

레그리스 옥토퍼스 다섯 마리의 숨통도 드래곤들이 완전히 끊어놓았다. 목숨이 끊어져 더 이상 은폐 능력을 사용하지 못하게 된 레그리스 옥토퍼스의 시체들이 축 늘어진 채 공간을 유영하고 있었다.

"다 죽었어, 로렌!"

"이거 맛없어!!"

오하라가 칭찬을 바라는 듯 로렌의 눈치를 보았지만, 그녀보다 적들의 시체를 맛보다 그냥 살점을 토해내는 스칼렛의 모습이 인상적이었다.

"잘했다!"

드래곤들을 치하한 로렌은 호흡 한 번을 하고 다섯 개의 마력 서킷에 다시금 마력을 잔뜩 집어넣었다.

오중 융합 주문, 파멸의 낙일!

주문을 완성할 때까지 아군들은 잘 버텨주었고, 이번에야말로 마력으로 이뤄진 태양이 드릴 마운틴을 향해 날았다.

"각 함선의 기관사, 방어막 작동. 각 인원, 충격에 대비하라."

로렌의 지시를 받은 드워프 기관사들이 방어용 각인을 활성화시켰다. 다음 순간, 로렌에겐 익숙한 거대한 폭발이 우주 공간을 뒤흔들었다. 폭발은 저 너머에서나 일어났고, 방어 각인이 몇 개나 중첩되었음에도 방주도 그 여파 때문에 뒤흔들렸다.

거대한 폭발이 그 여파까지 사라진 후에나, 사람들은 로렌이 일으킨 이적의 결과를 목격할 수 있었다. 그냥 멀리서 보기에도 말도 안 되게 거대했던 드릴 마운틴이 우주 먼지가 되어 흩어지는 모습을.

이제까지도 몇 번이나 환호성을 질러온 그들이지만, 이번만큼 큰 환호성을 지른 일은 없었다. 그들의 환호성을 들으며, 로렌은 작은 한숨을 토해내었다.

"흐음."

매직 미사일과 성광 폭발을 연속으로 쏴댄 데다 낙일의 파멸을 한 번 취소하고 다시 형성시키느라 마력도 꽤 소모했고 서킷도 달아오른 상태였지만, 어쨌든 드릴 마운틴을 처치한다는 일단의 작전 목적은 달성되었다.

변수도 많았고 위험한 고비도 있었음에도 달성한 목표라 그런지, 그저 작은 첫 승리에 지나지 않았음에도 꽤 뿌듯함이 느껴졌다.

'아니, 이걸로 끝난 걸까?'

왠지 그럴 리가 없다는 생각이 들어, 로렌은 눈을 들었다. 몇 초후, 그의 입에서는 조금 전과는 정반대의 의미를 가진 한숨이 내쉬어졌다.

"하… 작정했군."

우주의 저 너머에 하얀 줄 하나가 보였다. 집중해서 주시하지 않으면 발견할 수 없을 정도로 얇은 선. 그러나 시간이 지남에 따라 그 선은 점점 두꺼워지고, 길어지고 있었다.

로렌은 그 선의 정체에 대해 알고 있었다.

"멜라니, 이리 와!!"

그렇기에 로렌은 벼락같이 외치며 방주에서 뛰어올랐다. 로렌의 부름에 멜라니가 재깍 돌아와 로렌을 등 위에 태웠다.

공력을 운용해 그녀에게 마심의 공력을 한껏 토해낸 후, 되돌아오는 타이밍에 맞춰 증폭시킨 로렌은 점점 더 커지고 있어 이제는 선이라 부르기도 민망해진 그것들을 노려보았다.

저건 선이 아니다. 면인 것도 아니다. 점들의 집단이다. 은하수가 셀 수 없이 많은 별들의 집단인 것처럼!

그리고 저 빛나는 점 하나하나가 모두 괴물의 투사체다. 투사체라곤 해도 총알이나 포탄 같은 것은 아닐뿐더러, 스퀴드 헤드 같은 것들도 아니다. 저 점 하나하나가 각각 모두 마왕급의 마물들이었다.

저것들이 한꺼번에 방주를 덮치면 어떻게 될까?

저렇게 많은 마물을 토해낼 수 있는 괴물은 로렌이 아는 한 하나뿐이다.

몬스터 캐리어(Monster Carrier).

그런데 저 마물의 양은 몬스터 캐리어 한 개체가 뿜어내기엔 너무 많았다.

'몬스터 캐리어도 대량생산한 모양이로군.'

이제 와서 놀랄 일은 아니었다. 충분히 예상이 가능한 범주에 속한 일이었다. 진짜 문제는 저 정도로 많은 마물의 양을 처리해 본 경험은 로렌마저도 아직 없다는 점이었다.

'드릴 마운틴은 이 일제사격의 성공률을 높이기 위한 미끼에 불과했군.'

효과적인 전술이었다. 실제로 로렌은 드릴 마운틴을 처리하느라 이미 파멸의 낙일 주문을 써버렸으니까. 그가 그저 대마법사일 뿐이었다면 이번 포격에 손 놓고 당해야 했으리라.

그런데 지금의 로렌은 대마법사인 것만은 아니었다. 그는 세계 최강의 기사이기도 했고, 그래서 이런 상황에 대한 해결책 또한 갖고 있었다.

"마심의 공력."

로렌은 멜라니와 함께 증폭시킨 마심의 공력을 주변 공역에 한 껏 토해낸 후 주문을 준비했다. 그동안 사용한 주문들과 파멸의 낙일 주문 때문에 한껏 달아오른 마력 서킷이지만, 아직 완전히 주 문 사용이 불가능할 정도는 아니었다.

그렇다고 파멸의 낙일을 다시 한 번 쏘아낼 정도로 여유가 있는 것은 아니었지만, 마심의 공력과 함께라면 목적에 걸맞은 위력을 발휘할 수 있을 터였다.

로렌은 무리를 해서라도 적의 예봉을 꺾어놓을 생각이었다. 아 니면 패배는 로렌의 것이 될 테니까.

처억.

서킷에 마력을 한껏 불어넣은 로렌은 이쪽을 향해 지금도 육박 해 오고 있는 '선'에 대고 손가락을 가리켰다.

"슬래셔 빔(Slasher Beam)."

주문이 완성되자 로렌이 가리킨 손가락 끝에서 한 줄기 광선이 뿜어져 나갔다.

면도날처럼 날카로운 예기(銳氣)를 품은 그 광선은 분명 강력했 지만, 그것만으로 적의 군세를 모조리 저지하는 건 불가능했다. 그 러나 흩뿌려진 마심의 공력을 통과하게 폭발적으로 증폭되고 산 란되어 말 그대로 빛의 속도로 날아가 '선'에 닿았다.

지이이이익.

로렌이 선을 따라 손가락을 움직이자, 선이 두 개로 갈라지기 시 작했다. 선을 이루고 있던 마물들이 빛이 닿은 곳마다 면도날로 잘려진 종이처럼 잘려 나가기에 그렇게 보이는 것이었다.

일견 간단해 보이는 마법이지만 마력 소모가 꽤 격렬한 주문이었다. 다섯 개의 서킷은 끊임없이 마력을 요구했고, 지금이라도 부서질 듯 달아올랐으나 로렌은 이를 꽉 깨물고 주문을 유지하며 손가락을 움직여 '선'을 토막 쳤다.

이윽고 적들은 로렌의 장거리 포격을 버티지 못하고 흩어지기 시작했다. 한데 모여 있다간 몰살당할 뿐이란 걸 뒤늦게나마 깨달은 것이리라.

그 시점에서 이미 적들은 집단으로서의 힘을 잃었다. 한데 뭉쳐서 날아오면 어지간한 주문으로는 저지력을 형성할 수 없지만, 흩어졌다면 작은 주문들로도 각개격파가 가능하다.

"됐어!"

로렌은 마력 광선을 뿜어내는 걸 멈추고 다시 방주 쪽으로 물러나며 외쳤다.

"베르테르, 마법사들 지휘해서 저 점들 다 요격해라."

로렌이 직접 하는 게 더 빨리 끝나기야 하겠지만, 너무 큰 주문을 많이 쓴 탓에 그는 마력 서킷을 좀 식혀둘 필요가 있었다.

저 마물들은 꽤 강해서 일반 마법사들이 일격에 요격할 수 있을 정도는 아니었으나, 로렌이 이미 뿌려놓은 마심의 공력으로 위력 증폭 효과를 얻는다면 불가능하지는 않으리라.

"쏴라!"

빠지지직! 쿠콰콰콰쾅!!

아니나 다를까, 아군 마법사들이 뿜어내는 전격 폭발이 기세 좋게 뻗어나가 마물들을 터뜨리기 시작했다.

"좋아, 잘하고 있어!"

로렌은 만족스러워하며 물러났다. 이 마물 포격을 별 피해 없이 막아낼 수 있다면 그것만으로도 이득이다. 총으로 쏘는 총알이 공짜가 아니듯, 지금 허공에서 불꽃놀이 터지듯 터지고 있는 마물들도 공짜가 아니니까.

지금 마물을 쏴대고 있는 저 괴물, 몬스터 캐리어는 드릴 마운틴만큼이나 거대하지만, 마물을 쏠 때마다 조금씩 크기가 줄어들고 그만큼 약해진다.

그래서 적당한 만큼만 마물을 포격한 후 거체를 이용해 돌진 공격을 감행하는 것이 몬스터 캐리어의 상투적인 공격 패턴이었지만 지금은 바로 돌진해 올 생각이 없어 보였다. 마물 포격이 너무 쉽게 저지당한 탓이리라.

몬스터 캐리어는 육안으로는 보이지 않는 먼 곳에 있기에, 로렌은 클레어보이언스를 사용해서 적진을 내다보았다. 마물들을 너무 많이 발사한 탓에 완전히 쪼그라든 몬스터 캐리어 부대가 뒤로 천천히 물러나고 있었다.

'퇴각하는 건가?'

놀라운 일이었다. 원래 멸세의 괴물들은 인류에 대한 증오와 살의에 미쳐서 절대 도망치지 않는다. 자폭이라도 해도 저주라도 흩뿌리려 노력하는 게 저것들의 생태라면 생태였다.

'하긴, 죽은 신들이 직접적으로 개입했다면 얼마든지 가능하지.'

이제까지 상대해 왔던 멸세의 괴물들은, 이를 테면 미리 명령어가 주입되어 있고 그대로 움직이기만 할 뿐인 기계와도 같았다면, 지금은 죽은 신들이 직접 움직임을 제어하고 있는 것 같은 양상을 보이고 있었다.

'이전까지의 정보는 다 잊는 게 좋겠군.'

바로 이전 상황에서도 레그리스 옥토퍼스를 처치했다고 주변 경계를 소홀히 하다 또 다른 레그리스 옥토퍼스에게 기습을 당한 기억이 아직 생생하다.

'그러니까……'

마물들을 한계까지 토해낸 몬스터 캐리어가 이제까지처럼 그대로 자연사할 거라고 넘겨짚는 것도 별로 현명한 판단은 아니리라.

'여기서 처치해야 해.'

마력과 정신력은 소모가 심했고, 영능이나 주술로는 적에게 제대로 된 피해를 입히기 힘들다. 라핀젤에게 회복을 부탁할 수는 있지만 세계 밖으로 나와 버린 이상 신력의 보충이 힘드니 아끼는 게 좋다.

'그렇다면!'

답은 각인기예였다!

로렌은 금강의 격과 천수의 격을 동시에 발동해 드워프 왕의 도끼들을 집어 뇌심의 공력을 잔뜩 불어넣고 라부아지에류 비검술을 실어 집어 던졌다.

빠지지직!

도끼들은 우주를 반쪽 내놓을 기세로 날아갔다. 육안으로는 보이지도 않을 정도로 멀리 날았으나, 로렌은 클레어보이언스로 지켜보고 있었다.

콰악. 퍼억!

그가 집어 던진 도끼가 몬스터 캐리어들의 대가리를 쪼개놓고 있는 광경을.

물론 그저 보고만 있던 건 아니었다. 괴물 하나를 쪼갠 도끼의 각인을 섬세히 조작해 그 궤도를 바꿔 다른 놈을 쪼개도록 만들었다. 도끼날을 더욱 예리하게 만들고, 무게를 늘리거나 줄여 파괴력을 극대화한 것은 덤이었다.

퍽, 퍽, 퍽, 퍽, 퍽!

그 작업을 원격으로 계속하고 있으려니 집중력이 달려 머리가 쪼개질 것 같았으나, 로렌은 이를 악물고 도끼를 마지막까지 조작해 냈다.

콰직!

"흐으윽!"

마지막 괴물의 대가리를 쪼갠 후, 신음성을 토해내며 도끼를 자신의 방향으로 되돌렸다.

처억.

임무를 완료하고 돌아오는 도끼들을 다시 받아 들며, 로렌은 짧은 숨을 내쉬었다.

몬스터 캐리어를 도끼만으로 처치할 수 있었던 건 다행이었다. 열두 드워프 왕의 도끼가 훌륭한 무기인 덕도 봤지만, 그 이전에 몬스터 캐리어가 너무 많은 마물을 발사한 바람에 연약해진 게 결정적이었다.

'이걸로 끝인가?'

아무리 기다려도 적의 증원은 도착하지 않았고, 아무래도 이번 전투는 이것으로 끝인 것 같았다.

그런데 그냥 끝이라고 생각하기엔 영 뒤통수가 근질거렸다.

오늘 처치한 괴물들은 적 전력의 10%도 채 되지 않는다. 아니,

5%는 될까? 죽은 신들 입장에서 전력을 다했다고는 볼 수 없는 군세였다. 그렇다고 마구 희생시켜도 될 정도로 가벼운 전력은 또 아니었다.

로렌의 고정관념을 이용한 레그리스 옥토퍼스 무리의 기습은 꽤 효과적이었고, 드릴 마운틴을 미끼로 내주고 몬스터 캐리어로 마물 포격을 감행한 건 비록 큰 효과는 없었으나 전술적으로 이치에 맞았다.

'하지만 이 정도론 부족하지.'

만약 적들이 정말로 이기고 싶었으면 이번에 총력전을 걸어야 했다. 죽은 신들이 직접 나서거나, 그것도 아니면 괴물들을 더 많이, 잔뜩 투입하거나 해야 했다.

그럴 게 아니면 로렌의 고정관념을 그냥 내버려 두는 것이 맞았다. 이 약점은 나중에 더 통렬하게 찌를 수 있었을 터였다.

그런데 적들이 취한 움직임은 둘 다 아니었다.

[슬레인, 인류 의회 쪽에 다른 보고는 없어?]

[다른 보고 사항? 어떤?]

[행성 반대편에 적들이 침입하고 있다던가, 뭐 그런 거.]

[잠시만.]

잠시만, 이라고 말하는 걸 보니 양동작전은 아니었던 것 같다. 인류 의회도 꽤나 빈틈이 많은 집단이긴 하지만, 이런 비상시국에까지 설렁설렁 일을 처리할 정도로 망가진 집단은 아니었으니까.

'무슨 생각이지.'

적들이 멍청하다고 생각하지는 않는다. 저들이 멍청했다면, 그 멍청한 놈들을 상대로 이제껏 승리를 차지하지 못한 로렌은 어떻게 되는가.

게다가 이번 전투에서는 로렌조차도 예상하지 못한 변수들이 많이 등장했고, 그 모든 변수가 적들도 '회차'를 거듭하고 있다는 또 하나의 정황 증거이기도 했다.

아무리 적들이 멍청하더라도 몇 번이고 같은 짓을 반복하다 보면 똑같은 실수까지 반복하지는 않을 것이다.

'이건 포석이야.'

로렌은 결론을 내렸다. 이번 승리는 적들에 의해 '주어진' 것이라고 말이다. 의도당한 승리다. 이 승리를 로렌에게 줌으로써, 적들은 다음 작전으로 이어지는 어떤 포석을 손에 넣었으리라.

'그다음 작전이란 게 뭔지는 생각을 좀 해봐야 할 것 같군.'

가장 가능성이 높은 경우의 수로 들 수 있는 건 이 승리 자체가 함정일 경우다.

위험한 상황을 몇 번 넘기기는 했지만, 로렌군이 피해 없이 승리를 거두었다는 것은 변하지 않는다. 죽은 신들 또한 회귀를 할 줄 안다는 것을 염두에 두자면, 적들 또한 로렌 군이 이 정도 군세를 상대로 피해 없이 승리할 수 있으리란 것 정도는 알고 있을 가능성이 컸다.

'게다가 몬스터 캐리어들이 후퇴를 선택했지.'

인류에 대한 무한한 증오에 휩싸여 있는 멸세의 괴물들이 후퇴를 했다는 건 꽤나 중요한 변수였다. 그 후퇴 방향은 적들의 본거지 방향일 터였다.

'우릴 본거지로 끌어들이려고 한 의도는 명백해. 하지만 이건 너무 훤히 보이는 수작인데.'

허허실실. 어쩌면 너무 빤히 보이는 이 계략을 보고 오히려 몸을 사릴 것이라 예측하고, 정작 본대는 다른 곳으로 보냈을 가능성도 있었다.

'그 다른 곳이란 지구겠지.'

적들의 정체는 죽은 신들이고, 그것들이 인류의 영혼을 파먹을수록 강해진다는 건 로렌도 세계에게서 들어 알고 있다. 로렌이 적들의 본거지로 진출하더라도 멸세의 괴물들의 지구 침략을 못 막으면 결국 강해진 죽은 신들을 쓰러뜨리지 못해 패배할 것이다.

이 경우의 수라면 오히려 최대한 빨리 적들의 본거지를 습격해서 죽은 신들을 모조리 소멸시켜 버려야 한다. 지구 인류가 다 희생당하기 전에 먼저!

'젠장.'

선택을 잘못하면 모든 게 다 어그러지는데, 어느 쪽이 정답인지 알 수가 없다.

회귀자의 특권을 써서 일단은 대담하게 아무 쪽이나 하나 선택하고 실패하면 다른 선택지를 고르는 것도 가능이야 하겠지만, 문제는 적들도 똑같이 할 수 있다는 점이다.

게다가 로렌은 신이 되었다 인간으로 돌아오는 바람에 절대 수명이 많이 깎여 회귀를 자주 할 수도 없다.

'너무 승률이 낮은 도박인데.'

어쨌든 결정하려면 지금 당장 해야 했다. 눈을 질끈 감은 로렌은 다시 눈을 떴다.

'방법이 하나 생각났어.'

회심의 미소를 지을 만한 방법은 아니었으나, 어쨌든 지금 상황에서 가장 성공 가능성이 높은 방법인 것에는 변함이 없었다.

　로렌은 휘하의 부하들에게 적당히 승리를 치하하고, 군세를 다시 되돌렸다.

　부하들은 세계 멸망의 위기에서 벗어났다고 순수하게 기뻐하고 있었고, 로렌은 그런 부하들의 착각을 굳이 수정해 주지는 않았다. 일단 당장의 위기에서 벗어난 건 사실이었으니까.

　고민을 하는 건 지휘관의 의무이자 책임이었다.

81장
반전

―미래는 너만 볼 수 있는 게 아니다, 애송이.

나무에 거꾸로 매달린 채 흔들리고 있던, 혀를 쭉 뺀 외눈의 노인이 말했다. 그의 이름은 오딘. 지구에서 신 노릇을 했던 존재 중 하나이다. 그러나 그는 죽었고, 지금은 죽은 신들을 위해 마련된 검고 어두운 우주의 한 귀퉁이에 매달려 있을 따름이었다.

―그래, 이 미래를 피하고자 나는 노력했지만 실패했지.

오딘은 자학적으로 말했다.

―그리고 찾아올 미래를 바꾸기 위해서도 계속해서 노력했지만, 그것도 몇 번 실패했던 모양이더군.

오딘이 볼 수 있는 건 미래뿐이다. 경험해 본 적 없는 과거를 볼 방법은 없었다. 아니, 시간 순대로 나열하자면 그건 과거라 할 수 없겠지만, 그런 사소한 용어 정의 따위는 아무래도 상관없었다.

정말 중요한 건 이대로 그냥 두면 실패가 보장되어 있다는 것이었다.

그리고 그 실패의 뒤에는 지금과 같은 몰락조차도 예비되어 있지 않다.

패퇴의 끝은 없다. 죽음뿐이다.

미래를 보는 오딘의 외눈에는 그래서 아무것도 보이지 않았다. 그것은 그가 가장 두려워하던 결과였다. 그렇기에 멘르바 같은 잡신과 교류할 마음도 먹게 되었다.

'멘르바, 이름도 없는 신.'

오딘은 멘르바가 어디서 굴러먹던, 어떤 기원을 지닌 신이었는지도 모른다. 그저 이 우주 변방의 압력을 버티지 못해 비틀리고 뒤틀려 버린 존재라는 것만 안다.

그런 멘르바와 교류하게 된 건 그녀가 특별한 능력을 가지고 있기 때문이다. 오딘과 달리 멘르바는 '앞으로 찾아올 과거'에 대해 안다. 살아 있을 때 그런 능력을 가지진 못했지만, 비틀리고 뒤틀리는 새 새로운 능력을 깨닫게 되었다고 들었다.

그녀는 죽은 신들의 최후를 이미 몇 번이고 경험했다.

적어도 서른 번. 그 경험을 통해 그녀는 앞으로 이 신들의 유형지에 찾아올 파멸의 존재에 대해 누구보다도 잘 알았다.

그녀는 이미 자신이 오딘과 여러 번 연합을 맺었고, 함께 실패했음을 말한 적이 있었다. 그 이야기를 들은 오딘은 매우 불쾌했지만, 미래를 보는 외눈이 그녀가 사실을 말했음을 알려주고 있었다.

―그러나 이번만은 다를 것이다.

오딘은 멘르바에게서 자신이 무엇을 실행했고 어떤 식으로 실패했는지 모조리 들었다. 그렇기에 실패를 반복할 필요가 없었다. 이미 몇 번의 실패로 반쯤 정신이 나간 멘르바와 달리, 오딘에게는 아직 일을 진행할 만한 의욕이 나가 있었다.

─로키.

로키, 그는 오딘의 양자이자 원수였다. 그로 인해 신으로서의 파멸을 맞이해야 했던 오딘은 당연하게도 그를 매우 싫어했으나, 지금 같은 때에 그보다 더 쓸모 있을 이는 없었다.

오딘은 미래를 볼 수 있었으나 로키와 직접적으로 관련된 미래만은 볼 수 없었으며, 결국 그가 라그나뢰크를 초래했다.

지금도 오딘은 로키의 미래를 볼 수 없다. 그렇다는 말은 곧 로키의 존재 그 자체가 정해진 파멸의 미래를 비껴갈 결정적인 변수가 된다는 의미이기도 했다.

─지구를 침공하라. 신들의 시대를 끝낸 네 괴물들이라면 능히 가능하겠지.

로키는 요염하게 웃었다. 그 또한 이 어둠의 끝에서 비틀리고 망가졌으나, 요사스러운 아름다움만큼은 그대로였다.

─명을 받들겠나이다.

로키가 오딘에게서 그 명령을 받은 건 로렌의 세계 시간 축 기준으로 한 달 전의 일이었다.

*　　　　　*　　　　　*

로렌이 떠올린 방법이란 게 별건 아니었다. 하지만 그 밖에 할 수 있는 일이기도 했다.

"…아무것도 보이지 않는군."

로렌은 지금 홀로 대양에 나와 있었다. 이 대양의 건너편에 바로 세계의 방벽이 존재한다. 인류 의회가 설치한, 죽은 신들로부터 이 세계를 지키기 위한 방벽.

그 방벽이 보이는 곳에서 로렌은 명률법으로 자신의 몸을 드래곤으로 변신시킨 채 로렌 신을 강신시켜서 미래시를 사용했다.

로렌밖에 할 수 없는 일이란 바로 이것이었다. 굳이 군세를 돌려 방벽 안으로 돌아온 이유도 미래시를 사용하기 위해서였다.

미래시는 로렌 신의 힘을 사용한다. 그리고 로렌 신은 이 세계의 기록에만 남아 있는 존재고. 그러므로 당연히 미래시는 이 세계에서만 사용할 수 있고, 미래시로 볼 수 있는 것도 이 세계의 일로 한정된다.

"으음……."

하지만 미래시로 봐도 미래에는 별다른 일이 일어나지 않았다.

'이 세계에 아무 일도 안 일어난다는 건…….'

로렌은 마른침을 삼켰다.

'이 세계에의 공격은 성동격서에 불과하고, 놈들의 진짜 목적은 지구일 가능성이 크지.'

아직은 가능성에 불과한 이야기다. 다른 경우의 수도 물론 존재한다.

그러나 로렌은 자신의 가설이 어떻게 증명될지 알고 있었다.

'잠깐만 기다리면 돼.'

미래시를 거둔 로렌은 드드득 소릴 내며 꼬리 부분의 비늘이 갈라져 부서지는 광경을 눈을 찌푸리며 보았다. 미래시도 공짜가 아니다.

"너무 자주 사용하면 안 되겠군."

로렌은 피식 한 번 웃고 날개를 퍼덕였다. 모든 걸 확실히 하기 위해서는 브뤼델로 돌아가야 했다. 브뤼델이 아니더라도, 적어도 연락을 받을 수 있는 곳에 있어야 했다.

*　　　　　*　　　　　*

로렌이 미래시를 사용한 날로부터 사흘 후.

인류 의회의 여당 대표인 예카테리나가 로렌에게 독대를 청했다.

요즘에는 로렌과 인류 의회가 할 이야기가 있으면 모조리 슬레인을 통했기에, 꽤 이례적인 일이라 할 수 있었다.

슬레인에게서 그 요청을 전해 듣자마자, 로렌은 곧장 루시아 대공령으로 향했다.

"로렌 님."

루시아 대공에게 강림한 예카테리나에게서는 그녀 특유의 부드럽고 다소 유쾌한 분위기를 찾아볼 수는 없었다. 결연한 의지와 숨길 수 없는 피로함만이 그녀의 아름다운 얼굴을 짙게 그늘지게 하고 있을 뿐이었다.

"적들의 첫 공세를 성공적으로 막아내고 개선한 당신에게 드릴 요청은 아닙니다만, 부디 부탁드립니다."

예카테리나는 그 자리에 꿇어앉았다. 그리고 바닥에 이마를 박으며 말했다.

"구해주십시오."

그런 그녀의 언행에 로렌은 미간을 찌푸렸다.

"역시 적들은 땅구슬로 향한 거로군요."

땅구슬. 한국어로는 지구.

입맛이 썼다. 예상 가능 한 범위 내라고는 하나, 그중에서 최악의 경우가 터졌다.

역시 로렌의 세계로 침략해 온 멸세의 괴물들은 미끼에 불과했다.

성동격서. 동쪽을 소란스럽게 하고 서쪽을 친다. 이 오래된 사자성어에 맞춰 설명하자면, 로렌의 세계가 동쪽이고 지구가 서쪽인 셈이 된다.

로렌의 말에 예카테리나는 화들짝 놀라 고개를 들었다. 그녀의 이마에서는 피가 흐르고 있었으나, 그런 것 따윈 신경 쓸 것도 못 되는 듯했다.

"어, 어떻게!"

"예카테리나가 제게 밝힌 적이 있잖아요. 땅구슬 출신이라고."

로렌은 그리 유쾌하지 않은 듯, 찌푸린 미간을 펴려고 하지도 않으며 말했다.

"그리고 최고 의원인 당신이 제게 이렇게 무릎을 꿇을 정도의 일이라면 경우의 수가 그리 많지 않죠."

"…그렇군요."

예카테리나는 납득한 듯 놀라움을 진정시켰다.

"제게 땅구슬로 환생하라고 권고한 건 이걸 예상했기 때문이로군요."

"그렇습니다. 면목 없습니다만."

로렌 하트가 죽은 후 지구에서 김진우로서 환생한 건 우연이 아니다.

예카테리나는 모종의 방법으로 지구가 적들의 목표가 될 수도 있음을 미리 알았고, 그래서 유능한 인재를 지구로 보내려 노력했다.

비록 환생으로 인해 기억은 초기화된다고 하더라도 축복은 남는다. 로렌처럼 말이다. 김진우의 경우에는 기억마저 되살아났지만, 그런 케이스는 흔치 않을 것이다. 어쨌든 김진우든 로렌이든, 지구를 위한 '전력'이 될 것은 확실했다. 실제로 김진우는 지구의 마지막 보루로써 기능했다.

'그러고 보니.'

애초에 1년 전의 그날, 예카테리나가 적들의 공격이 있을 가능성이 높다는 로렌의 조언을 너무 쉽게 받아들인 것도 수상하긴 했다.

당시만 해도 처음 이 세계의 멸망을 겪는 바람에 로렌도 제정신이 아니었고, 그래서 그냥 넘어가긴 했지만 다시 생각해 보면 예카테리나의 반응은 분명 이상했다.

아무리 텔레파시로 멸망 이후의 심상을 전달받았다곤 하지만, 세계가 멸망한다는 충격적인 이야기를 그렇게 쉽게 받아들일 수 있을 리 없지 않은가? 당시의 예카테리나도 놀라긴 했지만, 너무 쉽게 로렌의 경고를 받아들였다.

그러니 인류 의회, 적어도 예카테리나를 비롯한 의회의 고위 공직자들은 적의 정체까지는 몰랐을지 모르지만, 외부의 적이 존재하고 그 적이 로렌의 세계나 지구를 침략할 가능성에 대해서는 염두에 두었을 가능성이 높았다.

이 가설이 정답이라면 예카테리나가 로렌의 '예언'에 그토록 경악한 건 적들의 목표가 지구가 아닌 이 세계라는 점 때문일 테고 말이다.

"저는 땅구슬 측에 연줄이 닿아 있습니다. 땅구슬 쪽에는 오라클이라는 미래 예지 기구가 존재하고요. 애초에 오라클에의 접속이 가능하기에 제가 땅구슬 출신 당파의 대표가 될 수 있었던 겁니다만."

로렌의 의심을 느낀 건지, 예카테리나는 곧장 자신의 비밀에 대해 밝혔다.

"이 세계가 아닌 다른 세계의 미래를 볼 수 있다는 건 일견 아무 쓸모도 없어 보이지만, 사실 그렇지가 않습니다. 땅구슬의 인류도 이 세계의 인류와 비슷한 면이 있고, 그렇기에 땅구슬에서 인간에 의해 일어난 일은 이 세계에서도 일어날 가능성이 높거든요."

말하자면 일종의 시뮬레이션이 가능하다는 소리였다. 김진우로서 시뮬레이션 게임을 건드려 본 로렌은 당연히 예카테리나가 어떤 식으로 그 미래 정보를 활용했는지 금방 알아챘다.

용의 연대에는 화약 무기도 곧잘 쓰였지만, 지금의 이 세계 인류는 아직 냉병기 시대에 머물러 있다. 물론 그건 화약의 천연연료가 모두 소진되었다는 이유도 있었겠지만, 인류 의회가 모종의 수를 써서 개입한 결과였을 가능성도 생겼다.

아니면 몇천 년 동안이나 화학비료가 개발되지 않았던 이유가 설명되지 않으니까.

"인류 의회가 인류의 역사에 관여해 왔다는 건 아실 테니, 제게만 있는 이 정보가 얼마나 가치 있는 것인지도 로렌 님이라면 바로 알아차리실 거라 믿습니다."

로렌은 고개를 끄덕였다.

두 번에 걸친 큰 세계대전과 핵무기 개발, 냉전. 고작 100년 사이에 지구 인류는 스스로의 손으로 자신들을 멸망시킬 수단을 손에 넣었다.

다행히 냉전기에 지구 문명이 멸망하진 않았지만, 그조차도 우연의 일치일 뿐이다. 실제로 기록을 뒤져보면 전지구적 핵전쟁의 위기가 몇 번씩 지나갔다는 걸 알 수 있다.

인류 의회는 그 미래를 사전에 회피했다. 비록 기술 수준을 억지로 낮춰 달성한 것이긴 했지만, 그 덕에 수천 년의 시간을 벌었다.

이런 인류 의회의 조치에 대해, 로렌은 잘못되었다고 생각은 하나 그 생각을 입에 올리지는 않았다. 말해봐야 아무 의미도 없는 일이기도 했고.

그야 그렇다. 지구 인류는 핵을 갖고도 멸세의 괴물들로 인한 파멸로부터 달아나지 못했다. 약간의 시간을 벌어들여 종말을 유예한 것이 고작이었다.

이 세계의 기술 수준을 제약하지 않았더라면? 그런 만약의 이야기를 입에 올리는 건 시간 낭비였다.

인류 의회의 오만함을 비판하기엔 시간이 아까웠다.

"이야기가 너무 샜군요."

로렌은 이야기를 다시 본론으로 되돌렸다. 예카테리나는 느릿하게 고개를 끄덕였다.

"…이 세계 출신인 로렌 님께 땅구슬 같은 다른 세계를 지켜달라고 하는 건 참 염치없는 일입니다만……."

간신히 망설임을 끊어낸 건지, 침묵을 깬 예카테리나는 진땀을 흘리며 말했다.

"땅구슬의 방어는 이 세계에 있어서도 의미가 있는 일입니다."

그런 예카테리나의 말을 끊고, 로렌이 말했다.

"적들이 땅구슬을 차지하고 나면 거길 거점으로 삼고 세력을 늘릴 테니까요. 그렇게 되면 더 강해진 적들이 이 세계로 쳐들어오게 될 겁니다."

"…그렇겠죠."

애초에 죽은 신들의 계획은 그 반대였을 것이다. 이 세계를 집어삼킨 후 힘의 원천으로 삼아, 다시 힘을 모아 지구마저 치는 것이 그들이 예정해 놓은 미래였으리라. 그러나 그 미래는 로렌으로 인해 틀어졌다.

아니, '원래 계획'을 따지자면 죽은 신들은 지구를 먼저 치고 그 다음 이 세계를 노렸을 것이다. 로렌의 후생(後生), 지구인 김진우가 보고 겪은 지구의 대멸망이 바로 그것이었을 테고.

그런 의미에서는 적들의 계획이 360도로 회전해 원래대로 돌아왔다고도 할 수 있었다.

'그렇지는 않지.'

그러나 로렌은 곧 고개를 저었다. 360도 돌아가기 전의 원래 계획은 지금이 아닌 수백 년 후에나 일어날 일이다. 로어 엘프인 로렌 하트가 늙어서 죽고 환생하여 지구인 김진우로 태어난 후의 일이니 말이다.

멸망의 때를 이렇게까지 앞당긴 원인은 오직 하나, 로렌의 존재였다.

'하지만 이게 나쁜 일인 것만은 아니야.'

덮어놓고 긍정적으로 생각하는 게 아니다. 로렌이 아무것도 대비하지 않았을 때 적들은 수백 년 후에 쳐들어왔다. 왜 굳이 수백 년을 기다렸겠는가? 이 의문에 대한 가장 타당한 대답은 다음과 같다.

로렌에게 강해지기 위한 준비 기간이 필요했듯, 적들에게도 힘을 충분히 쌓을 시간이 필요했을 테니까.

그런데 이번에 죽은 신들은 그 수백 년의 준비 기간을 생략하고 바로 침공에 나섰다.

'준비 부족이 있을 수밖에 없지.'

로렌의 눈이 날카롭게 빛났다.

"알겠습니다. 땅구슬을 지키는 데 힘을 보태도록 하죠."

"그, 그럼!"

예카테리나의 얼굴빛이 확 폈다. 로렌은 그런 그녀에게 찬물을 끼얹었다.

"하지만 그게 지금은 아닙니다."

로렌의 대답에 예카테리나의 낯빛이 다시 어두워졌다.

"…땅구슬은 앞으로 일주일을 버티지 못합니다. 인류 의회는 이미 땅구슬은 버리고 이 세계만을 지키기로 결의했습니다. 지금 당장 출발해도 멸망을 막을 수 있을지 어떨지……!"

그녀의 절망적인 눈빛을 태연히 받으며, 로렌은 고개를 저었다.

"아뇨, 그런 의미가 아닙니다."

로렌의 마력 서킷에 마력이 차오르기 시작했다. 신력이 그의 몸 주변에 아우라처럼 일렁거렸다. 마심의 공력이 주변에 퍼져 예카테리나에게 기이한 압박감을 주었다. 그나마 정신파는 보이지 않아 그녀 본인에게는 다행한 일일지도 모르겠다.

"저는 지금이 아니라, 한 달 전에 지구를 구하겠습니다."

로렌의 갑작스러운 선언에 예카테리나가 입에 의문의 말을 올리려는 그 순간.

마법이 발동했다.

*　　　　　*　　　　　*

로렌이 새로이 발현한 마법은 이미 마법의 영역을 뛰어넘은 성질의 것이었다. 그것은 더 이상 시간 파괴 주문도 아닐뿐더러, 회귀 주문은 더더욱 아니었다.

마심의 공력을 이용해 마법을 증폭시키는 방법에 대해 깨달은 로렌은 그가 가진 다른 능력들과 마법을 연계시키면 더욱 뛰어난 효과를 발휘할 수도 있겠다는 결론에 도달했다.

가장 먼저 떠오른 것이 로렌 신의 신력이었다.

이미 존재하지 않는 신이 된 로렌이지만, 엘리시온이나 멘르바, 아무르다드와 마찬가지로 로렌 신의 호흡도 이 세계에 남아 있었다. 못 쓸 이유가 없었다. 이제까지도 미래시를 사용해 왔던 적이 있다.

시간과 공간의 신인 로렌의 힘. 이 신의 신력을 마법과 조합한다. 그렇다면 조합할 마법은 시간의 흐름을 거스르는 주문들을 떠올릴 수밖에 없었다.

시간 파괴 주문, 그리고 회귀 주문, 마지막으로 전생 회귀 주문.

시간 파괴 주문과 회귀 주문의 가장 큰 차이는 기억을 갖고 시간을 거슬러 올라가느냐 마느냐의 차이였다. 그리고 회귀 주문은 시간을 파괴하는 동안 기억을 계속해서 회복시킴으로써 기억을 지닌 채 과거로 되돌아가는 것과 같은 효과를 낸다.

대마법사인 로렌으로서는 다소 인정하기 힘드나, 기억과 정보를 다루는 데는 마법보다는 정신 능력 쪽이 훨씬 효과적이다. 그렇기에 로렌은 마력 서킷을 희생시켜 가면서 마법으로 기억을 회복시키는 대신, 정신 능력으로 이걸 어떻게 대신할 수 없을까 생각했다.

더불어 영능 중 하나인 영혼 창고. 물건을 영계에 보관할 수 있고, 좌표와 열쇠만 있다면 어디에 있든 상관없이 보관해 둔 물건을 꺼낼 수 있는 능력. 공간을 무시할 수 있다면, 시간 또한 무시할 수 있지 않을까?

요 1년간, 로렌은 이 새롭고 흥미로운 과제를 탐구하는 데 시간을 보냈다.

설령 이 과제의 탐구에 실패하더라도 이를 탐구함으로써 얻을 배움과 그 배움에서 추출해 낼 마력의 양도 막대할 터였기에 과감히 도전할 수 있었다. 이미 로렌의 여러 능력들이 한계에 부딪혀 개인 수련으로 큰 성장을 도모하기 힘들다는 점도 한몫했다.

그리고 로렌은 성공적으로 결과물을 얻어냈다.

마법으로 시간을 파괴하는 대신 작은 균열을 내고, 그 균열을 통해 정보를 송출하는 기술을 완성시킨 것이다.

비록 시간과 공간의 신 로렌이 탄생한 시점 이전으로는 정보를 송출할 수 없고 송출할 수 있는 정보량이 한정되어 있는 주제에 사용에 막대한 마력과 신력을 소모하기에 여러 번 사용할 수 없다는 단점은 있었지만, 시간 파괴 주문보다 페널티를 적게 떠안으면서 미래시보다도 확실한 결과물을 얻을 수 있다는 장점이 있었다.

그 결과.

로렌은 죽은 신들이 지구와 이 세계에 성동격서의 계책을 펼치기 한 달 전으로 돌아올 수 있게 되었다.

모든 정보를 가진 채로 말이다.

*　　　　　*　　　　　*

그로부터 한 달 전.

"…그렇게 될 예정이로군."

미래의 자신에게서 텔레파시를 받은 로렌은 눈을 떴다.

이미 정보 송출 기술을 완성시킨 시점 이후인지라, 왜 미래에서 자신을 향해 텔레파시가 날아왔는지는 바로 알아챌 수 있었다.

로렌은 바로 책상에 앉아 새로 얻은 정보와 자료를 정리하기 시작했다. 텔레파시인 채로 남겨둬도 상관은 없었으나, 종이에 한 번씩 옮겨 적자 생각이 더욱 명료해졌다.

드르르륵.

로렌은 책상에서 일어났다.

계획의 수정은 모두 이루어졌다. 앞으로 무엇을 어떻게 해야 하는지 가늠을 잡았으니, 이제는 그것을 행동으로 옮기는 것만이 남았다.

슬레인에게서 적의 침략을 전달받기까지 한 달의 시간이 남아 있으나, 이 한 달의 시간도 여유롭다고만은 볼 수 없었다. 해야 할 일은 잔뜩 쌓여 있었고, 지금 당장 움직여야 했다.

[귀네비어!]

로렌은 텔레파시 정보망을 구성하는 페이 퀸을 리콜 능력으로 불러들였다.

"그래요, 나의 로렌, 나의 왕. 제가 무엇을 하면 되죠?"

리콜에 응해 나타난 귀네비어는 고혹적인 미소를 지으며 말했다.

할 일은 정해져 있었다.

*　　　　*　　　　*

정보를 이어받기 전에 비해 여유 시간이 상대적으로 많았기 때문에, 로렌은 브뤼델에서 떠나 있던 동료들도 출진 전에 불러들여 올 수 있게 되었다.

그중 대표적인 인물이 바로 고대 고블린 이가카가였다.

인류 의회로부터 신탁을 받아 다르키아 산맥의 고블린들을 소탕하고 있던 그는 동행하고 있던 페이에게서 귀네비어로부터의 연락을 받고 즉시 귀환했다.

귀네비어 덕에 좌표는 알고 있었고, 로렌도 텔레포트로 마중을 나갔기 때문에 시간이 많이 걸리지는 않았다. 이가카가를 비롯한 고블린들은 로렌의 리콜을 받아 나타났다.

"여어! 동족들을 몰살시킨 것치고는 표정이 좋아 보이는군."

로렌은 다소 짓궂게 이가카가를 맞이했다.

"너무 그렇게 말하지 말게. 인간도 같은 인간을 도적 토벌이랍시고 몰살시키거나 하지 않나? 내가 했던 일들은 그것과 그리 다르지 않네."

듣고 보니 맞는 말이었다. 당연히 로렌도 같은 인간들을 죽인 경험이 있기에 이가카가의 일침에서 자유로울 수는 없었다. 로렌이 고개를 끄덕이자 이가카가는 흥이 돋은 듯 계속해서 말했다.

"그리고 실제로 내가 죽인 것들은 모두 약탈이나 강도에 몸담은 범죄자들이야. 효율성을 무시해서 미안하지만, 그것들이 사는 마을까지 습격하지는 않았네."

암컷과 어린 새끼들까지 몰살시키라고 한 적은 없다. 그러한 학살 행위는 나중을 바라보자면 오히려 인류에게 독이 될 행위다. 정확히는 인류가 아니라 인류 의회겠지만.

고블린들의 뛰어난 번식 능력은 인류 의회를 비롯한 인류의 사후 세계를 풍요롭게 만드는 데 일조하고 있었다.

당장 적들이 쳐들어오기 전에 결계로 막아낸 것도 죽은 이들의 힘을 빌렸기에 가능한 일이었다. 지금 시점에서는 미래의 일이지만 말이다.

이가카가의 판단은 정답에 가까웠기에, 로렌은 기껍게 고개를 끄덕이며 말했다.

"뭐, 그 이상으로 효율을 올리라고 말한 적은 없네. 그저 자네들이 쓸 만한 전력이 되어 있기만 하면 되니."

"으음……."

그 소릴 들은 이가카가는 신음성을 흘리며 입을 다물어 버렸다. 정확히는 '쓸 만한 전력'을 말했을 때 표정이 살짝 구겨졌다. 그걸 알아채지 못할 로렌은 아니었다.

"왜 그러지? 어떤 축복을 받았기에 그러나?"

로렌의 날카로운 질문에 이가카가는 이번에는 표정이 구겨지는 것을 숨기지 못했다.

"그, 자네도 축복에 대해 잘 알고 있을 거라고 생각하지만……. 기본적으로 축복이라는 게 우리가 강하게 원하는 걸 받게 되지 않나?"

"그렇지."

말하기 어려운 듯 쓸데없이 말을 돌리고 있으나, 로렌은 잠자코 고개를 끄덕여 주었다.

"그리고 우리가 축복을 받은 건 전투 중이었다네."

"그렇겠군."

"그래서……."

대답을 한창 망설이던 이가카가는 로렌의 시선에 버티지 못하고 될 대로 되라 싶었는지 큰 목소리로 말했다.

"무한 탄창일세!"

"무한 탄창?"

"전투 중에 탄이 자꾸 떨어지는 게 귀찮더군. 그래서……. 미안하군. 자네 뜻대로 대단한 전력이 되진 못할 것 같아."

말하고 난 이가카가의 얼굴이 벌겠다. 미안한 듯 로렌의 시선을 자꾸 피했지만, 로렌은 그 자리에서 벌떡 일어나서 이가카가의 등을 펑펑 두들겨 주었다.

"로, 로렌?"

로렌의 갑작스러운, 예상치 못한 행동에 이가카가는 당황한 듯했지만, 로렌의 얼굴은 이가카가와는 정반대의 의미로 벌겋게 물들어 있었다.

"최고야! 잘했어!!"

흥분으로 말이다.

"무한 탄창이란 말이지? 흐하하하핫!!"

이가카카를 고블린 토벌에 보낸 건 이번이 처음이 아니다. 다른 때, 그러니까 2년 만에 고블린들을 불러들였을 때는 다른 축복을 받아 왔었다.

무한 탄창이라는 축복을 받아온 건 이번이 처음이었다.

'이런 변수가 만들어지다니!'

이건 로렌의 추측이지만, 당시에는 무한 탄창을 그리 좋은 축복이라고 느끼지 못했던 고블린들이 무한 탄창의 축복을 반환해서 다른 축복과 합쳐 더 좋은 축복을 골랐던 것이리라.

당장 이가카카의 태도만 봐도 그는 무한 탄창이라는 축복을 별로라고 생각하는 듯했다.

하지만 로렌의 생각은 전혀 달랐다.

"딱 한 발. 딱 한 발만 있으면 되지? 그럼 무한 탄창으로 무제한으로 쏠 수 있으니까."

"어, 어."

아무리 창조의 격으로 물건을 찍어내듯 생산할 수 있다지만, 복잡하고 좋은 물건일수록 많은 각인의 힘을 필요로 한다. 그것도 공력으로 전환시키지 않은 순수한 각인의 힘을 말이다. 그렇기에 창조의 격으로 만들 수 있는 물건의 질과 양, 가치에는 한계가 있다.

그래서 고블린들이 쏠 탄환을 만드는 것도 일이었다. 실전에서 쓸 수 있을 정도로 대량생산하려면 탄환의 품질과 위력도 어느 정도 수준에서 타협할 수밖에 없었다.

하지만 무한 탄창이 있다면?

"최고의 탄환을 만들어주지."

단 한 발만 있으면 된다. 물론 그린 고블린 스쿼드 전원에게 돌아갈 분량은 필요하겠지만, 한 사람당 한 발만 나눠주면 무한 탄창으로 무제한 발사가 가능하다.

아무래도 1년 만에 급히 되돌아오게 만든 게 좋은 변수가 된 것 같았다.

*　　　　*　　　　*

그리고 그 결과.

"핫하하하하하!!"

로렌 부대는 원래대로라면 로렌의 세계에 구멍을 뚫기 위해, 혹은 지구를 침략할 본대로부터 로렌의 시선을 돌리기 위해 로렌의 세계 쪽으로 파병된 괴물 부대와 조우했다.

미처 로렌의 세계에 당도하기도 전의 일이었다. 당연히 미래를 아는 로렌이 미리 출병해서 잠복해 있었기에 가능한 일이었다.

그리고 방금 전의 미친 것 같은 웃음소리의 주인은 이가카카를 비롯한 그린 고블린 스쿼드였다. 그도 그럴 만했다.

드르르르르륵!

고블린들의 손에 들린 개틀링은 엄청난 속도로 회전하며 탄환을 뿜어내고 있었다.

원래대로라면 처리하는 데 꽤 골치를 썩일 몬스터 캐리어의 마물 탄환들이 그 탄환과 맞부딪혀 차원 전역에 거대한 폭발을 일으켜 소멸, 그뿐만 아니라 유폭으로 인해 몬스터 캐리어마저 집어삼키고 있었다.

이게 다 로렌이 야심만만하게 각인을 새겨 넣은 특제 탄환 덕분이다.

로렌마저도 금강의 격과 천수의 격을 모조리 동원해 사흘 내내 작업해야 한 발을 완성시킬 수 있을 특제 탄환!

한 발 한 발이 3중 융합 주문의 폭발력을 지닌 특제 탄환을 1초마다 12발씩 쏟아붓고 있으니 이미 마물들을 토해낸 몬스터 캐리어 따위가 버틸 재간이 없었다.

"진짜 미쳤군."

리처드가 혀를 끌끌 차며 이렇게 말하는 것도 무리는 아니었다. 지난번과 달리 기사들도 마법사들도 나설 필요가 없이 고블린 스쿼드 선에서 적 괴물의 섬멸에 성공했으니 말이다. 탄환을 만들어 준 로렌조차도 다소 당황하고 있었다.

"이거, 잘못하면 마법사라는 직업이 사라질지도 모르겠는데?"

평범한 재능을 지닌 로어 엘프 마법사가 몇 년을 투자해도 얻기 힘든 화력을 무한 탄창이라는 축복 하나로 추월해 버렸으니 로렌도 당황할 만했다.

하기야 후배 마법사들의 미래 따위야, 세상의 파멸을 막는 것에 비하면 별일도 아니다.

용기백배한 로렌의 원정대는 곧장 적들의 본거지를 향해 진군을 시작했다.

82장
대위기

로렌의 군세는 생각지도 못한 장애 앞에 가로막혀 있었다.

　원래 로렌의 전략은 바로 적들의 본거지를 급습하는 것이었다. 적들의 본대가 지구로 향하고 있음은 그도 알고 있었으나, 그렇기에 본거지의 방어가 평소보다 약하리라 예측할 수 있었다.

　지구에게는 미안하지만, 지구를 미끼로 써서 적 지휘부를 무력화시키고 궁극적인 승리를 거두려는 목적의 전략이었다.

　그러나 로렌은 그 전략을 수정할 수밖에 없게 되었다.

　일단, 적들의 군세가 관측 가능 한 거리에 있었다.

　관측 가능 한 거리라 해도 가까운 거리는 아니다. 지구에서의 우주와 달리 매질이 있다고 해도 시야를 방해할 만한 요소가 훨씬 적은 이 우주에서는 대기권 안에서보다 더 멀리까지 잘 보인다. 그러니 피해가려면 얼마든지 피해갈 수 있었다.

그러나 관측 결과, 로렌에게 적들의 군세를 피할 수 없는 이유가 생겼다.

"많군."

슬레인의 말에 로렌이 고개를 끄덕였다.

"응, 생각했던 것보다 훨씬 많아."

바로 적들의 규모였다.

눈에 보이는 멸세의 괴물만 수백, 그리고 그것들이 이끄는 마물의 숫자가 수만, 이쪽에서는 보이지 않는 부대와 투명화 등의 능력으로 은신 중인 적들까지 치면 그 몇 배는 될 군세이리라.

예카테리나는 지구가 일주일 정도는 버틸 수 있다고 로렌에게 말한 적이 있지만, 로렌이 보기에 그 증언은 틀린 것 같았다. 저 군세를 상대로 지구가 얼마나 버틸 수 있을까?

지구를 미끼로 던지고 적 지휘부를 무력화시키는 전략을 쓰기 위해서는 지구가 버티며 시간을 끌어줘야 한다. 그러나 적의 규모는 로렌이 상정했던 것의 몇 배 이상이었다.

로렌이 적의 지휘부를 완전히 무력화시키기 전에 지구가 점령당하면 모든 게 다 허사로 돌아간다. 그렇게 된다면 적들은 지구 인류의 영육을 먹어치우며 강해질 테고, 안 그래도 그리 높다고 자신할 수는 없는 승리 가능성은 더욱 떨어질 테니까.

"전군, 전투 준비."

결국 로렌은 별로 내리고 싶지 않았던 결정을 내릴 수밖에 없었다.

여기서 적들을 소멸시킨다.

다행히 별 피해도 없이 첫 전투를 승리해서 아군의 사기는 그리

낮지 않았다. 상대해야 하는 적의 규모에 다소 위축되긴 했지만, 아직 전의를 잃어버린 이들은 보이지 않았다.

로렌의 명령을 전파받은 방주들이 적의 대군을 향해 기수를 돌렸다.

"돌격하라!!"

드워프들이 망치를 두들겼고, 활성화된 각인이 추진력을 내뿜었다.

열 대의 방주가 유성처럼 날았다.

*   *   *

오딘은 흡족했다. 어두웠던 미래가 다시 밝아졌기 때문이다.

─큭큭큭큭……. 로키 녀석에게 상을 줘야 하겠군.

오딘의 미래시(未來視)는 사실 완전하지 않다. 하긴 그의 미래시가 완전했더라면 애초에 라그나뢰크가 일어나지도 않았을 것이다.

오딘은 미래를 보는 신이 아니라 마법의 신이며 점술사들의 신이다. 그가 죽은 뒤에도 그는 점술사들의 신앙을 얻었으며, 그것은 그의 백성들이 점술사보다 전사를 더 귀히 여기기까지 계속되었다.

오딘을 믿는 점술사들이 실각한 것은 그들이 오딘의 이름을 걸고 친 점괘가 틀렸기 때문이고, 그것이 반복되며 사람들은 오딘 대신 전사들의 신인 토르를 믿기 시작했다.

그럼에도 오딘의 미래시에는 분명한 가치가 있었다.

오딘의 점술은 틀리기에 오히려 가치가 있었다. 지금처럼 말이다.

지금껏 오딘의 미래를 보는 왼눈은 파멸과 절망을 뜻하는 칠흑만을 보여주었으나, 지금은 그 점괘가 틀리고 새로운 미래가 보이기 시작했다.

　ー우리는 이 변변찮은 어둠의 처소를 잃는 대신, 고향을 되찾는다.

　뭐가 어떻게 되어 그 결과에 이르게 되었는지, 오딘의 미래시와 점괘는 과정을 보여주지는 않는다. 그러나 언제나 그렇듯이 중요한 건 결과다. 로키가 무슨 짓을 했든, 그의 활약으로 죽은 신들은 빛나는 미래를 손에 넣었다.

　ー지구.

　죽은 신들이 아직 살아 있었을 때, 피와 살로 이뤄진 몸으로 밟았던 땅. 그들이 소유했던 땅이자, 지배했던 영역. 비록 지금은 신을 믿지 않게 된 불순분자들이 소유권을 주장하는 땅이나, 죽은 신들은 그들을 모조리 도륙하고 그 피와 살점과 영혼을 맛보게 될 것이다.

　적어도 오딘의 미래시는 그 미래를 보여주고 있었다.

　ー우리는 파멸의 운명에서 벗어나, 찬란한 미래를 손에 넣었다!

　오딘은 통쾌하게 소리쳤다. 그의 당당한 의념이 어두운 공간을 쩌렁쩌렁하게 울렸다. 주변의 다른 죽은 신들이 그를 이상하게 여기는 시선으로 바라보았으나, 신경도 쓰이지 않았다.

　모든 것이 해결되었다.

　아니, 사실 아직은 아무것도 해결되지 않았지만 곧 해결되리란 결과가 예정되었다.

　이제 오딘을 포함한 죽은 신들에게는 밝은 미래만이 남았다. 그

리고 그 미래를, 청사진을 제시한 오딘이 죽은 신들의 새로운 왕이
될 터였다.

생각만 해도 가슴이 벅차오르는 미래이지 않은가!

―하하하하하!

오딘은 크게 웃었다. 웃지 않고는 버틸 수가 없었다.

그러나 그 웃음은 길게 이어지지는 않았다.

흑.

오딘의 왼눈에 다시금 칠흑이 내려앉았기 때문이다.

―…뭐?

오딘이 그 자리에 굳어져 버렸다.

―큭큭큭큭…….

누군가의 나지막한 웃음소리가 들렸다. 시선을 돌릴 필요도 없
었다. 멘르바의 웃음소리였다. 그녀는 얼마 전에 정신이 나가 그저
멍하니 차원 너머를 바라보고만 있었다. 그런 그녀가 반응을 보이
다니?

―그게 그렇게 쉬운 일이었으면 내가 미쳐 버릴 일도 없었겠지.

미친 여신답지 않은 냉혹한 목소리였다. 아니, 그것을 냉혹하다
고는 할 수 없다. 오딘에게 그녀의 목소리가 냉혹하게 들린 것은
그 자신에게 원인이 있었다.

그의 심장을 틀어쥔 절망과 공포가 그로 하여금 모든 것을 차
갑게 느끼도록 만들었다.

이미 오래전에 죽은 터라 숨을 쉴 필요가 없음에도 오딘은 거칠
게 숨을 몰아쉬었다. 그러나 이 어둠의 공간에 산소 따위, 공기 따
위가 있을 리도 없었다.

─온다!

오딘이 뭘 하든 관심도 없던 멘르바는 문득 옥좌에서 벌떡 일어나 외쳤다.

─차원의 저편에서 그들이 온다! 그들은 우리가 낳은 자들이며, 우리의 일용한 양식이었던 자들이나, 우리를 배신한 자들이고, 우리를 죽인 자들이다! 그리고 이제 그들은 우리를 완전히 없애려 한다!!

그녀의 광기 어린 목소리가 어둡고 차가운 죽은 신들의 공간에 울려 퍼졌다. 그리고 오딘은 그녀의 예언이 결코 틀리지 않았음을 뒤늦게 깨달았다.

차원이 찢어지는 소리가 들렸다.

*　　　　　*　　　　　*

오딘은 정신이 없었다. 어째서 갑자기 미래시의 내용이 바뀌고, 차원이 찢어지고, 그 틈새로 적이 찾아온다는 말인가!

사실 조금만 냉정을 되찾으면 금방 깨달을 수 있었으리라. 미래시의 내용은 변수만 생긴다면 언제든 바뀔 수 있다. 로키가 그에게 유리하게 미래시의 내용을 변경시켰지만, 이번에는 적이 그 내용을 변경시켰을 뿐이다.

파멸의 미래로 말이다.

─내가 바로 신들의 왕이다! 누가 감히 나의 영토를 범하는가!

누군가의 외침에 오딘은 격분하여 고개를 들었다. 신들의 왕은 자신일진대, 누가 감히 그 칭호를 입에 올리느냔 말이다.

그러나 그 상대가 제우스임을 깨달았고, 그가 자신보다 먼저 나서 적들과 맞서 싸우는 것을 보곤 오딘의 분노는 금방 수그러들었다.

빠지직!

마치 토르의 것과도 같은 무시무시한 번개가 어둠을 찢고 적들을 향해 날아들었다. 그리고 보니 저 올림푸스의 왕도 번개를 다룬다고 했었지. 오딘은 이런 상황에서도 태연히 그런 생각을 했다. 충격이 너무 크다 보니 다른 것들도 다 무던히 느껴진 탓이었다.

펑!

그럼에도 가장 앞서 차원을 찢고 들어온 드래곤이 제우스의 번개를 간단하게 튕겨낸 건 오딘의 정신을 좀 차리게 만드는 장면이었다. 올림푸스의 모든 신을 혼자서 능히 상대해 낼 수 있다던 그 제우스의 번개일진대!

—감히… 비문명권의 야만스러운 도마뱀 따위가 이 제우스의 번개를!

제우스도 경악한 것인지 두세 걸음 물러나고 말았다. 신화시대에 드래곤은 그리 강력한 존재도, 격 높은 존재도 아니었다. 그것은 제우스가 지구를 다스리던 때에도 마찬가지의 일이었다.

드래곤은 꽤나 아름다운 비늘을 갖고 있었다. 투명한 듯 보이지만 오색찬란했다. 모순처럼 들리는 표현이지만 신들에게는 그리 생경하기만 한 표현은 아니다. 저 비늘 색 드래곤을 뭐라고 불렀더라. 오딘은 그 답을 생각해 낼 수 없었다.

—오, 제우스. 그 이름은 들어본 적이 있지. 고대 로마 시대에 유피테르라는 이름으로도 숭배되었다던… 강력한 신이로군.

드래곤이 입을 죽 찢으며 그렇게 말했기 때문이다.

어쩐지 좋지 않은 예감이 들었지만 오딘은 애써 털어내 버렸다. 그리고 그 예감에 대해 곰곰이 생각해 볼 시간은 어차피 주어지지 않았다. 드래곤의 말은 아직 끝나지 않았으니까.

─그러하다면 여기가 죽은 신들의 유배지가 맞나?

─나는 죽지도 않았고 유배되지도 않았다!

제우스는 격노하여 외쳤다. 그는 자신이 죽었다는 사실을 인정하지 못했다. 지구의 시간 기준으로 천 년도 만 년도 지난 일임에도.

그렇다, 저 노인네는 미쳤다.

오딘은 생각했다. 이 어둠의 처소, 차원의 저편, 죽은 신들이 마지막으로 임하는 곳. 어둡고 차가운, 영광과는 거리가 먼 이곳에서 비틀리고 뒤틀리며 죽은 인간의 뜨거운 피와 부드러운 살덩이, 그리고 영혼을 취하기를 바라면서도 자신이 죽지 않았다고 생각할 수 있다니.

미친 것이 틀림없었다.

그리고 나도 오래전에 미쳐 버린 것일지도 모른다고, 오딘은 괴롭게 인정했다.

─아레스! 아테나! 무엇을 하고 있는가! 적의 앞에 먼저 나서지 않아 군왕(君王)이 직접 나서게 만들다니!!

제우스는 그의 자손인 전쟁신들의 이름을 불렀지만, 그 전쟁신들은 이미 죽어 없어진 지 오래였다.

이 죽은 신들의 공간은 본래 그들을 위해 예비된 곳이 아니다. 그저 차원의 압력에 찌그러져 소멸할 운명의 영혼들이 모이고 모여 억지로 공간을 비틀어 있을 곳을 만들어낸 곳에 불과하다.

수많은 죽은 신이 스스로를 희생해 만들어낸 곳임에도 그 압력은 약해지긴 했어도 없어지지는 않아서, 약한 자일수록 오래 머문 자일수록 비틀리고 뒤틀린다. 그리고 그 비틀림을 이기지 못하고 아예 소멸해 버린 신들도 부지기수였다.

아테나와 아레스가 그러했다. 그들도 생전엔 꽤 이름 있는 강력한 신이었다고 들었으나, 세월의 흐름을 버티지는 못했다.

―오딘! 오딘!! 네 괴물들의 군주는 무얼 하고 있는가?

아레스와 아테나의 대답이 없자, 제우스는 오딘을 불렀다. 그가 자신의 이름을 기억하고 있음을, 그리고 양아들 로키를 알고 있음을 알고 오딘은 살짝 놀랐으나 오래가지는 않았다. 뒤이어 찾아온 처참함이 그를 경악 속에 침잠해 있기를 내버려 두지 않았다.

―지구를 침략하러 갔소.

되도록 빨리 지구를 차지하고, 그곳을 새로운 처소로 만들기를 원했기에 오딘은 대부분의 괴물을 로키에게 딸려 보냈다.

로키가 지구를 점령하기도 전에 적들이 먼저 이곳으로 공격해 오리라고는 생각도 하지 않았다. 왜냐하면 그런 일은 이제껏 한 번도 없었기 때문이다.

―미래를 본다는 자가 그딴 실수를 저지르다니!

오딘이 도움이 되지 않는다는 걸 알자, 제우스는 이번에는 미쳐 버린·여신의 이름을 불렀다.

―멘르바, 멍청한 여자야!! 왜 미리 경고하지 않나?

이름을 불린 미친년, 멘르바는 연극적으로 말했다.

―위대하신 이여, 그야 저는 이미 이런 일이 벌어질 것임을 알고

있었습니다. 제가 제 배로 낳은 제 아이들, 멸세의 운명을 타고난 뒤틀린 아이들이 이 최후의 보루를 지키고 있었으니까요.

그랬다. 로키가 낳은 로키 소유의 괴물들은 모두 그에게 딸려 보냈으나, 멘르바가 낳은 역겨운 괴물들은 아직 이 차원의 공역에 남아 있을 터였다. 오딘은 희망을 품었으나, 그것이 덧없는 기대임을 깨닫기까지 그리 많은 시간이 걸리지는 않았다.

─그러나 제 아이들은 저 침략자의 손에 이미 찢겨 나갔습니다.

그야 그렇다. 멘르바의 괴물들이 적들을 막아섰다면 저 파충류가 이 자리에 있겠는가?

─그러니 멸세의 운명은 저희의 것입니다, 위대하신 폐하!

크낄낄낄낄, 멘르바는 발작적으로 웃었다.

이미 미쳐 버린 여신의 찌꺼기답게, 멘르바의 말에는 두서가 없었고 앞뒤도 맞지 않았다. 이 미친 여자가 자신을 조롱하기 위해 원래는 쓰지도 않던 높임말까지 썼음을 제우스가 모를 리가 없다.

─이 찌꺼기 같은 것이 감히 날 우롱해!!

화가 난 제우스는 신의 번개를 들어 멘르바를 내려쳤다.

쫘르릉!

침략자의 비늘 하나 상하게 하지 못한 번개가, 비틀린 여신은 그대로 소멸시켰다. 멘르바는 비명조차 지르지 못했다.

저 멍청한 늙은이가!

오딘은 욕설을 토해낼 뻔했지만 다행히 그러지 않았다. 만약 자기도 모르게 하고 싶은 말을 입에 올렸다가는 이번에는 저 무시무시한 번개의 표적이 자신이 되리란 걸 잘 알았기에, 오딘은 자신이 무의식중에 욕설을 뱉어내지 않았음을 확인하고 진심으로 안도했다.

제우스는 오딘보다도 더 오래 지구의 것들에게 숭배받았고, 그렇기에 그 영혼엔 아직도 신적인 찬란함이 남아 있었다. 미쳤다는 점만 제외하면 매달린 오딘보다야 훨씬 온전했다. 그가 대항해서 좋을 상대가 아니었다.

뒤이어 들려온 키득거리는 소리가 들리지 않았더라면, 오딘은 안도하는 자신에게 부끄러움을 느끼지 못했으리라.

─나는 아직 숨결 한 번 토해내지 않았는데, 저들끼리 싸우는 꼴이 참으로 볼 만하군.

차원을 찢고 온 불청객의 웃음소리였다.

─어떤가, 여기서 더 자중지란을 일으켜 볼 생각은 없는가? 내 수고를 덜어줄 겸.

제우스의 표정이 눈에 띄게 굳었다. 이렇게까지 대놓고 조롱당했음에도, 제우스는 멘르바 때와는 달리 격앙된 반응을 보이지는 않았다.

─…내 번개를 튕겨낸 자가 이름 없는 존재이지는 않겠지. 그대는 내 이름을 알고 있던 듯한데, 내가 그대의 이름을 모르는 것은 이치에 맞지 않은 일이지 않은가?

오히려 평소에는 쓰지도 않는 만연체까지 써가며 정중하게 자기소개를 요청하는 게 오딘이 보기에는 매우 꼴사나웠다. 그러나 자신 대신 나서주고 있는 게 제우스다. 오딘 본인이 저 역할을 떠맡았더라면 과연 저 드래곤을 상대로 당당하게 나갈 수 있었을까? 상상만 해도 오딘은 처참한 기분에 휩싸였다.

제우스의 요청에 드래곤은 코웃음을 치며 이렇게 대답했다.

─진짜 이름을 알려줄 필요는 없을 것 같군. 그러나 네가 날 부

르려면 적당한 호칭이 필요하겠지.

드래곤의 안광이 날카롭게 빛났다. 증오와 복수심으로 번들거리는 눈동자였다.

―그럴 필요가 있다면, 날 로렌이라 부르게나.

그 대답을 들은 오딘은 깜짝 놀랐다.

로렌? 로렌이라니!

오딘은 그 이름을 들어본 일이 있다. 멘르바가 이미 일어났던 미래의 일을 말할 때마다 등장하는 인간의 이름이다. 죽은 신들의 파멸을 가져오는 존재……. 오딘은 아직 로렌을 본 적이 없고, 로렌이 그의 미래시에도 등장한 적이 없었다.

하지만 그가 인간이라는 것만은 안다. 멘르바가 몇 번이고 강조했기 때문이다. 고작 인간 따위에게 고대의 신들이 파멸하리란 걸 누가 믿겠냐고 말이다.

실제로 오딘을 제외한 다른 신들은 멘르바의 말을 전혀 믿지 않았다. 오딘도 미래시 능력을 갖고 있지 않았다면 믿지 않았을 것이고, 그조차도 완전히 믿지는 않았다. 그렇기에 놀란 것도 잠간이었다.

―역시 인간이 아니었군, 로렌…….

오딘은 나지막한 목소리로 혼잣말을 흘렸다.

죽은 신들에게 완전한 파멸을 가져오는 존재로, 인간보다야 드래곤 쪽이 말이 되므로. 로렌이라는 존재의 진정한 정체는 드래곤이었다. 이쪽이 차라리 더 설득력이 있었다.

―호오, 내 이름을 아는 것 같군. 그렇다면 네가 오딘인가?

오딘의 혼잣말을 들은 건지, 로렌이라 자신을 소개한 드래곤이 오딘 쪽으로 황금빛 눈동자를 돌렸다. 오딘은 심장이 떨어지는 것 같은 감각에 가슴을 부여잡았다. 이미 심장 같은 건 없음에도 불구하고 말이다!

—로키에게서 네 이름을 들었다. 널 꼭 소멸시켜 달라고 부탁하더군. 그게 그놈의 유언이었다. 그놈의 유언을 들어줄 이유는 없지만 뭐, 상관없겠지.

경악이 오딘의 영혼을 가득 채웠다.

로키의 배신 아닌 배신은 별 신경 쓰이지도 않았다. 그놈은 원래 그런 놈이니까. 오딘을 경악시킨 이유는 따로 있었다.

로렌이라는 파멸의 존재가 이 어둠의 저편까지 올 수 있었던 건 어디까지나 로키가 이끄는 괴물 군단이 자리를 비웠기 때문이리라. 오딘은 그렇게 가설을 세워놓고 있었다.

그런데 이야기를 들어보니 그게 아니었던 모양이었다. 로렌은 오는 도중에 로키가 이끄는 대군을 모조리 소멸시키고, 로키까지 잡아다 죽인 듯했다.

로키가 오딘에게 있어선 마지막 희망이었다. 이대로 제우스와 오딘이 시간을 끄는 틈을 타 로키가 지구를 점령하고 죽은 신들의 유배지와 지구를 연결해 탈출할 수 있지 않을까, 하는 희박한 가능성에 희망을 걸고 있었다.

지구 인류의 피와 살로 배를 채우고 그 영혼들을 흡수해 힘을 되찾으면 고작 드래곤 따위에게 마음부터 꺾이는 일 따위는 없을 터였다. 거의 유일하게 남은 승리 시나리오라 봐도 무방했다.

그 마지막 희망이 끊어졌다.

아니, 사실 마지막 희망은 끊어진 지 오래다. 오딘의 감겨진 미래시는 여전히 칠흑만을 보여주고 있었다. 파멸, 파멸. 파멸만이 남아 있었다.

오딘은 힘없이 고개를 숙였다. 무력감이 전신의 힘을 쭉 빼놓았다.

—토르를 살려둘 걸 그랬나.

자기도 모르게 새어 나온 혼잣말에 오딘은 문득 놀랐다. 그리고 웃었다. 헛웃음이었다.

언제였는지 기억나지도 않는 오래전, 점차 강력해지는 차원의 중력에 저항하기 위해 죽은 신들 중 하나가 희생해야 했고 오딘은 희생자를 고를 방법으로 제비뽑기를 제안했다. 그 제비뽑기로 토르가 뽑혔고, 아직 소멸하기엔 젊고 강했던 토르는 웃으면서 갔다.

사실 그 제비뽑기는 오딘과 로키, 멘르바가 개입한 사기였다. 어중간하게 약한 신을 희생시켜 봐야 차원의 압력에 버틸 수 없을 테니, 강력한 신을 희생시켜 시간을 벌어보고자 한 속셈이었다.

만약 토르가 살아 있었더라면 지금의 위기를 극복할 수 있었을까? 아마 그랬을 것이다. 오딘은 별 근거도 없이 그렇게 생각했다. 하지만 토르는 소멸했고 이젠 없다.

정해진 파멸을 받아들이는 것 외의 선택지는 남아 있지 않았다.

—죽음을 받아들인 모양이로군.

우묵한 눈으로 오딘을 바라보던 로렌은 문득 그렇게 입을 열었다. 오딘에게는 고개를 끄덕일 힘도 남아 있지 않았다.

드래곤의 입이 쩌억 벌어졌다.

—그렇다면 죽어라.

빛의 브레스가 바로 눈앞까지 닥쳐왔는데도, 오딘은 그걸 막아볼 생각도 하지 못했다.

*   *   *

어마어마한 빛과 전격, 폭발이 이어졌다. 오딘은 오래 버티지 못하고 소멸했다. 사실 별로 버틸 생각도 없어 보였다. 그는 싸우기도 전에 이미 마음이 꺾인 상태였으니까.

드래곤은 오딘의 소멸을 확인하고 브레스를 멈췄다.

─약하군. 마물들보다도 약해.

파충류의 입을 주욱 찢으며 드래곤 로렌이 소멸해 버린 신을 조롱했다.

제우스가 그 광경을 경악한 듯 바라보고 있었다. 그러나 제우스는 오래 굳어 있지 않았다.

─드래곤이란 놈들은 브레스를 쏜 직후가 가장 취약하다지?

정답이다. 보통 드래곤들은 브레스를 전력을 다해 쏘게 마련이고, 그런 탓에 브레스를 쏜 직후에는 드래곤 하트에 쌓은 공력을 다 소진시키게 마련이다.

문제는 로렌은 드래곤이 아니라 인간이다. 그것도 인류 최강급의 기사이기도 했다.

드래곤 하트를 조절해 공력이 완전히 소진하지 않도록 조절하는 건 그에게 있어 그리 어려운 일이 아니었다.

그걸로 끝나는 게 아니라, 그는 인류 최강급의 마법사이기도 하다는 것이 제우스에게 있어선 재앙이었다.

공력의 과다 사용으로 브레스를 다시 쓰기까지 시간이 좀 걸리겠지만, 마력은 그대로 남아 있었다.

빠지직!

로렌이 내쏜 전격 폭발과 제우스의 번개가 붙어 굉음과 섬광을 냈다.

죽은 신이라고 해도 역시 한때 신들의 왕이라 자인했던 게 허세만은 아닌 듯, 전격 폭발 몇 발 정도로 제우스의 번개를 튕겨낼 수는 없었다.

그래서 로렌은 전격 폭발을 백 발 정도 쐈다.

로렌의 마력 서킷은 다섯 개뿐이지만, 전격 폭발 정도야 서킷을 통하지 않고도 별의 몸을 통해 마음껏 쏟아낼 수 있었기에 가능한 선택이었다. 비록 마력 소모가 격심하다고는 하나, 이 시점에서 아낄 생각 따위는 없었다.

쿠쿠쿠쿠쿠쿠쿵!!

—크아아아악!

아무래도 로렌이 제우스를 과대평가한 듯, 제우스는 로렌의 전격 폭발 샤워를 감당하지 못하고 한 걸음 뒤로 물러났다.

—내가… 내가 이런 이름도 없는 파충류에게 밀리다니!

—이름이 없다니, 분명 로렌이라고 말했을 텐데?

로렌은 곧장 제우스에게 성광 폭발을 꽂아주었다.

번쩍, 쾅!

—이 축생!

제우스는 성광 폭발을 얼굴로 받아내고는, 물러나기는커녕 오히려 앞으로 한 걸음 크게 내디디며 번개를 휘둘렀다. 과연 신들의 왕이라 자인할 만한 기백이었다.

그러나 그 기습적인 반격에도 로렌은 미소를 지어 보일 뿐이었다.

그런 로렌의 거대한 파충류 앞발에서는 다음 성광 폭발이 반짝이고 있었으므로.

전격 폭발 연사는 별의 몸을 통해 행했기 때문에, 그의 마력 서킷은 아직 차갑게 식은 채였고, 사중 융합 주문을 연사하기에 부족함이 없었다.

—큭?!

있는 힘껏 번개를 휘두르기 위해 양손을 머리 위로 올린 게 화근이었다. 예상 가능한 그 공격을 쉽게 피한 로렌은 제우스의 왼쪽 가슴에 오른쪽 앞발의 성광 폭발을 박아주었다.

쿠구궁!

—끄으으윽!

얼굴로는 성광 폭발을 받아냈으나, 가슴으로는 그럴 수 없었던지 제우스의 가슴께가 크게 패였다. 원리로는 다이너마이트로 발파하는 것과 같다. 폭발력이 다른 곳으로 달아나지 않도록 오른 앞발로 막았기에 제우스로서도 완전히 피해를 막아낼 순 없었다.

로렌 또한 오른 앞발의 비늘이 다 날아가고 가죽도 찢어지는 부상을 입었으나, 별로 신경 쓰이는 피해는 아니었다.

로렌은 [필살] 능력을 담아 날카로운 드래곤 발톱으로 제우스의 상처를 더 크게 찢어발겼다. 죽은 신의 피가 어둠의 공간에 흩뿌려졌다.

—이런, 야만적인!

제우스는 이를 갈았으나 상황이 좋지 않았다. 드래곤과의 근접전은 별로 좋은 생각 같지 않다는 걸 재빨리 눈치챈 제우스는 발로 드래곤의 배를 차려 들었다. 일단 거리를 벌리기 위한 프론트 킥이었다.

—오, 누가 더 야만적인지 모르겠군.

로렌은 고대 신들의 왕을 비웃으며 뒷발로 제우스의 무릎을 꽉 잡았다. 비명이 터졌다. 앞차기를 하려다 잡힌 거라 발톱이 더 깊숙이 박혔기 때문이었다.

다른 뒷발로 제우스의 오금을 붙잡아 거리를 벌리려는 제우스의 시도를 완전히 무위로 돌린 로렌은 브레스를 다시 쓸 수 있게 되었음을 본능적으로 알았다. 두 앞발로 제우스의 양어깨를 잡아 움직이지 못하게 한 후, 로렌은 드디어 입을 쩌억 벌렸다.

—아아, 아니야! 나는 아직, 죽지 않았어!!

그것이 신들의 왕이라 불렸던 제우스의 유언이었다.

빠지지지지직!

—끄아아아악!

파스스스슷······.

그대로 제우스는 한 줄기 빛이 되어 소멸해 버리고 말았다.

강대한 제우스의 소멸로 인해, 숨죽이고 있던 다른 죽은 신들이 벌벌 떨었다.

—세 번째 브레스를 쏘기까지는 시간이 좀 필요하다. 와라, 상대해 주지.

이미 공개된 약점을 굳이 다시 읊으며, 로렌은 죽은 신들을 도발했다. 그 도발을 받은 죽은 신들은 절호의 기회를 눈앞에 두고도 오히려 어둠 속에 모습을 숨겼다.

여기는 차원의 끄트머리. 도망치기에도 숨기에도 그리 좋지는 않았다. 그러느니 제우스가 싸울 때 미약한 힘을 보태는 것이 나았으리라. 아니면 지금 당장 덤비든가.

―시간 됐다. 죽어라.

그러나 때는 이미 늦었고, 그들에게는 불행하게도 로렌은 후환을 남길 생각이 없었다.

신을 멸하는 빛이 죽은 신들의 공간을 휩쓸기 시작했다.

*   *   *

"끝난 건가……."

이제는 아무도 없는 죽은 신들의 유배지에서 로렌은 홀로 남아 중얼거렸다. 그 답은 이미 알고 있음에도, 로렌은 여전히 고통스럽게 고개를 저었다.

드디어 성공했다. 지난 27번의 고통스러운 반복 끝에 기어코 승리를 거머쥐었다.

"…더 좋은 방법이 있었을까."

그 과정에서 희생이 없었던 게 아니다. 여기까지 오는 동안 로렌 일행은 본래 로렌의 세계를 침공하려던 괴물 집단을 찾아내 섬멸시키고 로키가 이끄는 괴물의 대군을 상대해야 했다.

첫 괴물 집단과의 일전은 이미 한 번 치러본 적이 있어 거의 손해 없이 잡아낼 수 있었지만, 로키의 대군은 달랐다.

수천에 이르는 괴물들과 수백만의 마물들을 이끄는 로키는 그리 간단히 제압할 수 있는 상대가 아니었다. 물량도 물량이었지만,

로키라는 강대한 죽은 신이 아군에 막대한 피해를 입혔다.

시간을 3주 더 번 덕에 방주 10척에 병력을 가득 채워 출진했지만, 그중 7척을 잃었다. 손실이 너무 커서 로렌도 그 시점에서 시간을 되돌려야 하나 고민했을 정도였다.

그럼에도 불구하고 로렌은 작전의 강행을 결심했다. 병력을 숫자로 셈하고 손익을 계산하며 작전의 진퇴를 결정하는 것은 지휘관의 의무였기에.

더욱이 이번에 로렌은 이전까지 거두지 못했던 가장 큰 승리를 거둔 참이었다. 이전까지라면 3할의 병력조차 살아남지 못하고 모두 전멸했을 터이니. 그것도 죽은 신들과 마주하기도 전에, 멸세의 괴물들과 맞선 시점에서 말이다.

그런데 이번엔 로키까지 포함된 멸세의 괴물들 대군을 섬멸시켰으니, 이것을 가장 큰 승리라 하지 않으면 무엇이라 하겠는가?

"그래, 내 판단은 틀리지 않았어."

그러나 그것으로 끝난 게 아니었다. 이 신들의 유배지 외부를 지키는 멘르바 휘하의 방위 병력을 소멸시키는 데도 희생이 따랐다.

"슬레인."

가장 뼈아픈 손실은 용사들이었다. 루크와 슬레인, 둘 모두 용사 능력을 사용하고 전장에서 산화했다. 필요한 희생이었다고 말해 버리면 그것도 맞는 말이다. 그러나 슬레인은 로렌에게 있어 모든 회귀 회차를 통틀어 가장 중요한 전우 중 한 명이었다.

"로렌, 너만 살아 있으면 돼. 네가 마지막 희망이다."

자신의 생명력을 불태워 힘을 얻는 용사 절기를 사용하며, 슬레인은 그렇게 유언을 남겼다.

결과적으로는 슬레인의 말이 옳았다.

미스릴리온 드래곤의 브레스에는 신멸(神滅)의 힘이 깃들어 있다는 것을 알게 된 건 전적으로 로키 덕분이다. 온갖 공격을 다 퍼부어도 죽일 수 없었던 로키가 로렌의 브레스에만큼은 견디지 못하고 소멸했기 때문이다.

아무리 죽은 신이라도 신은 신인지라, 다른 방법으로는 피해를 입히고 당분간 퇴장시킬 수는 있어도 완전 소멸을 시킬 수는 없었다.

로렌이 다른 동료들을 두고 이 차원의 끄트머리, 죽은 신들의 유배지에 혼자 온 이유도 이것이었다. 최후의 최후에 쓰려고 아껴둔 여의주 다섯 개를 모조리 집어삼키고, 어쩌면 돌아올 수 없을지도 모르는 마지막 공격에 나선 참이었다.

죽은 신들을 혼자 상대해야 한다는 건 로렌에게 있어서도 부담이었다. 로키의 강력함을 막 맛본 참이었다. 그럼에도 로렌이 홀로 이 검은 공간으로의 진입을 결정한 건 적들의 판단을 믿었기 때문이다.

평소보다 2년이나 더 빨리 죽은 신들이 움직인 이유. 지구로의 침략에 로키까지 대동시킨 이유. 그리고 이제까지 얻었던 단서들. 모든 단서가 로렌의 승리를 가리키고 있었다.

로렌의 계산은 옳았다.

그리하여 로렌은, 로렌 세계와 지구의 인류는 정해져 있던 파멸의 미래에서 벗어나 승리를 거두었다.

이겼다!

그러나 가슴을 가득 채우는 감정은 기쁨이 아니었다.

"생각보다 기쁘지 않군."

그렇게 자신의 감정을 죽이고 목적만을 보며 달려온 결과는 그리 달콤하지만은 않았다. 이걸로 모두 끝난 거라고, 방방 뛰며 좋아할 것 같았는데. 여기까지 오기 위해 치른 희생이 너무 컸다.

"…돌아갈까."

그나마 돌아갈 힘마저 소진하지 않은 건 다행이었다. 다섯 개의 여의주를 집어삼켜 증폭시킨 드래곤으로서의 힘은 막대했으나, 이 힘도 무제한적으로 유지되는 것은 아니었다. 로렌으로서도 꽤 도박수를 던진 것이었으나, 그는 도박에서 이겼다.

그러니 생환은 그의 특권이었다. 당연히 누려야 할 권리.

죽은 신들이 모조리 소멸했으니, 이 공간은 얼마 지나지 않아 차원의 압력을 버티지 못하고 찌부러져 소멸할 것이다. 여기 무의미하게 남아 있는 것은 자살행위였다.

로렌의 거체가 차원의 찢어진 틈새 사이로 사라졌다.

*　　　　*　　　　*

차원의 저편, 죽은 신들의 유배지. 모든 죽은 신들의 소멸에 의해 이 공간 또한 소멸의 운명을 걸을 터였다.

이제는 로렌도 떠나 아무 존재도 남아 있지 않기에, 어둡고 차가운 이 공간은 얼어붙은 듯 조용했다.

찌직.

그때, 아주 작은 소음이 발생했다. 원래대로라면 있을 수 없는 일. 그러나 소음은 점점 더 커졌다.

쉬이익.

뱀의 눈이 차원의 균열 속에서 모습을 드러내어 주변을 두리번거렸다. 아무도 없는 것을 조심스럽게 확인하고 나서야, 뱀의 눈의 주인이 천천히 모습을 드러내기 시작했다.

멘르바였다.

제우스의 번개에 의해 소멸했을 그녀지만, 사실 소멸하지 않았다. 제우스가 그녀를 번개로 내려칠 때 일부러 힘을 뺐기 때문이다. 그 옛 신들의 왕과는 이미 거래가 되어 있던 터였다. 만약 파멸의 존재가 쳐들어오면 자신을 번개로 쳐 죽인 척해달라고 말이다.

정해진 파멸의 운명이 당도했을 때, 살아남은 멘르바는 그녀가 이 뒤틀린 공간에서 뒤늦게 깨달은 능력인 회귀 능력을 사용해 시간을 되돌리기로 되어 있었다.

이미 여러 번 해본 작업이었다. 멘르바는 이미 서른 번에 걸쳐 파멸의 운명을 피하기 위한 시도를 반복해 왔다.

―제우스, 그 개새끼. 힘 조절 좀 할 것이지.

사전에 모의된 작당임에도, 멘르바가 제우스의 번개를 맞아 받은 타격은 결코 가볍지 않았다. 잘못했으면 정말 소멸할 뻔했다.

긴 한숨을 내쉰 멘르바는 회귀 능력을 발동시키기 위해 얼마 남지 않은 신력을 재배치하기 시작했다. 이번에야말로 성공하리라 믿으면서.

퍼억.

다음 순간.

멘르바는 자신에게 무슨 일이 일어난 것인지 깨닫지 못했다.

—우… 악?

꼴사납게도, 그녀는 인간 형태의 육신을 가지고 있을 때처럼 비명을 내질렀다.

회귀를 위해 재배치했던 신력이 흩어지는 것이 보였다. 그녀의 마지막 희망이……

—끝이다.

목소리가 들렸다. 아니, 정확히는 목소리가 아니었지만, 그런 거야 아무래도 상관없었다. 그 목소리는 그녀에게 있어서 악몽이었고, 절망이었고, 파멸이었으므로.

—로, 로렌.

—그래. 그게 내 이름이다.

어둠 속에서 황금빛 눈동자가 빛났다. 드래곤의 눈동자였다. 투명하지만 오색찬란한 비늘을 지닌 드래곤의… 로렌의 시선이 그녀를 주시하고 있었다.

—어째서…….

—그거야 네가 내 세계를 노렸기 때문이지.

멘르바가 원한 대답은 그것이 아니었다. 어째서 아직도 여기에 머물고 있냐고 묻고 싶었던 거겠지만, 로렌은 그녀가 원하는 대답을 해주지는 않았다.

—나는! 네 주인이다!!

—그게 유언이냐?

—아니야… 이렇게 끝낼 수는 없어!

멘르바는 정해진 파멸로부터 벗어나기 위해 몸부림쳤으나, 이미 모든 것이 끝났다. 회귀 능력을 발동시킬 수도 없었고, 로렌과 싸워 이길 수도, 도망칠 수도 없었다.

뱀 같은 눈동자 위에 절망이 내려앉았다.

―나는 지구로 돌아가… 내 것이어야 했던 모든 것을…….

신들의 고향, 지구. 다른 여느 신들과 마찬가지로, 멘르바 또한 지구 출신이었다. 그리고 그녀는 역사상 가장 신성하고 위대한 제국이 될 도시의 여신이기도 했다.

아름답고 현명한, 에트루리아의 여신.

그러나 그녀는 지구에서 살해당해 다른 세계로 유배되었고, 그 유배지에서마저 드래곤들에 의해 그 존재의 종언을 맞이했다.

그리고 차원에 의해 짓눌린 이 최후의 장소에서마저 존재를 허락받지 못해, 소멸당할 운명에 처했다.

―되찾아야…….

절망에 물든 그녀의 수없이 많은 뱀눈에 눈물이 고였다.

이렇게 뒤틀려 버린 것이 그녀의 탓은 아니었다. 이렇게 추한 모습으로 나락으로 떨어진 게 그녀의 책임일 리가 없었다.

그녀의 잘못이 있다면 그저 끈질기게 살아남으려 했던 것뿐이다.

필요하다면 적과도 손을 잡고, 신자의 영육을 잡아먹고, 자신의 배로 괴물을 낳으면서까지.

―로마는 내 것이어야 했어! 그딴 잡신의 것이 아니라!! 아아악!!

유언으로 남길 셈은 아니었으나, 그 말이 멘르바의 유언이 되었다.

빛과 뇌전과 폭발이 그녀를 덮쳤다. 제우스의 번개와는 달리 아무런 힘 조절이 들어가지 않은, 신멸의 힘이 담긴 미스릴리온 드래곤의 브레스.

그녀의 의식은 거기에서 끊겼다.

영원히.

*　　　　*　　　　*

"이거였군!"

오로지 혹시나 모를 사태를 미연에 방지하기 위해, 로렌은 명률법으로 존재를 숨기고 며칠간이나 이 어둠의 공간에 숨을 죽인 채 머물렀다.

그리고 어쩌면 무위로 돌아갈지도 몰랐을 그의 추가 근무는 성과를 거두었다.

멘르바의 격살에 성공했다!

"이겼다!"

희열이 마음속 깊은 곳에서부터 올라와 로렌의 영육 전체에 퍼졌다. 그것은 마치 빛처럼 퍼져 나가며 폭발과도 같이 로렌의 정서를 점령했다.

이제까지 별로 기쁘지 않았던 건 그저 마음에 걸리는 게 있어 찜찜했던 것뿐. 모든 것이 확실해지자 통쾌함에 로렌은 온몸을 부르르 떨었다.

복수가 허무하다고 누가 말했던가. 그 말은 거짓말이다. 그 말이 사실이라면 이렇게 기쁠 수 있을 리 없으리라.

지금 당장에라도 누군가에게 자랑하고픈 기쁨에 휩싸여, 로렌은 소리를 질렀다.

"와아아아! 와아아아아악! 하하하하하하하!!"

쿠그그그그……

차원의 진동이 느껴졌다. 차원의 끝자락, 이 볼품없고 차갑게 식은 죽은 신들의 마지막 유배지마저 멘르바의 죽음과 동시에 소멸을 앞두게 된 것이다.

한참을 웃던 로렌은 차원의 틈새를 찢어 탈출했다. 이 쓰레기통과 운명을 함께할 생각 따위는 추호도 없었다.

그저 이제 바깥으로 나와, 적들의 마지막 소굴이 소멸하는 광경을 감상할 생각이었다.

*   *   *

장관이었다.

로렌이 찢고 나온 틈새로부터 우주의 매질이 빨려 들어가더니, 이윽고 막대한 압력으로 팽창한 그 공간이 폭발하는 것은.

슈퍼 노바로 인해 생명체가 살아남지 못할 방사능이 흩뿌려졌으나, 미스릴리온 드래곤의 모습인 로렌에게는 그다지 큰 영향을 미치지 못했다.

로렌은 폭발이 예상 외로 커져 휘말릴 수도 있는 위험을 감수하면서도 적들이 도사리고 있던 마지막 보루가 완전히 무너지는 그 광경을 감회 어린 시선으로 감상했다.

이윽고 죽은 신들이 존재했다는 사실조차 거짓말처럼 느껴질 정도로, 모든 것이 흔적조차 남기지 않고 사라지고 귀가 먹먹해질 정도의 침묵만이 남고서야 로렌은 만족했다.

"…이제 돌아갈까."

100년도 넘는 세월 동안 26번이나 파멸을 경험하고 절망을 맛보면서도 포기하지 않고 계속해서 시간을 되돌려 가며 온갖 시도와 삽질을 반복하여, 기어코 지켜내고야 만 고향을 향해.

　로렌은 발길을 돌렸다.

83장
끝날 때까지 끝난 것이 아니다

"여어, 슬레인."

로렌은 반가움에 겨워 그의 이름을 불렀다.

"다시 보게 되어 반갑군."

"나도 그래, 로렌. …하필이면 여자의 몸에 강림한 게 약간 유감이긴 하지만."

슬레인의 말대로, 그는 지금 여자의 몸에 강림해 있었다. 다름도 아니라 루시아 대공의 몸이었다. 지금까지는 보통 예카테리나가 대가를 주고 루시아 대공의 몸을 빌렸지만, 이번에는 슬레인이 강림하도록 손을 썼다.

"인류 의회는 좀 어때?"

"생전에 이미 자리를 마련한 덕도 있어서 살기 나쁘지 않아. 뭐, 살아 있을 때와는 달리 당파를 이끄는 리더 자리를 떠맡게 되어서 좀 골치를 썩고 있긴 하지만 말이야."

슬레인 정도의 영웅이 죽어서 바로 소멸할 리가 없었다. 그는 이미 인류 의회에서 중요한 인물이 되어 있었고, 그렇기에 죽은 후에 바로 인류 의회의 의원이 되었다.

그리고 슬레인과 함께 죽은 영웅들의 영혼도 인류 의회에 소속되었기에, 단번에 하나의 당파를 만들어낼 수 있었다. 더욱이 그들은 죽은 신과 멸세의 괴물들로부터 이 세계를 지킨 전쟁 영웅이니 인류 의회의 그 누구도 감히 그들의 존재를 무시할 수 없었다.

그 예카테리나조차 의회의 주도권을 잃고 슬레인의 당파와 연정을 선택했으니 말이다. 이미 슬레인은 인류 의회의 주도적인 인물이 되었다.

예카테리나는 정치가로서의 입장으로는 슬레인을 인류 의회에 끌어들인 것을 후회했지만, 그녀 개인으로서는 바라마지 않은 상황이라 말했다. 어디까지가 진심인지는 생각하기 나름이겠지만, 로렌은 굳이 예카테리나의 속내를 분석할 생각은 없었다.

"널 희생시킨 입장에서 할 말은 아니지만……."

"뭘 네가 날 희생시켜."

로렌의 말을 슬레인이 코웃음 치며 끊었다.

"로렌, 나는 용사다. 아니, 용사였지. 아무튼 그런 내가 누가 희생하라고 해서 할 것 같아? 모든 건 내 선택이었다. 루크도 마찬가지야. 그러니까 그런 쓸데없는 죄의식 같은 건 느끼지 말라고."

실로 고결한 발언이었으나, 로렌은 그 발언을 그냥 받아들이기 힘들었다.

"하지만 슬레인, 너 이 전쟁이 끝나면 마누라 들이고 애 낳고 오손도손 행복하게 살고 싶다고 했잖아."

"그거야 환생이라도 하면 되는 문제야. 잊었어? 내 공적은 모든 기억을 갖고 환생해도 될 정도로 쌓여 있어. 아니, 그 정도가 아니라 축복 서너 개 정도는 더 들고 가도 거스름돈이 남겠군."

그러고 보니 그렇긴 했다. 로렌도 로렌 하트였던 시절 같은 선택을 했으니까.

"그보다는 내가 고맙지. 내가 환생할 세계를 네가 지켜줬으니까."

그렇게 말하곤 슬레인이 씨익 웃었다. 루시아 대공의 얼굴인데 참으로 사나이다운 표정인지라 위화감이 굉장했지만 솔직히 그것마저도 멋있어 보였다.

"그럼 왜 바로 환생하지 않았어?"

"나중에 해도 상관없잖아? 지금이야 나와 함께 죽은 전쟁 영웅들의 사후 보장을 위해 일해야 하니까."

용사는 죽어서도 용사였다. 자신의 꿈보다도 먼저 타인을 위하다니.

어쨌든 슬레인이 이렇게 말하는 이상 로렌도 어줍지 않은 죄책감을 드러낼 수야 없었다. 이건 예의 문제였다. 그래서 로렌은 헛기침을 한 후 짐짓 밝은 표정을 지었다.

"그렇군."

"그래. 그보다 어떻게 해서 그 괴물들을 상대로 이겼는지 가르쳐 줘."

"그 전에."

로렌은 영혼 창고에서 잘 조리된 양념치킨과 맥주를 꺼냈다.

"한잔하자고. 이런 이야기를 하려면 술기운이 필요해."

슬레인의 눈이 번뜩였다.

"아, 좋지. 죽으면 음식을 못 먹는 게 제일 답답하다니까."

*　　　　*　　　　*

루시아 대공에게는 못할 짓을 한 건지도 모른다. 그동안 쌓은 축복 덕에 10대 중반까지 젊어진 후부터 가뜩이나 몸매 관리에 관심이 많은 그녀인데, 이런 고칼로리 음식을 자기도 모르는 새 어마어마하게 흡입했다는 걸 알면 어떤 반응을 보일까?

슬레인의 먹성은 그 정도로 대단했다. 닭만 혼자서 세 마리를 해치우고 맥주를 두 통이나 비웠으니. 자고 일어나면 10kg쯤 쪄 있을지도 모르겠다.

'뭐, 알아서 하겠지.'

어차피 슬레인을 자신의 몸에 강림시킨 대가로 축복 하나를 더 받을 수 있으니, 그 축복으로 몸매 관리라도 하면 될 터였다. 세상에 공짜가 어디 있는가?

"흥미롭군."

로렌의 이야기를 다 들은 슬레인은 아직도 먹은 게 좀 모자랐던지 양념치킨 소스가 묻은 손가락을 핥으며 말했다.

"그런데 로렌, 멘르바가 회귀를 할 거란 건 어떻게 알았지?"

"힌트 자체는 멘르바가 준 거였어. 정확히는 악마의 흙이 준 거였지만."

적들도 성공할 때까지 시간을 되돌려 가며 시도를 반복한다는 걸 알아낸 건 대륙 남부의 대수림에서 릴리트 릴림을 인질로 삼았던 악마의 흙의 언급 덕이었다. 물론 그놈을 죽인 후 그 영혼을 고문해 더 자세한 것을 들어두기는 했다.

"…어쩌면 악마의 흙의 독단적인 발언이었을지도 모르겠군."

이제까지는 회귀에 성공했던 멘르바가 이번에 로렌에게 걸려 회귀도 못 하고 소멸당한 건 이번에 어떤 변수가 작용했기 때문일 거고, 그 변수가 악마의 흙일 가능성이 적은 것만은 않았다.

게다가 힌트는 그것만은 아니었다.

"제우스라는 신이 내가 알기로는 굉장히 강한 신이라 알고 있는데, 생각보다 내게 쉽게 져주더군. 얼른 날 죽은 신들의 유배지에서 쫓아내려는 심산이었겠지."

당장 로키를 잡을 때도 그렇게 고생했는데, 자포자기한 기색이었던 오딘은 그렇다 치고 제우스가 브레스 한 방에 소멸당해 준다는 게 영 찜찜했다.

안 그래도 적들이 회귀한다는 걸 알고 있는데 제우스가 그런 식으로 순순히 당해주니, 로렌의 의심은 더욱 깊어졌다. 그래서 그는 제우스를 비롯한 모든 죽은 신들을 소멸시킨 후, 죽은 신들의 유배지에서 명률법으로 모습을 감춘 채 사흘이나 더 기다렸다.

잘못했으면 죽은 신들의 유배지가 소멸하면서 거기 휘말려 함께 소멸할 뻔했던 위험한 시도였지만, 어쨌든 성공했으니 다행이었다.

"운이 좋았다고 해야 하나."

"이런 걸 운이라고 할 수는 없지. 네 감이 좋은 덕이야."

슬레인이 새삼 진지한 표정으로 그런 소릴 하니, 멋쩍어진 로렌은 손을 내저으며 말했다.

"내 얼굴에 금칠한다고 뭐가 나오지는 않을 텐데."

"아니, 나오잖아."

양념치킨. 정확히는 그 잔해를 손가락으로 가리키며 슬레인은 웃었다. 변함없이 소년 같은 미소였다.

"그럼 진짜로 끝난 거로군."

"그래……"

슬레인의 말에 로렌은 나른한 듯 대답했다.

"사실 나도 아직 잘 실감은 안 나."

로렌 하트로서의 전생을 잊고 지구에서 안온하게 살아가다가, 전생의 기억을 각성하고 마법사가 되어 나름 잘나가는 삶을 살았지만 갑작스러운 멸망을 맞이하고 멸망 후의 세계를 혼자 방황했던 김진우.

시간을 되돌려 이 모든 문제를 근본부터 바로잡겠다는 일념으로 시간 파괴 주문에 이어 전생 회귀 주문까지 개발했고, 결국 주문을 완성시키고 시전에 성공해 아예 다른 세계인 로렌의 세계에까지 돌아왔다.

그저 다양한 능력을 얻어 후생에 대비하려던 그의 계획은 10년도 못 채우고 틀어졌고, 적의 갑작스러운 침공에 로렌의 세계마저 멸망의 운명에 놓였다. 그 운명을 받아들일 수 있을 리 없었던 그는 27번에 걸쳐 최후의 3년을 반복했고…….

그 끝에 결국 멸세의 괴물을 무찌르고 차원의 끝으로 나아가 죽은 신의 유배지를 침략해 모든 멸망의 근원이었던 죽은 신들을 모조리 소멸시키는 데 성공했다.

"정리해 보니 의외로 문장 몇 개로 간단히 요약 가능 하군."

물론 정리한 내용을 슬레인에게 털어놓지는 않았다. 로렌이 지구 출신이라는 건 아직 이 세계의 그 누구에게도 비밀이었으니까.

　"그런 식으로 말하지 마. 네 모험담은 그야말로 대서사시였으니까."

　"내가 네게 이야기한 내용이 그렇게 들렸나?"

　로렌은 민망함에 헛웃음을 흘렸다. 그런 그에게 슬레인이 충격적인 이야기를 했다.

　"네 모험담은 인류 의회의 기록으로 길이길이 보존될 거다. 내가 네 육성을 녹음했거든. 영상이랑 같이. 편집하면 볼 만해지겠지."

　"왜 조용히 듣고만 있나 했더니 그런 걸 하고 있었어?! 당장 지워!"

　"하하하, 이미 늦었어! 나도 당한 일이야. 그냥 받아들여. 너도 몇백 년쯤 후에 인류 의회에 들어오면 너보다 수백 살쯤 어린 여자애한테 이런 소리를 들을 거야. '사람이 어떻게 그렇게 살 수가 있죠?' 하하하하!"

　생각만 해도 통쾌하다는 듯, 슬레인이 무릎을 두들겨 가며 호쾌하게 웃었다. 아무래도 그는 예카테리나에게 당한 걸 선명하게 기억하고 있는 모양이었다.

　"으, 맥주를 너무 많이 마신 모양이로군. 나 화장실 좀 다녀올게."

　슬레인이 약간 취해 불안정한 자세로 자리에서 일어났다.

　하긴 루시아 대공은 그저 젊어지고 살짝 더 건강해지는 것 외에 육체적인 강화 능력을 거의 갖지 못했기에, 고작 맥주 두 통에 취할 수 있었다.

　일반적인 기준으로 볼 때 사람만 한 크기의 통으로 맥주 두 통이 '고작'이라고 말할 양은 아니었지만 말이다.

그런 슬레인에게 기겁해 그를 잡아 도로 주저앉히며 말했다.

"그건 몸을 빌려준 루시아 대공에게 너무 못할 짓 같은데? 자주 면회 올 테니까 오늘은 여기까지 하자고."

실제로는 수십 살이든 어쨌든, 외견이 10대 초중반인 루시아 대공의 몸에 남자의 영혼을 집어넣고 화장실을 가게 만드는 건 그리 도덕적으로 올바르게 보이지는 않았다. 아무리 대가를 치른다고는 해도 말이다.

"…아, 그렇지. 이거 빌린 몸이었지."

다행히 슬레인도 같은 생각이었는지 순순히 로렌의 손에 끌려 앉으며 말했다.

"그래, 자주 와. 네 덕분에 인류 의회에 여유가 많이 남았어. 치킨에 술 좀 먹자고 산 자에게 축복을 내릴 정도의 여유는 되지. 그럼 또 보자고."

그렇게 혀 풀린 목소리로 중얼거리듯 말한 슬레인은 갑자기 자세를 바로 하더니, 다시 일어서 로렌에게 경례를 붙였다.

"세계의 구원자이며 다시없을 영웅에게 합당한 경의를."

로렌은 쓴웃음을 한 번 흘리고, 그도 일어서서 슬레인의 경례를 받았다.

그렇게 면회가 끝나고, 슬레인의 강신 시간도 끝났다.

루시아 대공이 다시 자신의 몸을 되찾고는 잠깐 비틀거렸다. 취기 때문이었다. 몸을 되찾자마자 루시아 대공은 난처한 듯 잠깐 몸을 꼼지락대다가, 얼굴을 붉히고 이렇게 말했다.

"저, 호국경 각하. 황공한 일이오나."

"무슨 일인지 모르지만 급한 일이라면 바로 다녀오시는 게 좋을 듯합니다."

로렌은 루시아 대공의 말을 끊고 말했다.

"꼬, 꽃을 꺾으러!"

그러자 루시아 대공은 의미 모를 말을 남기고 급히 접견실을 뛰쳐나갔다. 귀족다운 체통 따윈 조금도 보이지 않는 그녀의 전력 질주에 지나가던 시녀가 눈을 동그랗게 뜨는 것이 로렌에게도 보였다.

*   *   *

돌아온 루시아 대공의 얼굴은 새빨개져 있었다. 취기 탓만은 아닐 터였다.

"감사… 드립니다, 호국경 각하. 아, 아니, 실례했습니다."

감사한 이유는 아마도 슬레인이 강신한 상태로 화장실에 가는 걸 막아준 것에 대한 것이겠지만, 그녀는 곧 고개를 격렬히 저으며 자릴 비운 것에 대한 유감 표명으로 대체했다.

로렌은 무슨 말인지 모르겠다는 듯 반응해 주었다. 그게 그녀를 위한 것이리라.

"축복은 잘 받으셨는지요?"

"아, 네. 다시 이런 일이 생기지 않도록……. 아니, 아무튼. 그렇게 받았습니다."

루시아 대공은 둘러대기는 했지만 정황상 아무래도 루시아 대공은 생리 현상에 관련된 축복을 받은 모양이었다. 적절한 선택으로 보였다. 물론 로렌은 못 알아들은 척을 해야 했기에, 궁금하지만 묻지는 않는다는 태도를 취해 보였다.

"저, 죄송합니다만 루시아 대공 전하."

"무슨 일이신지요, 호국경 각하?"

지금 와서 언급할 거리는 아니었지만, 어려진 루시아 대공은 꽃처럼 아름다웠다. 물론 그저 어려지기만 한 게 아니라 여러 미용 목적의 축복도 받은 결과겠지만, 그 덕에 그녀는 그야말로 초월적인 미모를 뽐내고 있었다.

비록 누가 봐도 부자연스러울 정도의 변화인 탓에 중앙집권화가 성큼 다가온 이 시대에 자기 영지에 틀어박혀 유폐된 것이나 다름없는 생활을 보내고 있었으나, 그녀 본인은 만족하고 있는 것 같았다.

여성에게 있어 아름다움은 때때로 그것 자체가 목적이라더니, 그게 딱 루시아 대공의 이야기였다.

그렇다고 자신의 아름다움을 과시하는 쾌락을 완전히 포기한 것은 아닌지, 비밀을 밝힌 외부인인 로렌이 대공령으로 찾아올 때마다 루시아 대공은 정말 나긋나긋하게 로렌을 대했다.

사정을 모르는 사람이 보면 세상 물정 어두운 아름다운 대공 영애가 호국경에게 폭 빠진 것처럼 보일 정도로.

그런 루시아 대공의 태도는 정말 매혹적이기도 했고 다소 부담스럽기도 했으나, 로렌은 그녀의 시선을 피하지 않은 채 이렇게 요청했다.

"이번에는 예카테리나와 만나고 싶습니다만."

생리 현상에 관련된 축복까지 받았으니, 상담이 좀 길어져도 상관은 없으리라.

　　　　＊　　　　　＊　　　　　＊

"네? 정말로요?"

예카테리나가 눈을 동그랗게 뜨고 물었다. 미모가 절정에 오른 루시아 대공의 얼굴로 그런 재미있는 표정을 지어주는 건 로렌 개인적으로도 매우 기꺼웠으나, 지금 꺼낸 이야기는 웃으면서 할 부류의 것은 아니었다.

"먼저 말씀드리지만, 제 수명은 얼마 남지 않았습니다."

육체 수명이야 어떻게든 늘릴 수 있다. 탈각해도 되고, 빛의 힘을 쐬어도 되고, 엘리시온의 신력을 발휘해도 된다.

그러나 영혼만큼은 그렇게 되지 않는다.

로렌은 한 번 신위에 오르고, 스스로 신위를 거부함으로써 절대 수명을 크게 소모했다.

안 그래도 로렌 하트로서 수백 년, 그리고 로렌으로서도 백 년 이상의 세월을 보냈다. 그의 영혼은 이미 많이 마모된 상태였다.

그는 이미 자신의 최후가 얼마 남지 않았음을 알고 있었다. 육체보다도 영혼의 노화가 먼저 찾아올 것이고, 아마도 인류 의회에는 얼굴도 비춰보지 못하고 소멸하리라.

그렇게 되기 전에 해보고 싶은 게 있었다.

"이 일은 슬레인에게는 비밀로 추진해 주십시오."

그런 로렌의 요청에 예카테리나는 살짝 표정을 굳혔다.

"최선을 다해보지요."

슬레인의 세력은 현 인류 의회의 양대 산맥, 아니, 실질적으로는 주류 세력이라 봐도 될 정도의 위세를 떨치고 있었다. 부탁하는 로렌이 보기에도 예카테리나가 이 일을 오래 숨길 수는 없을 것 같았다.

"뭐, 일이 진행된 직후까지 정보 통제가 되면 그걸로 충분합니다."

"그 정도라면 어떻게든 가능할 것 같군요."

로렌의 부언에 예카테리나의 표정이 약간 풀렸다. 정치 세력으로서는 외부적으로는 동맹, 내부적으로는 경쟁 상대이나 그녀는 본질적으로 슬레인의 오랜 팬이다. 필요하다면 하겠지만, 기본적으로는 슬레인을 속이고 싶어 하지 않는다.

"준비하시는 데 시간이 얼마나 걸릴 것 같습니까?"

그런 로렌의 질문에 예카테리나는 잠시 고민하다가 결론을 내린 듯 고개를 한 번 끄덕이고는 입을 벌려 대답했다.

"한 달 정도면 충분할 것 같습니다."

한 달.

짧다면 짧지만 주변을 정리하기에는 충분한 기간이다.

"그럼 그렇게 진행시켜 주십시오."

"알겠습니다."

대답한 예카테리나는 갑자기 일어서더니, 로렌을 향해 경례했다.

"세계의 구원자이며 다시없을 영웅에게 합당한 경의를."

로렌도 일어서 경례를 받았다.

*　　　　　*　　　　　*

그레고리 남작, 아니, 그레고리 자작은 어두운 방 안에서 눈을 껌벅거렸다. 아직 그렇게 나이를 많이 먹은 것 같지도 않은데 새벽잠이 없었다.

"으으음……."

그가 일어나는 소리에 잠이 옅어졌는지, 옆에 누워 있던 이가 몸을 뒤척였다. 자작은 한 번 픽 웃고는 이불을 제대로 덮어주고 조심스럽게 침대에서 빠져나왔다.

나라의 중앙집권화 정책 때문에 그레고리 자작도 더 이상 영주라 자칭할 수는 없는 몸이 되었다.

그러나 자작의 통치 능력이 괜찮게 평가받은 덕인지, 아니면 중앙의 무장해제 요구를 곧바로 이행한 점을 높이 샀는지, 그는 중앙정부로부터 다르키아 왕국의 북서부 지역을 통괄하는 주지사 관직을 받았다.

결과적으로 그의 일상은 이전과 다를 바가 없게 되었다. 그저다른 영주들의 침략을 걱정할 필요가 없어졌고, 아무 일도 안 하고 작전 대기만 하고 있는 용병의 월급에 골머리를 썩을 일도 사라졌다는 것 정도가 변화일까.

외계에서 멸세의 괴물들이 쳐들어온다거나, 죽은 신들이 인류의 영혼을 탐식한다거나, 그런 세기말적인 사태가 일어날 뻔했었다는 건 그로선 알 도리도 없었고 알 필요도 없었다.

그저 느긋하게, 조금은 지루하게 이어지는 일상을 즐길 뿐이었다.

"…커피가 맛있군."

얼마 전부터 다르키아의 귀족 사회에서 유행하기 시작한 새로운 음료를 마시며, 자작은 동트는 동쪽 하늘을 바라보고 있었다.

그때, 하늘에서 해를 등지고 무언가가 날아오는 모습이 보였다.

"오!"

자작은 깜짝 놀라 입고 있던 가운을 벗어던졌다. 중년 남성다운 알몸이 드러났으나 그는 별 신경을 쓰지는 않았다. 서둘러 적신 타월로 밤새 더럽혀진 몸을 닦은 그는 빠른 속도로 복장을 갖췄다. 마지막으로 옷매무새를 가다듬고, 그는 응접실로 나갔다.

마침 저택의 문을 노크하는 소리가 들렸고, 밤잠이 없는 집사가 나가 손님을 맞았다. 집사가 자신에게 와 손님이 왔음을 알리기도 전에, 자작은 곧장 손님을 응접실로 안내하라 일렀다. 그런 자작의 태도에 집사는 별로 크게 놀라지는 않았다.

왜냐하면 그 손님의 정체가 바로 로렌, 그레고리 남작의 은인인 마법사님이자 다르키아 왕국의 호국경이었기 때문이다.

*　　　　　*　　　　　*

"실로 오랜만에 뵙습니다, 마법사님. 아니, 호국경 각하라고 불러드리는 게 더 나을까요?"

그레고리 자작은 로렌이 디셈버라는 가명으로 마법사 활동을 했음을 아는 몇 안 되는 지인 중 하나였다. 진심으로 반가워하는지, 목소리는 약간 들떠 있었다.

"오랜만입니다, 자작님. 그냥 로렌이라고 불러주시면 됩니다."

"그럴 수야 없지요. 그렇다면 마법사님이라 부르겠습니다."

로렌은 빠르게 포기했다. 하기야 대공들하고도 서로 경어를 쓰는 판에, 지금 와서 그레고리 남작에게 편대를 해달라는 건 지나친 요구다.

"너무 일찍 찾아오는 바람에 실례를 범하지 않을까 우려했습니다만⋯⋯."

"그런 말씀 마십시오. 설령 자고 있었더라도 마법사님께서 찾아오셨다면 바로 일어날 터였습니다. 게다가 요즘 부쩍 새벽잠이 없어져서요. 혼자 깨어 무료하던 참이었습니다."

"그러고 보니 제가 여기 도착하기 전에 제가 올 걸 알고 계셨던 것 같은데, 어떻게 아셨습니까?"

"아, 그거야… 제가 알기로 하늘을 날아다니는 마법사는 마법사님이 유일하시니까요. 뜨는 해를 등지고 날아오시는 걸 보고 마법사님인 줄 바로 알았습니다."

순간적으로는 말도 안 되는 넘겨짚기라 생각했으나, 로렌은 곧 그레고리 자작의 말이 별로 틀리지 않았음을 알았다.

별로 급하지도 않은데 이동하는 데 도약 주문을 쓰는 마법사는 로렌 정도다. 별의 영역에 들어서지 않고서야 마력이 아까워서라도 이런 짓을 하진 않는다.

"이거 부끄럽군요."

"별말씀을. 집사에게 일러 주방에 전갈을 넣었으니 곧 단출하나마 아침 식사를 하실 수 있을 겁니다. 부디 드시고 가셨으면 좋겠군요. 아니면 차 어떻습니까? 아아, 아니지. 커피! 커피를 들여왔습니다. 커피 드시겠습니까?"

아직 로렌이 대답도 안 했는데, 자작은 벌써 일어나서 핸드밀에 커피콩을 넣고 직접 핸들을 돌리고 있었다. 드르르륵, 커피콩 갈리는 소리가 경쾌했다. 이래서야 거절하기도 어렵다. 로렌은 그냥 커피 한 잔 정도는 얻어먹고 가기로 했다.

깔때기 형태로 접은 종이에 갈아낸 커피 가루를 소복이 올린 후, 끓인 물을 천천히 적시듯 붓는 모습은 자작이 지금 얼마나 커피에 푹 빠져 있는지 잘 알 수 있는 모습이기도 했다.

"드시지요."

고급스러운 티 컵에 처음으로 내린 커피를 가득 담아, 그레고리 자작은 한 방울이라도 흘릴까 조심스럽게 로렌 앞에 옮겼다. 그리고 남은 커피 가루로 본인 몫의 커피를 다시 내려 자기 자리 앞에 놓은 후에야 자작은 자리에 앉았다.

사치품인 데다 수입품이기까지 해, 커피콩의 가격은 만만치 않을 터였다. 아무리 귀족에 주지사인 그레고리 자작도 커피 가루를 재활용하는 것은 당연하게 여기는 듯했다. 그리고 로렌에게 아예 새 콩을 갈아 커피를 내려주는 것은 특별한 대접임에 틀림없었다.

그럼에도 불구하고 커피 맛은 로렌의 입맛에 완전히 차지는 않았다. 이 세계의 커피 맛이 지구의 현대 한국에서 마실 수 있는 커피 맛에 비해 떨어지는 건 어쩔 수 없는 일이다.

커피 원산지인 셀라시에 왕국에서 다르키아 왕국에 커피콩이 운송되어 오는 것만도 몇 개월씩 걸린다. 보존 상태가 좋을 리도 없고.

그러나 로렌은 이 비싼 걸 대접받아 놓고 솔직하게 맛없다고 할 정도로 무례하지 않았다.

"신기한 맛이로군요."

"새로운 맛이지요."

다르키아의 귀족들이 커피를 즐기는 것은 맛보다 이국적인 향취를 즐기는 것이다. 커피가 조금이라도 싸지면 중앙집권화로 인해 확 불어난 관료들이 잠기운을 쫓고 일을 하기 위해 마시게 되겠지만, 아직은 그런 시대가 찾아오지는 않았다.

맛이 있든 없든 커피는 커피다. 로렌과 그레고리 자작은 커피를 앞에 두고 하기에 걸맞은 일을 하기로 했다.

그건 바로 대화였다.

"제가 자작으로 불릴 수 있는 것도 마법사님 덕분입니다. 시대가 더 지나가기 전에 자작 작위를 얻을 수 있었으니까요. 이대로 가면 귀족이라는 계급이 없어질지도 모르겠군요. 그런 의미에서 저는 참 복받은 사람 같습니다."

자작은 허허 웃으며 말했다. 중앙집권화의 바람에 휘말려 자작령의 영주직을 잃은 것치고는 참 태연한 반응이었다. 하긴 이 남자는 욕심이 그렇게까지 많지는 않은 남자였다. 그러지 않고서야 모처럼 점령한 자작령을 로렌과 라핀젤에게 떠넘기지도 않았을 터였다.

그랬기에 로렌은 야망이 적은 이 남자에게 자작령을 돌려줄 생각을 할 수 있었고, 다르키아 국왕은 왕국의 북서방주(州) 주지사 자리를 이 남자에게 돌린 것이리라.

출세하는 데 야망은 반드시 필요하다지만, 이 남자만은 달랐다. 그는 오히려 야망이 적기에 이렇게까지 출세했다.

"하이어드 델라크, 그러니까 자작님의 양자께선 불만이 있지 않을까요?"

하이어드 델라크는 그레고리 남작의 작위를 이어받기 위해 막대한 기부금을 내고 선거전까지 치르려 했다. 그랬는데 지금은 그레고리 자작의 영주직이 날아가고 대신 세습이 불가능한 주지사직을 맡았으니, 그로서는 약간의 불만이 생길 만도 했다.

그런데 그런 로렌의 생각과는 다른지, 그레고리 자작은 고개를 저으며 이렇게 대답했다.

"아뇨, 저도 그럴 거라 생각했는데 그렇지도 않더군요. 영지를 세습해 줄 순 없지만, 작위는 세습해 줄 수 있으니까요. 애초에 그놈의 목적은 명예였으니, 그걸로 목적은 달성한 셈이라 치는 것 같습니다."

거기까지 말하다 문득 웃으며 이렇게 첨언했다.

"녀석 입장에서는 남작이 자작이 된 거니 손해 봤다고 어디서 말도 못 할 겁니다!"

그렇다면 다행이다. 로렌은 찻잔을 들어 시고 쓴 커피를 한 모금 머금었다. 이미 카페인 따위로는 별 영향도 받지 않는 몸이 되었지만, 그래도 커피라고 정신이 명료해지는 것 같은 느낌이 들었다. 기분 탓이겠지만, 원래 이런 기호품은 기분을 즐기기 위해 있는 것이다.

잠깐 이어진 침묵.

"그런데 무슨 일로 절 찾으셨습니까? 혹시 제 힘이 필요하시면 뭐든 말씀해 주십시오. 미력하나마 전력을 다해 돕겠습니다."

그레고리 자작은 진지한 목소리로 그렇게 말문을 열었다. 필요하다면 목숨까지 바칠 것 같은 그의 태도에, 로렌은 웃음을 터뜨릴 뻔했다.

"아닙니다. 그저 이제 먼 여행을 떠날 참이라, 떠나기 전에 신세진 분들께 인사를 드리러 다니고 있습니다."

"먼 여행요? 셀라시에 왕국에라도 가시는 겁니까?"

최근 커피 열풍으로 인해 다르키아 귀족들 사이에서 셀라시에 왕국에 대한 관심이 늘었다더니. 여행 이야기를 꺼내자마자 자작 입에서 셀라시에 왕국부터 튀어나오는 걸 보니 정말 그런 모양이었다.

행선지가 셀라시에 왕국이라고 대답했으면 커피콩 좀 사다달라고 부탁했을지도 모른다. 그런 상상에 유쾌해진 로렌은 미소를 머금은 채 고개를 저었다.

"아뇨, 좀 더 먼 곳입니다."

"오래 걸리는 모양이로군요."

그레고리 자작은 아쉬운 듯 입맛을 다셨다.

"제가 마법사님께 입은 은혜가 너무 커서, 평생을 다해도 갚을 길을 모르겠군요. 혹시 내키시면 여행에서 돌아오신 후에라도 제게 기회를 주셨으면 합니다."

괜찮다고 말하면 오히려 자작의 마음에 상처를 입힐 분위기이기에, 로렌은 고개를 끄덕이고 말았다. 돌아올 수 없을지도 모른다고, 아니, 사실 돌아올 수 없다고 말할 수야 없었다.

"아, 그리고 돌아오신 날에는 꼭 기별해 주셨으면 합니다. 저녁 식사로 요즘 유행하는 요리를 대접하고 싶거든요. 혹시 양념치킨이라고 들어보셨습니까?"

자작의 이어진 발언에 로렌은 미처 참지 못하고 기어코 웃음을 터뜨려 버리고 말았다.

*　　　　*　　　　*

로렌이 인사를 간 건 그레고리 자작뿐만이 아니었다. 신세를 졌거나 인연이 있는 사람들을 찾아서 먼 여행을 떠난다고 말하고 다녔다.

대학 강의에 바쁜 레윈과 만났을 때는 질문을 듣고 답해주느라 밤을 샐 뻔했으며, 탈란델은 만약 새 그랑 드워프의 유적을 발견하면 꼭 알려달라고 말했다. 리처드와는 결국 마지막이 될 대련으로 이야기를 대신했다.

다들 로렌이 돌아올 거라 믿고 있었고, 로렌은 그런 그들의 믿음을 굳이 깨려 들지 않았다.

하기야 한 번은 이미 나눴던 인사였다. 레물로스 왕국으로 여행을 떠났을 때 말이다. 그때보다 조금 더 먼 곳으로 간다고 말했고, 더 오래 머물 거라고 말했다. 어떤 의미에서는 로렌이 그들에게 착각하도록 유도를 한 면도 있었다.

자신이 다시는 돌아올 수 없다는 진실을 밝혀야 할 대상은 따로 있었다.

적당히 의례적인 인사를 다닌 후, 로렌은 자신의 저택 앞에 섰다.
'어떤 반응을 보일까.'

로렌은 상상했다. 그러다 그만두었다. 결국 로렌이 지금 계획하고 있는 일은 지극히 이기적인 일이자 그녀들에 대한 배신이다. 그러나 그만둘 수 없는 일이다. 아무리 비난당하더라도, 로렌은 자신의 결정을 번복할 마음이 없었다.

어울리지도 않게 심호흡을 한 후, 로렌은 저택 안으로 들어섰다.

✻　　　✻　　　✻

"로렌! 어디 갔다 왔어?!"

로렌이 저택 안에 발을 들이자마자, 생각지도 못하게 밝은 목소리가 들려왔다. 마리의 목소리였다. 토르코니아 제국의 초대 황제였던 소녀.

"마리, 네가 여기 웬일이야?"

"웬일이긴, 약속한 걸 받으려고 왔어."

그녀의 목소리는 어디까지나 쾌활했다.

"약속한 거?"

"라푼젤이 이미 임신했다는 건 들었어! 그 아가씨가 첫 번째였다며?"

첫 번째? 로렌은 순간적으로 영문을 몰라 고개를 갸우뚱거렸다. 아니, 뇌가 일부러 이해하길 거부하고 있는 것 같았다. 그러나 그것도 오래 가진 않을 것 같았다.

"내가 잠깐 네 곁을 떨어졌을 때 해치웠겠지."

뚜벅뚜벅 발소리를 내며 복도를 걸어온 오하라가 말했다.

정답이었다. 오하라치고는 눈치가 빨랐다. 정확히는 로렌이 신이 될 뻔했다가 다시 인간으로 돌아왔던 날의 오후였다.

"뭐, 라푼젤이 첫 번째인 거야 인정해 줄 수 있어. 스칼렛에게 들었거든. 가장 오래 함께 지냈다면서?"

거기까지 차분하게 말했던 오하라였지만, 차분했던 건 거기까지였다.

"하지만 두 번째는 나다!"

"아니야, 나야!"

오하라의 갑작스러운 선언에 스칼렛이 급하게 튀어나오며 외쳤다.

"라푼젤의 허락은 받았어, 로렌! 너만 선택하면 돼!!"

스칼렛의 눈이 반짝반짝 빛나고 있었다. 그런 그녀의 목소리에 로렌은 머리가 지끈거리는 것 같았다.

"뭐? 허락?"

"응! 로렌 맘대로 하라고!"

스칼렛이 활짝 웃었다.

"자, 로렌! 같이 애 만들자!!"

"라푼젤!!"

로렌은 놀라 그 자리에서 휙 뛰어올랐다. 아니, 이럴 필요 없구나. 뒤늦게 제정신을 좀 찾은 로렌은 텔레포트를 사용해 라푼젤의 방으로 이동했다.

침대에 누워 있는 라푼젤의 모습이 보였다. 아직 만삭은 아니었지만, 그녀의 배는 눈에 띄게 불러 있었다. 로렌의 애를 밴 탓이다.

"시끄럽게 소리치지 마. 애 태교에 안 좋아."

라푼젤의 말에 로렌은 자기도 모르게 목소리를 가라앉혔다.

"…허락했다는 게 무슨 소리야?"

"나만 널 독점하는 게 과연 무슨 의미가 있을까?"

그녀의 목소리는 어딘지 모르게 공허했다.

"차라리 네 분신을 잔뜩 만들어놓는 게 남겨진 이들에겐 더 큰 위로가 되지 않을까?"

"…라푼젤."

그녀는 로렌이 무슨 생각을 하고 있는지 알고 있는 것 아닐까?

그렇게 생각하니 로렌은 가슴속에서 뭔가가 치밀어 오르는 것 같았다.

"나는 여행을 떠날 거야. 아주 먼 곳으로……."

라핀젤에게는 처음 밝히는 사실이었으나, 라핀젤은 별로 놀라지 않았다. 오히려 체념을 가득 담은 목소리로 이렇게 말했다.

"이 아이를 배에 품은 채로 따라가는 건 무리겠지."

"…혼자 갈 거야. 그리고……."

돌아오지 않을 거야. 로렌은 그렇게 말하길 잠깐 망설였다.

"더 말하지 마."

라핀젤은 로렌의 시선을 피하며 그렇게 말했다.

"오하라가 뭐라고 말했는지 알아? 만약 내가 허락 안 하면 내 배 속의 아이랑 사귀겠다고 했어. 여자애인지 남자애인지도 모르는데. 웃기지 않아? 안 웃기지. 나 저런 며느리는 들이기 싫어. 저 드래곤 여자 좀 어떻게 해봐, 로렌."

그러고선 애써 쾌활한 말투로 이상한 소릴 늘어놓았다. 아니, 이상한 소릴 한 건 정확히는 오하라 쪽이겠지만, 그런 게 뭐가 중요하겠는가.

라핀젤의 두 눈에서는 지금도 눈물이 흘러 떨어질 것처럼 보였다.

"…가지 마, 로렌."

그러고선 결국 진심을 또르르 흘리고 만다.

라핀젤은 로렌 하트의 영웅이자 은인이었다. 그녀는 로어 엘프인 자신을 해방시켜 준 구원자이자 새로운 시대의 문을 연 시대정신이었다.

그리고 로렌의 첫 여인이었다.

그런 그녀를 버리고 꼭 가야만 하는 것일까? 로렌은 마음이 요동치는 것을 느꼈다.

"그럴 순 없어."

그러나 로렌은 고개를 젓고 말았다. 자신의 마음이 스스로 생각하는 것보다 굳었음을, 로렌은 대답하고 나서야 깨달았다.

그러자 라푼젤은 눈물을 닦던 손수건을 그에게 집어 던지며 외쳤다.

"그럼 분신이나 잔뜩 만들어놓고 가!"

손수건은 축축했다.

*   *   *

로렌은 매우 질척질척하고 끈적끈적한 시간을 보냈다. 감성적인 면에서도 그랬지만 물리적으로도 말이다. 사람 몸에서 이렇게 많은 액체가 나올 수 있을 줄은 대마법사인 그도 미처 몰랐던 일이었다. 물론 혈액을 제외한 액체들 말이다.

다시 생각해 보면 로렌이 향상심 없는 시간을 보낸 건 이번이 처음이었다. 항상 성장을 도모하고 수련에 골몰하고 무언가를 연구하던 그가 그저 쾌락에만 몰두했던 건 로렌 하트 시절과 김진우 시절을 통틀어서도 이번이 처음일지도 몰랐다.

아니, 사실 즐기고만 있던 건 아니었다. 로렌은 생물 본연의 본능에 휩쓸린 상태였다. 스스로도 지난 한 달간을 돌아보며 우울한 말투로 이렇게 중얼거렸을 정도였다.

"죽기 직전의 생물은 자손을 남기는 데 전력을 다한다더니, 내가 그 꼴이로군."

필사적으로 번식에 힘썼던 건 로렌뿐만은 아니었다. 여자들도 로렌이 곧 최후를 맞이할 걸 전해 듣고, 그의 흔적을 최대한 많이 남기려고 애썼으니 말이다. 주로 자기 몸에다.

어쨌든.

남은 시간이 짧았기에 오히려 세월은 더욱더 쏜살같이 지나갔다.

로렌의 수명이 다한 것이 몸으로 느껴졌다. 치유 주문이 잘 듣지 않는 건 당연했고, 빛의 힘마저도 통하지 않았다. 엘리시온의 신력도 마찬가지였다.

로렌은 늙어가고 있었다. 단단하게 부풀어 올랐던 근육에서 힘이 빠지고, 피부에도 주름이 졌다. 체력이 떨어진 게 몸으로 느껴졌다.

"아직 20대도 안 됐는데, 억울하군."

아직 공력으로 버티고는 있었으나, 그저 버티는 게 고작일 뿐이었다. 이런 상황에서 탈각의 경지에 오를 수야 없었다. 아니, 애초에 불가능하리란 걸 로렌은 잘 알고 있었다.

늙은 쪽은 영혼이고, 몸은 영혼을 따라가고 있는 것뿐이었다.

"모든 것이 완전히 끝나기 전에 결단을 내려야지."

잠든 여자들 사이를 유령처럼 걸어, 그는 저택에서 빠져나왔다. 신체 능력과 영능이 모두 저하되었지만 마법만큼은 아직 로렌을 배신하지 않았다.

"자, 가볼까."

별의 몸으로 로렌은 도약했다. 목적지는 루시아 대공령. 아직 동이 트지 않아 어스름이 진 어두운 하늘은 차가웠다. 그의 몸이 으슬으슬 떨렸다.

"내, 참."

로렌은 불쾌함을 느끼기 이전에 어이가 없어 혀를 찼다. 천하의 대마법사 로렌이 밤바람의 추위에 몸을 떨다니.

이미 로렌 하트로서 한 번은 늙어본 적이 있으나, 그렇다고 한들 노화란 참 익숙해지지 않는 병이었다. 생명 있는 자들이 얻는 최후의 불치병. 불멸을 얻고자 수은을 들이켠 진시황의 심정을 로렌도 지금은 조금쯤 이해를 할 수 있게 되었다.

그저 찬바람으로부터 몸을 보호하기 위해 온몸에 공력을 둘러야 하는 것이 서글펐으나, 현실은 현실이었다.

본인이 뭐라고 느끼든 로렌의 육체는 같은 나이의 인간보다 강인하여, 도약을 통한 비행을 잘 버텨냈다.

그리하여 로렌은 목적지에 도착했다.

＊　　　　　＊　　　　　＊

"준비는 다 되셨나요? 호국경 각하."

루시아 대공이 눈부시게 웃으며 그를 맞이했다. 늙어버린 그와 달리 그녀는 찬란한 생명의 빛을 내뿜고 있었다. 한때는 젊음을 되찾기 위해 축복을 낭비하던 그녀를 비웃은 적도 있으나, 지금은 그녀가 올바른 선택을 한 걸지도 모른다는 생각이 뇌리를 스쳤다.

하기야 로렌은 이제 축복을 받아도 젊어질 수는 없지만 말이다. 그리고 루시아 대공 또한 언젠가는 로렌과 같은 최후를 맞이할 것이다. 신이 되어 불멸성을 손에 넣지 않는 한.

순간적으로 그런 비틀린 생각에 휩싸인 로렌은 바로 고개를 저어 상념에서 벗어났다.

다른 사람이 무슨 상관이란 말인가? 로렌은 스스로의 선택으로 여기까지 왔다. 그러니 그 결과 또한 담담히 받아들이는 게 맞았다.

마음을 굳힌 로렌은 입을 열어 대답했다.

"네, 부탁드립니다."

다음 순간, 루시아 대공의 기색이 완전히 바뀌었다. 예카테리나가 강림했기 때문이다.

"안 오실 줄 알았습니다."

예카테리나의 말에 로렌은 약간 실소했다.

"조금 늦어졌군요."

로렌은 딱 한 달 만에 이 세계에서의 최후를 스스로 맞이하리라 생각했었는데, 그건 지나친 자신감이었다. 자신도 모르게 미련이 남은 건지, 본래 약속했던 것보다 사흘이나 늦게 루시아 대공령에 방문했으니 할 말이 없었다.

"이해합니다. …아니, 솔직히 말씀드리면 아직도 이해가 안 갑니다만. 굳이 이러실 필요가 있는지……."

예카테리나는 고개를 저었다. 그야 그렇다. 스스로 자신의 최후를 앞당긴 것이나 마찬가지인 결정이니까. 그냥 이대로 이 세계에서 최후를 맞이하기로 결정한다면 몇 개월 정도, 최대한 긍정적으로 보면 1년까지도 더 살 수 있을지도 모른다.

로렌은 예카테리나를 굳이 더 설득하려 하지 않았다. 누구도 이해 못 할 일일지도 모른다. 로렌 자신조차 스스로의 마음을 완벽하게 재단해 낼 수는 없으니까.

예카테리나도 이 사안에 대해 더 이상 왈가왈부하지 않기로 마음먹은 듯, 굳은 표정으로 로렌에게 이렇게 고했다.

"준비는 끝났습니다. 언제든 가능합니다."

"그럼 지금 바로 부탁드립니다."

망설임을 끊어내기 위해, 로렌은 곧장 대답했다. 그의 대답을 들은 예카테리나는 입술을 깨물었다. 그녀는 그 자리에서 똑바로 일어서 제대로 자세를 가다듬은 후, 로렌에게 경례했다.

"세계의 구원자이며 다시없을 영웅에게 합당한 경의를."

한 달 전에도 받은 경례였다. 로렌은 그 경례를 받았다. 그 정도의 여유는 있었다.

동시에 로렌의 몸이 빛에 휩싸이기 시작했다. 이 경험을 하는 건 두 번째였다. 그리 기분 좋은 경험이라고는 할 수 없었다.

예카테리나는 아직도 경례를 풀지 않은 상태였다. 로렌이 완전히 소멸하기 전까지 그러고 있을 것 같았다. 로렌은 그녀에게 한 번 웃음을 흘려주었다. 그러자 예카테리나가 눈을 부릅떴다. 그런 노력에도 불구하고, 그녀의 눈에서는 덧없이 눈물이 흘러나왔다.

그것이 로렌이 이 세계에서 본 마지막 장면이었다.

84장
블루 마블

—다시 보는구나.

　로렌의 귓가에 누군가가 속삭였다. 언젠가 한번 들은 목소리였다.

　아니, 들린 것은 목소리도 아니었고, 귓가에 속삭인 것도 아니었다. 지금의 로렌은 육체가 존재하지 않았고, 그렇기에 소리를 들을 귀도 없었다. 그러나 로렌은 그에게 속삭인 것이 누군지 바로 알아챘다.

　—세계……

　로렌을 신으로 삼아 부리려고 했던 세계의 의지였다. 로렌은 눈을 뜨려고 했으나, 자신에게 눈꺼풀이 없고 애초에 눈조차 없음을 뒤늦게 눈치채고는 한숨을 내쉬었다. 실제로 한숨이 내쉬어지지는 않았으나, 내쉰 것 같은 느낌이 들었다.

—먼저 고맙다는 말부터 해야 할 것 같네.

갑작스럽고 예상치 못한 세계의 말에 로렌은 세계가 있는 쪽을 바라보았다. 동시에 그는 보려고 하면 볼 수 있음을 깨달았다.

주변은 온통 새하얀 빛으로 가득 차 있었고, 빛이 닿지 않는 어스름에선 무언가가 끊임없이 흘러 다니고 있었다. 그리고 로렌의 정면에는 세계가 서 있었다.

세계는 아름다운 소녀의 모습을 하고 있었다. 마치 인간 소녀처럼 보였지만, 그저 로렌이 보기에 좋은 모습을 취한 것일지도 몰랐다. 이전에는 그런 모습이 아니었다. 아니, 모습을 보여주지도 않았었다.

목소리나 말투도 그랬다. 지금은 아리따운 소녀의 목소리를 들려주고 있었지만, 일전에는 위엄 넘치는 노인의 목소리로 로렌에게 호통을 쳤다.

—나는 널 신으로 세워 나를 지키도록 하려고 했었지. 그런데 네가 내 제안을 거부했을 때는 꽤나 당황했었어. 화도 냈었지. 기억하고 있어?

세계는 키득키득 웃었다. 마치 재미있었던 옛일을 입에 올리는 것 같은 태도였다.

—내 선물, 불멸을 거부하고도 살아남은 건 네가 처음이야.

역시 죽을 뻔했던 건가. 로렌은 식은땀을 흘렸다. 아니, 흘린 것 같은 기분이었다.

—그리고 되돌려 받은 필멸자의 한정된 삶을 날 지키기 위해 온전히 써버린 것도 네가 처음. 아니, 이건 당연한 건가. 이렇게까지 위험했던 건 처음이었으니까.

세계는 한숨을 내쉬었다.

―멘르바라고 했던가. 그 벌레가 새끼 친 괴물들이 스멀스멀 내 몸을 기어 다닐 때는 소름이 끼쳤지.

세계의 말에 로렌도 소름이 돋았다. 그 말이 의미하는 바를 깨달았기 때문이다.

죽은 신들은 모두 소멸했다. 그들은 지구나 이 세계의 침공을 제대로 시도해 보지도 못하고 최후를 맞이했다. 그럼에도 세계가 멘르바의 괴물들을 기억하고 있는 이유가 무엇이겠는가?

그 답은 간단했다.

로렌이 겪은 것을 세계 또한 기억하고 있다.

'아니, 지금 와서 놀랄 일은 아닌가.'

로렌은 빠르게 진정했다.

그는 세계가 자신을 신으로 추대해 올릴 때의 일을 기억하고 있었다. 그때 그는 그의 추종자들이 내는 목소리를 들었다.

지금의 시간열에는 존재할 리 없는 추종자들이었다. 로렌의 세계의 마지막 희망이자 구원자로 등극하는 건 아이러니하게도 세계의 멸망을 피할 수 없을 때뿐이었으니까.

하지만 이번 시간열에 로렌은 멸망을 막는 데 성공했고, 그를 구원자라 부르는 건 인류 의회의 인물들 정도였다. 게다가 세계가 로렌을 신으로 추대한 시점은 그가 성공하기 전이었다.

―그래, 맞아.

마치 로렌의 생각을 들여다보기라도 한 건지, 세계는 고개를 끄덕여 그의 추측을 긍정했다.

―지금은 네가 대하기 편하라고 하나의 인격으로만 널 대하고

있지만, 사실 난 하나가 아니야. 난 우리고, 우리는 세계야.

중간부터 소녀의 목소리가 여럿 겹쳐지면서, 마치 세상 사람 모두가 한목소리를 내는 것같이 들렸다. 그 소리가 매우 우렁차 로렌은 귀를 막으려고 했지만, 그에겐 큰 소리 때문에 망가질 귀가 존재하지 않고 귀를 막을 손도 존재하지 않았다.

—아, 미안. 놀랐지?

소녀는 다시 소녀의 목소리로 말했다. 혀를 살짝 내밀며 웃는 것이, 일부러 친 장난인 게 분명해 보였다.

—어쨌든… 넌 불멸을 포기하고 신위도 포기했음에도 불구하고 얼마 남지 않은 목숨을 태워 내가 바라던 일을 해줬어. 본래 존재하지 않았던 가능성으로 날 이끌었고, 결국에는 나를, 우리를 죽은 신들로부터 구원해 주었지.

시종일관 유쾌해 보였던 소녀의 눈에 물기가 어렸다.

—고마워.

로렌은 그녀가, 세계가 진심으로 그에게 고마워하고 있다는 걸 느꼈다.

—그런 네가 내 실수로 인해 피해를 입는 것은 내가 원하는 일이 아니야. 네가 불멸을 거부하지 않을 거라 생각하고 네게 지나친 부담을 가했고, 그로 인해 네 수명이 크게 줄어들어 버린 건 어디까지나 내 탓이야. 나는 네게 보상을 해야만 해.

소녀가 그렇게 말함과 동시에, 로렌의 몸에 힘이 차올랐다. 아니, 그에겐 몸이 없으니 이건 옳은 표현이 아니다.

로렌이 지금 자신의 몸이라 여기고 있는 건 어디까지나 영혼이었다. 그의 노쇠하고 쇠약해진 영혼에 다시 젊음과 생기가 차오르고 있었다.

세상의 그 어떤 방법을 동원해서도 되찾을 수 없다고 여겼던 절
대 수명이 회복되었다. 엘리시온의 힘으로도 불가능했던 일이었는
데, 세계는 이토록 간단하게 회복시켜 줄 수 있었다. 실제로는 그
리 간단한 일은 아니겠지만, 로렌이 느끼기에는 그러했다.

회복된 로렌을 바라보며 소녀는 웃었다.

—자, 이제 넌 뭐든 할 수 있어. 환생을 선택할 수도 있고, 이대
로 다시 네 세계로 돌아가는 것도 방법이겠지. 그리고 네가 원래
원했던 것처럼 지구로 가볼 수도 있어.

거기까지 말하다, 소녀는 문득 입을 다물었다. 몸을 꼼지락대며
망설이던 그녀는 새빨개진 얼굴로 이렇게 제안했다.

—아니면… 그… 다시 불멸을 받는 건 어때?

다시 신이 될 기회를 받을 수 있을 것이라고 생각하지는 못했기
에, 로렌은 순간적으로 머릿속이 하얘지는 것 같았다.

—…충분히 생각해 봐. 시간은 있어.

그렇게 말하며 소녀는 수줍게 웃었다.

로렌은 호흡을 가다듬었다. 육체가 없어 더 이상 호흡을 가다듬
을 필요가 없으나, 중요한 건 기분이었다. 어느새 로렌은 몸이 없
는 상태에 꽤 익숙해져 있었다.

불멸자가 되는 것도 나쁘지 않을 줄 몰랐다.

그러나 로렌은 이미 죽은 신들을 목격했고, 그들의 최후 또한
그의 손으로 직접 내려주었다. 신들이 어떤 존재인지 그는 체험하
여 알고 있었다.

지금 와서 신이 되기엔 로렌은 인간으로서 너무 오래 살았다. 인

류의 피와 살에 군침을 삼키고 인간의 영혼을 빼내어 핥아 먹고자 하기엔 그의 영혼은 여전히 지나치게 인간적이었다.

거기까지 생각하고 나니, 결론은 생각보다 쉽게 내려졌다.

—지구로.

로렌은 처음 내렸던 것과 같은 결론을 내렸다.

이 세계에서 큰 성공을 쌓아 올리고 소중한 인연도 많이 생겼음에도 불구하고, 존재의 소멸을 뒤로 많이 미뤘음에도 불구하고 그는 지구를 선택했다.

어쩌면 미련 때문일지도 모른다.

지구의 멸망은 로렌의 모든 생을 통틀어 가장 거대한 실패였다. 그리고 가장 치명적으로 기억하고 있는 실패이기도 했다.

로렌은 이 세계를 구하는 데 성공했고, 죽은 신들의 마수에서 벗어나 평화를 되찾은 것을 본인의 눈으로 목격했다. 하지만 지구에 대한 로렌의 마지막 기억은 완전히 멸망한 인류 문명의 폐허를 홀로 헤매던 시절의 것이었다.

죽기 전에 지구를 보러 가야겠다고 마음을 먹은 이유는 그것 때문일지도 모른다.

—가겠어.

아니, 사실 더 본능적이고 비이성적인 이유가 그의 심리 기저에 자리 잡고 있었다.

어째선지 로렌은 지구를 자신의 고향처럼 인식하고 있었다. 그의 출발점은 분명 로렌 하트였고, 그렇기에 그의 뿌리는 이 세계에 있음에도 불구하고.

지구에서 김진우로서 성장한 후에나 로렌 하트의 기억을 되찾왔기 때문일지도 모른다. 아니면 다른 이유가 더 있을 수도 있겠고.

그러나 그런 이유를 논리적으로 생각하려 해봤자 다 무의미한 일일 뿐이다.

그저 솔직한 감정, 지구로 돌아가 보고 싶다.

본질은 오직 이것 하나였다.

─…그래.

세계는 실망과 안도가 뒤섞인 반응을 보였다. 하지만 곧 그런 기색을 지워 버리고, 세계는 다시 소녀로서 그와 처음 만났을 때처럼 밝은 웃음을 띤 채 말했다.

─네가 잃었던 걸 되찾게 해준 건 어디까지나 내 실수에 대한 보상이었어. 당연히 그것만으로는 부족하지. 감사를 표하고 싶은데, 혹시 필요한 것 있니?

세계의 힘이 신이나 인류 의회를 초월한다는 건 이미 한계에 달했던 로렌의 절대 수명을 회복시켜 준 것으로 이미 증명되었다. 로렌은 마음만 먹으면 그가 본래 받았던 축복 이상의 것을 얻을 수 있으리라는 것을 깨달았다.

로렌은 다시금 고민에 빠져들었으나 이번에도 그 시간은 길지 않았다.

─이 세계에 남겨둔 인연들이 마음에 걸리는군. 혹시 내 분신을 만들어 남길 수 없을까?

로렌도 어디까지나 혹시나 해서 한 질문이었다.

분신을 만드는 건 쉬운 일이 아니다. 아니, 사실상 불가능하다고 봐야 한다. 로렌도 다양한 능력과 기술을 익히고 배웠지만, 자율적으로 말하고 움직이는 분신을 만들어내는 방법은 몰랐다.

지구에서 서유기를 읽어보기도 했던 그다. 한창 바쁠 땐 몸이 두 개였으면 하는 생각을 안 해본 것도 아니고. 분신과 비슷한 기술을 만들어보고자 시도해 보지 않은 것은 아니었다.

그 결과물이 별의 몸을 분리해 움직이게 만드는 것이었다. 그러나 별의 몸은 어디까지나 로렌의 일부였고 로렌의 제어하에 놓여 있었다.

결국 자신의 일을 대신 수행해 줄 분신을 만드는 건 그로서도 불가능했다.

—가능해.

그런데 세계는 너무나도 쉽게 가능하다고 대답했다.

—네가 원하는 방식… 그러니까 너 대신 이 세계에 남아 생애를 끝낼 임무의 분신을 만드는 데는 네 혼의 7.2% 정도가 필요해. 이렇게 만들어진 분신은 몇 년쯤 후에 절대 수명을 다하고 최후를 맞이할 거고. 네 소중한 사람들이 널 추억하며 장례식을 치를 수 있도록 영혼보다 먼저 신체 수명이 다하도록 설정할 수 있어. 아, 그리고 생식 능력은 부여되지 않을 거야. 그거 비싸거든, 헤헤.

세계는 로렌의 내심을 파악하고 자세한 조정 사항까지 거론해 주었다. 멋대로 속내를 들여다 본 것에 대해 불쾌해하기엔 세계의 제안이 너무나도 완벽했다.

—원래대로라면 네게 대가를 받겠지만, 이건 어디까지나 내 감사의 표현이니 혼을 지불할 필요도 없어. 그리고 네 분신이 임무를 마친 후 그 기억을 지구에 간 네게 전송하도록 설정하도

록 하지.

여기에 대가는 무료에 서비스까지. 로렌이 고개를 끄덕이지 않을 이유가 없었다.

—굳이 내게 분신의 기억을 전송하는 건, 내게 이 세계에 대한 미련을 남기기 위한 건가?

—맞아. 난 네가 언젠가 내게 돌아와 줬으면 좋겠다고 생각하고 있어.

세계는 시원스러울 정도로 자신의 음모를 간단히 인정했다.

—네가 지구에서의 생에 질려 내게 돌아올 때는 이번에 완전히 표현하지 못한 고마움을 마저 표할 것이라 약속하도록 할게. 지구로 떠나는 네게 서비스를 해줘봤자 지구 언니한테 커트당할 가능성이 높거든. 내 관할은 어디까지나 내 세계뿐이야. 당연하지만 말이야.

그야 그렇긴 할 것이다. 로렌은 납득하고 고개를 끄덕였다. 그 반응만으로는 부족했는지, 잠깐 망설이던 세계는 빠르게 덧붙였다.

—신위에 오르지 않아도 상관없고, 필멸자인 채로 최후를 맞이해도 괜찮아. 언젠간 돌아와 줬으면 해. 여기도 네 고향이니까.

로렌이 지구를 고향으로 여기고 있음을 잘 알면서 하는 말이었다. 하긴, 사람은 자기 손안에 없는 걸 원하게 마련이다. 막상 지구로 가면 이 세계를 고향으로 여기며 그리워하게 될지도 모르는 일이다.

—그럼 네 분신을 만들도록 할게. 잠깐 따끔할 거야. 네가 치를 대가를 내가 대신 치른다고 하더라도, 분신에 네 혼의 일부가 필요

하긴 하거든.

혼이 약간 떼어졌다가, 다시 차오르는 감각은 기묘했다. 세계의 말처럼 아프지는 않았지만, 기이한 상실감이 있었다. 물론 혼의 힘이 세계에 의해 재생되면서 상실감 또한 곧 사라졌지만 말이다.

그렇게 떼어진 혼에서 로렌의 복제 혼을 생성하고, 진흙을 주물럭거리듯 세계의 원소를 다루어 로렌의 늙은 육신을 만들어낸 후 그것에 복제 혼을 삽입했다. 이렇게 만들어진 분신을 물질계에 밀어 넣었다.

세계는 굳이 그 광경을 로렌에게 영상으로 떠워 보여주었는데, 허공에서 로렌이 다시 나타나는 모습을 본 루시아 대공이 놀라는 모습이 보였다.

―다른 기억은 분신도 갖고 있지만, 지구로 가고자 하는 열망은 사라진 상태야. 그냥 이 땅에서 최후를 맞이해야겠다고 결심한 상태지.

―내가 여기 머물길 원했다면, 내게도 같은 걸 했으면 되지 않았나?

―설마! 저건 내 힘으로 만들어낸 네 분신이기에 가능한 조작이야. 아무리 세계라 하더라도 전능하지는 않아. 만약 전능했더라면 널 신으로 만들려 들지도 않았겠지?

세계는 소녀처럼 쾌활하게 웃으며 로렌의 말을 농담처럼 받았다.

―…이제 널 보내줘야 할 때가 된 것 같네.

망설이던 세계는 체념한 듯 고개를 숙이더니, 다시 미소를 떠며 말했다.

―지구 언니한테 안부 전해주고. 다시 볼 날을 기다리고 있을게.

―…그래.

로렌은 고개를 끄덕였다. 그러자 의식이 멀어졌고, 어둠이 내려 앉았다.

그가 기억하고 있는 건 거기까지였다.

*　　　　　*　　　　　*

로렌은 한숨을 푹 내쉬었다.

"…아, 피곤해."

그의 머리 위로 총탄이 날아다니고 있었다. 위험한 건 머리 위 만이 아니었다. 그가 지금 숨어 있는 참호에는 물이 차 있었다. 흙 탕과 오물로 범벅이 된 물속에 발을 담그고 있으려니, 기분이 최악 이었다.

여기는 지구.

시대는 바야흐로 후일 1차 세계대전이라 명명될 대전쟁이 한창 이었다.

로렌은 자신이 로렌 하트보다 200년쯤 일찍 지구로의 전생을 선 택했음을 지구의 설명을 듣고서야 알아챘다.

예카테리나가 2차 대전 이야기와 핵전쟁 이야기를 해서 시차가 그리 크지 않다고 착각했었지만, 천하의 로렌도 한 가지 놓친 게 있었다. 예카테리나는 오라클에 접속해 지구의 미래를 볼 수 있음 을! 그녀의 이야기는 전부 미래 이야기였다.

자신이 1차 대전기에 환생해야 한다는 그 충격적인 사실을 들은 순간, 로렌은 지구로 온 걸 살짝 후회했다.

시간을 되돌린다 한들 같은 선택을 하기야 했겠지만, 그건 그거고 이건 이거다.

하필이면 19세기 후반이라니!

게임도, 인터넷도, 스마트폰도 없는 시대라니!

차라리 시대가 더 일러 냉병기의 시대였다면 그에게 더 유리했을 수도 있다는 점에서, 19세기는 정말 최악의 시대가 아닐 수 없었다.

어쨌든 지구는 로렌에게 태어날 시대를 정하지 못하게 한 대신, 대륙을 정할 권리를 주었다. 말할 것도 없이 이 또한 특례였다. 로렌은 전에 있던 세계뿐만이 아니라, 지구 또한 지켜낸 영웅이니까.

제국 시대의 광풍이 한창인 이 시기에 한국이든 어디든 아시아권을 선택했다간 별로 좋은 꼴을 못 보리란 건 대단히 명확했기에 로렌은 약간 비겁한 선택을 했다.

유럽!

그것도 프랑스!

중산층, 부르주아 계급 집안의 차남!

로렌이라는 이름을 그대로 쓸 수 있는 부가적인 이점까지 딸린, 그야말로 최고의 선택이었다. 로렌으로서는 물론 김진우로서의 기억도 그대로 유지했다. 시대도 다르고 민족도 다르지만 어쨌든 미래의 역사를 아는 건 큰 보너스다.

그럼에도 불구하고 시대의 광풍을 완전히 피해갈 수는 없어서,

결국 이렇게 전선에 끌려 나와 참호에 투입되긴 했지만 말이다.

"어휴……"

당연하게도 전생에서 익혔던 기술들을 그대로 갖고 올 순 없었기에 기사도든 마법이든 뭐든 처음부터 다시 수련해야 했고, 마법과 기사도의 수준을 극적으로 끌어올리기 위해서는 드래곤이 필수였는데 지구에는 드래곤도 없으니 전생처럼 빠른 속도로 성장할수는 없었다.

게다가 마법에 대한 인식이 최악인 유럽 대륙에서 태어났으니, 마법 수련도 남들에게 비밀로 들키지 않게 깨작깨작할 수밖에 없었다.

"그래도 말을 탈 수 있어서 다행이지……"

그나마 로렌류 기마술로 기사도를 기사 수준까지 단련할 수 있었던 게 다행이었다. 만약 그가 기사도를 익히지 않았더라면 이미 스무 번 이상 죽었을 터였다.

"돌격! 돌격하라!!"

그리고 또 죽음의 위기를 넘겨야 할 때가 왔다. 상부로부터의 돌격 명령을 받은 지휘부가 전선의 병사들에게 돌격 명령을 내린 것이다. 참호에서 나가 기관총의 총탄 세례가 자신만은 비켜 가길 기도해야 하는 시간이 또 찾아왔다.

"이번 전쟁 끝나면 꼭 미국 간다."

로렌은 이를 득득 갈면서 중얼거렸다. 어차피 나이도 좀 먹었겠다, 이번 기회에 신분 세탁을 하고 탈각의 경지에 올라 좀 젊어져볼 생각이었다.

그것도 살아남아야 가능한 이야기다.

"꼭 미국 간다!"

돌격 명령이 로렌의 소대에도 내려졌고, 로렌은 전투모를 꾹 눌러쓰고 땅을 박차고 뛰어올랐다. 돌격할 때 똥물에서 발을 뺄 수 있는 것만은 좀 괜찮았다.

그 외에는 전부 최악이었지만 말이다.

*   *   *

세계대전이 끝나고, 로렌은 있는 돈 없는 돈 다 끌어다가 미국으로 건너갔다. 그리고 그 돈으로 식품 회사를 설립하고 통조림 햄을 만들기 시작했다.

"이봐요, 젊은이! 세계대전은 끝났소!! 그딴 싸구려 소시지를 누가 먹는단 말이오?"

사람들이 그렇게 로렌을 비웃었다. 그도 그럴 만한 게, 미국은 전례 없는 대호황으로 그야말로 황금기를 누리고 있었기 때문이다. 저녁마다 스테이크를 굽는 소리가 요란하던 시대다. 누가 싸구려 돼지고기와 비계를 섞은 햄을 먹겠는가?

그러나 곧 대공황이 찾아왔다. 후일 세계대공황으로 불릴 대혼란기의 시작이었다.

위기는 늘 누군가의 기회이기도 하다. 로렌을 비웃었던 이들은 싸고 양 많고 오래 가는 로렌의 통조림 햄을 사다 먹기 시작했다. 다들 불황을 이 악물고 버텨가는 와중에 로렌은 공장을 늘렸고, 사람들은 로렌의 공장에 취직하고 싶어 안달이 났다.

이윽고, 로렌이 보기에는 정해진 수순대로 2차 세계대전이 벌어졌다. 군납품으로 로렌의 통조림 햄이 채택되었다. 로렌은 공장을 더 늘렸고, 그만큼 더 많은 돈을 벌었다.

벌어들인 것은 돈뿐만이 아니었다. 로렌은 번 돈을 그냥 놀려두지 않았고, 다른 산업에의 투자와 정계에의 로비로 돌렸다. 그만큼 미국 내에서의 영향력도 늘어났다.

그럼에도 불구하고 로렌은 그 영향력을 좀처럼 활용하려 들지는 않았다.

"어지간하면 역사의 흐름을 바꾸지 말라고 했었지."

지구로부터 직접 그런 요청이 들어왔기 때문이다.

물론 그건 로렌이 지구로 전생해 오기 전에, 지구의 의지와 직접 대면했을 때의 이야기다. 지구도 로렌이 자신을 몇 번의 위기에서 구해주었음을 잘 알고 있었고, 그래서 그 대가로 다소간의 편법과 우선권을 허용해 주기는 했다.

아무리 그래도 세계를 정복하고 황제 자리에 오르는 게 허용될 리는 없다. 정도라는 게 있는 법이다. 세계는 어지간하면 로렌이 기억하는 원래 역사에 따라 살기를 권장했고, 로렌도 그 가이드라인을 따라갈 셈이었다.

로렌은 자신의 우선권을 잘 보존해 두었다가 필요할 때 쓰기로 마음먹었고, 그래서 별 다른 위기랄 것도 없는 지금은 굳이 역사의 전면에 나설 마음이 없었다.

그럼에도 불구하고 한 번은 로렌 본인이 나섰던 적이 있었다. 일본 제국의 패망을 막기 위해 회귀를 선택한 일본인 전생자를 처치한 것이 바로 그것이었다. 이때만큼은 지구도 로렌을 치하하고 추가적인 축복을 내려주었다.

그렇게 원래 역사대로 2차 세계대전이 막을 내렸고, 일제는 패망했으며, 대한민국이 해방을 맞이했다.

*   *   *

"이게 얼마만의 서울이지?"

로렌이 서울을 찾은 건 6.25 전쟁이 끝난 직후의 일이었다. 김진우가 태어난 시대 이후에나 찾아올 생각이었지만, 연어가 고향을 잊지 못하고 돌아오듯 결국 로렌도 더 버티지 못하고 한국을 방문하고 말았다.

원래대로라면 100살 가까이 먹은 노인이어야 할 로렌의 얼굴 피부는 아직 팽팽했다. 두 번에 걸쳐 탈각의 경지에 오른 데다, 지구의 축복을 받아 수명을 더 연장한 덕이었다.

한때는 젊음에 축복을 낭비하는 루시아 대공을 비웃은 적도 있지만, 로렌도 한번 늙어보니 그녀의 선택이 온당했음을 인정할 수밖에 없었다.

김진우로서 기억하던 것과는 완전히 다른 종로 거리를 로렌은 터벅터벅 걸었다. 훤칠하게 큰 키에 금발 벽안의 서양인이라 사람들의 이목이 집중되었다.

'고향에 돌아왔는데 완전히 이방인 취급이로군.'

로렌은 속으로 쓴웃음을 삼키고, 발길을 돌려 예약한 호텔로 향하려 했다.

그때였다.

퍼억.

뒤를 돈 로렌의 배에 뭔가가 박혔다. 시선을 내려보니 여자애의 안면이 그의 배에 처박혀 있었다. 꼬질꼬질한 동양인 소녀였다. 아마도 한국인일 터였다.

"로렌 님!"

소녀가 눈물 섞인 목소리로 그의 이름을 불렀다. 그 목소리에 로렌은 전율했다. 아니, 정확히는 목소리 때문에 전율한 게 아니었다. '로렌 님'이라고 부르는 억양과 '님'을 가리키는 어휘에 놀란 것이다.

소녀는 이전 세계의 언어를 썼다.

정확히는 북부 공용어였다.

"로렌 님, 로렌 님! 한국인이었다면서요! 어디 갔다가 이제 오는 거예요? 한참 찾아다녔잖아요!! 그 와중에 전쟁까지 일어나서 진짜로 죽을 뻔했다니까요!!"

"아니……."

로렌은 자기가 잘못 들은 게 아닐까 순간적으로 의심했지만, 소녀가 더 긴 문장을 말해주니 확실해졌다. 소녀가 사용하는 언어는 북부 공용어가 맞았다.

"너, 누구니?"

"아, 맞다. 이 모습으로 알아보실 수 있을 리가 없지."

소녀는 눈물을 슥슥 닦고 해맑은 표정으로 말했다.

"저, 릴리트 릴럼이에요! 여기에서는 이리림이라고 하고요!"

"릴리… 릴리?!"

로렌이 놀라자 릴리는 헤헤하고 웃었다. 그리고 손을 쫙 벌리며 이렇게 말했다.

"기브 미 쪼꼬렛!"

재미없는 농담이었다.

*   *   *

"원래대로라면 전 죽어서 그냥 소멸했어야 했잖아요. 마물한테
는 따로 마련된 사후 세계가 없었고, 전 마물이었으니까."

호텔방에서 룸서비스 음식을 우적우적 먹어치우며 릴리트 릴림,
아니, 이리림은 이야기를 털어놓기 시작했다.

"그런데 로렌 님 덕에 마물이 아니게 될 수 있었고, 세계와 면담
할 수 있게 되었죠."

그냥 마물이 아닌 것만으로 세계와 면담할 수 있을 리는 없다.
릴리트 릴림 본인이 죽은 신들과의 전쟁에 그만큼 활약했기에 얻
을 수 있었던 보상이었다. 물론 그녀가 인류였다면 인류 연합으로
가게 되었을 테니 그녀의 말이 완전히 거짓말만은 아닌 셈이긴 했
다.

"세계는 인류 의회로의 편입이나 인류 종족으로의 전생을 권장
했지만 제가 우겨서 지구로 전생한다는 선택지를 만들었어요. 그
리고 보시다시피."

릴리트 릴림은 자신의 꼬질꼬질하고 빼빼 마른 몸을 가리키며
헤헤 웃었다. 방금 전에 음식을 잔뜩 먹어 배만큼은 빵빵하게 부
풀어 올라 있었다. 그 배를 두드리며 릴리트 릴림은 소파에 깊숙이
몸을 묻곤 기분 좋은 한숨을 폭 내쉬었다.

"왜 지구를 택했지?"

로렌은 자신이 온당한 질문을 했다고 생각했다. 그런데 그 질문에 릴리트 릴림은 편하게 앉았던 소파에서 벌떡 일어나며 격앙된 목소리로 외쳤다.

"그야 로렌 님 때문이죠!"

"어, 어?"

그녀의 갑작스러운 반응에 당황한 틈을 타, 릴리트 릴림은 장광설을 늘어놓았다.

"다른 여자들은 다 임신시켜 놓고서 나만! 나만! 나만 빼고!! 다들 로렌 님의 아들딸을 기르면서 행복하게 사는데 나만 죽을 때까지 독신이었다고요! 이게 말이 되나요?! 아뇨, 말이 될 리 없죠!!"

이 녀석, 이런 성격이었나. 말투도 달라진 것 같고.

로렌은 황당해하면서도 애써 입을 열었다.

"아니, 어차피 너한테는 생식 능력이 없었잖아."

"네! 그랬죠! 하지만 지금은 아니에요!!"

릴리트 릴림은 불타는 눈동자로 로렌을 바라보았다. 그 불꽃이 태우는 장작의 이름은 바로 욕망이었다.

"지금은 가능해요."

로렌은 등골을 타고 차가운 기운이 흐르는 걸 느꼈다.

실로 전율할 만한 집념이었다.

세계를 넘어서고 자신의 태생을 바꿔서까지 로렌을 따라오다니!

"자, 로렌 님! 아니, 서방님!"

릴리트 릴림은 활짝 웃으며 손뼉을 짝 쳤다.

"밥도 먹었겠다, 이야기도 끝났겠다!"
그러나 그 눈빛만큼은 날카롭게 빛나고 있었다.
"이제 애 만들죠!!"

『전생부터 다시』 완결

초대형 24시 만화방

신간 100%, 샤워실, 흡연실, 수면실(침대석), 커플석, 세탁기 완비

▪ 광명 광명사거리역점 ▪

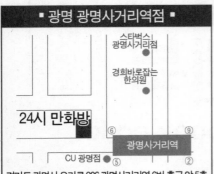

경기도 광명시 오리로 986 광명사거리역 6번 출구 앞 5층
02) 2625-9940 (솔목타워 5층)

▪ 강북 노원역점 ▪

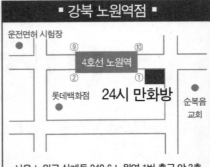

서울 노원구 상계동 340-6 노원역 1번 출구 앞 3층
02) 951-8324 (화용빌딩 3층)

▪ 일산 정발산역점 ▪

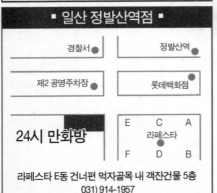

라페스타 E동 건너편 먹자골목 내 객잔건물 5층
031) 914-1957

▪ 일산 화정역점 ▪

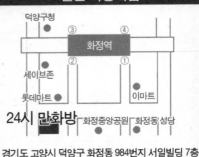

경기도 고양시 덕양구 화정동 984번지 서일빌딩 7층
031) 979-4874 (서일사우나 건물 7층)

▪ 부천 역곡역점 ▪

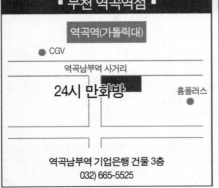

역곡남부역 기업은행 건물 3층
032) 665-5525

▪ 부평역점 ▪

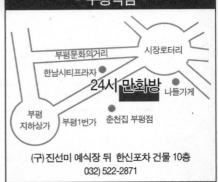

(구)진선미 예식장 뒤 한신포차 건물 10층
032) 522-2871